Magica《マギカ》 Technica《テクニカ》
The Ultimate Swordmaster's Heroicsaga In Magica Technica
現代最強剣士が征くVRMMO戦刀録 2

リリーナ
とあるイベントでクオンらと
関わることになる、騎士隊長の娘。
気丈な性格でしっかり者。
-きららくらげ-
雲母水母
クオンがゲーム内で出会った
女性プレイヤーで、人間族の剣士。
美少女ばかりのパーティを率いる。
緋真 -ひさな-
現実世界では、総一の美少女弟子・本庄《ほんじょう》明《あ》日《す》香《か》。
プレイヤー・クオンとなった彼に
合流しようと後を追うが!?

ルミナ
クオンがテイムした小さな妖精。
可愛いマスコット的存在だが、
どうやら意外な力を秘めているらしく……？
クオン
本体は現実世界最強の剣士、久《く》遠《どう》総《そう》一《いち》。
強敵と死闘を求めVRMMO
『マギカテクニカ』の世界で、
気ままな旅を続ける。

「【焔一閃《ほむらいっせん》】」

Magica《マギカ》 Technica《テクニカ》
現代最強剣士が征く
VRMMO
戦刀録
2
The Ultimate Swordmaster's
Heroicsaga In Magica Techn
Allen
ill.ひたきゆう

口絵・本文イラスト　ひたきゆう

CONTENTS

第一章 教会での約束

予想外の出会いはあったものの、この西の村に来た目的は、あくまでもボスへの対抗《たいこう》手段を見つけることだ。妖精《ようせい》についてはこの村の未発見のイベントではあったのだろうが、さすがにこれでボスに対抗できるようになったとは思えない。

そもそも、目に見えない妖精を発見するなど、あまりにもイベントとしての難易度が高すぎる。これがボスを倒《たお》すための条件になるとは考えづらい。そう結論付けた俺《おれ》たちは、当初の予定通り、村の聖堂へと足を運んでいた。

「はぁ……本当に可愛《かわい》いですね」

「お前さん、ちょっとキャラが崩《くず》れてないか？」

俺の頭の上に乗っているルミナに対し、最も興味を惹《ひ》かれていたのは、意外にもリノだった。かなり大人びた印象のある彼女《かのじょ》だったが、ルミナを見つめるその表情は、だらしなく崩れてしまっている。

どうやら、可愛いモノ好きの性格のようだ。まあ、そういった性癖《せいへき》の奴《やつ》はうちの道場にもいるし、理解がないというわけではない。ちなみに、見つめられている当のルミナは、そんな視線など意に介《かい》した様子もなく、上機嫌《じょうきげん》な様子で俺の頭の上に腰《こし》かけている。

たまに結んでいる髪《かみ》で遊んでいるのだが、バランスが崩れるので止《や》めて貰《もら》いたい所だ。

「そんなに気になるんなら、お前さんも《テイム》を取得してみたらいいんじゃないのか？　まあ、ルミナをやることはできんけど」

「ええ、ちょっと気になってはいるんですが……《テイム》って、連れているとパーティ枠《わく》を使用しないといけないんですよ」

「経験値の分配なんかは普《ふ》通《つう》のプレイヤーと一緒《いっしょ》なんですけどねー……そのせいで、野良《のら》のパーティなんかだとアイテムの分配で揉《も》めるんですよ」

「二人分のアイテムを寄越《よこ》せ、って話か？」

「ええ、そういうことですね。まあテイマーの場合、テイムモンスターの分もアイテムを負担しなきゃいけないわけですから、大変なのも分かるんですけど」

雲母水母《きららくらげ》の言葉に、俺は顎《あご》に手を当てて視線を伏《ふ》せる。それは確かに揉めそうな話だ。どちらの主張にも、決して理《り》がないというわけではない。俺もルミナを連れて歩くならば、その辺りのことも考慮《こうりょ》しなければならないということか。

……まあ別に、他のパーティと行動を共にする機会もあまりないだろうし、それほど気にしなくてもいいのかもしれないが。アイテムの収集にもそれほど興味があるってわけでもないし、必要な分だけ手に入れれば問題ないだろう。それに――

「ま、一人でもどうとでもなるからな。それなら問題にはならんだろ」

「あはは……それをあっさりと言える人はそうそういないでしょうけど。あ、でも、シェパードさんみたいなのもいるんだし、珍《めずら》しいわけじゃないのかな」

「シェパード？」

「《テイム》一本で食ってる、有名なソロプレイヤーの人ですよ。パーティが全部テイムモンスターで埋《う》まってるとかなんとか」

「へぇ……」

変わった奴もいるものだな、と内心で感心する。《テイム》はかなり成功率の低いスキルだ。にもかかわらず、パーティを全《すべ》てテイムモンスターで埋めているとなれば、相応の技術を有しているということだろう。俺もテイマーになったわけだし、いずれはそのプレイヤーとも話をしてみたいものだ。テイマーとしてのノウハウについては、まず間《ま》違《ちが》いなくそのシェパードとやらのほうが持っていることだろう。

――そんなことを考えている間に、俺たちは聖堂の前に到着《とうちゃく》した。

「前に一度来たんだけど、何か変わってるのかなぁ」

「分かりませんが……とりあえず、もう一度お話を聞いてみましょう」

若干懐疑的《じゃっかんかいぎてき》な表情で、雲母水母とリノが扉《とびら》を開く。小さな村には似つかわしくないほどの立派な聖堂。その扉を開けば、綺麗《きれい》に並ぶ座席とその奥《おく》にある舞台《ぶたい》、そしてその上にあるステンドグラスが目に付いた。鮮《あざ》やかなステンドグラスに描《えが》かれているのは、神々《こうごう》しい女性の姿――崇《あが》められている女神《めがみ》か何かだろうか。そしてそのステンドグラスの前、舞台の上では、一人の眼鏡《めがね》をかけた男性が柔和《にゅうわ》な笑《え》みでこちらを見つめていた。若干白髪《しらが》交じりの、初老の男性。黒い神父服を纏《まと》う彼《かれ》は、俺たちの姿を捉《とら》えて声を上げた。

「おや、異邦人《いほうじん》の方ですか。どうぞ、こちらにお入りください」

「は、はい。お邪魔《じゃま》します」

若干雰囲気《ふんいき》に押《お》されている雲母水母が、こくこくと頷《うなず》きながら聖堂の中へと足を踏《ふ》み入《い》れる。その後に続きながら、俺は周囲へと視線を走らせた。

どう考えても村の規模にそぐわない建物だ。これは確かに、何かしらの秘密があってもおかしくはないだろう。だが、そうであるにもかかわらず、いまだ何も見つかっていない。可能性としては、何かしらの条件を満たしていないという辺りだろうか。

現状では何とも言えんが……とりあえず、あの神父の話を聞いてからでもいいだろう。

「女神の家へ、ようこそいらっしゃいました、異邦人の方。確か、以前にも足を運んでく

だ さった方々でしたね」

「覚えていてくださったんですか。すみません、度々《たびたび》お邪魔してしまって」

「いえ、構いませんとも。おや、そちらの方は初めてですね――」

神父は俺の方へと視線を向け――その目を大きく見開いた。

彼の視線が向かっている先は、言うまでもないが、俺の頭上にいるルミナだ。そりゃまあ、突然妖精《とつぜんようせい》を連れた奴がやってくれば驚《おどろ》きもするだろう。

「これは……驚きましたね。まさか、妖精に認められた方がいようとは」

「そんなに珍しいことなのか？」

「無論ですとも。妖精はとても警戒心《けいかいしん》が強く、心の清い人間以外には近寄りません。貴方《あなた》はとても清廉《せいれん》な人のようだ」

「清廉なんてのは柄《がら》にもない評価だよ。俺はただの剣士《けんし》だ」

神父の評価に対し、俺は肩《かた》を竦《すく》めてそう返す。

普通とは異なる経歴を積んできた自覚こそあるが、俺はそう褒《ほ》め称《たた》えられるような人間ではない。しかし、その言葉に対し、神父は苦笑《くしょう》交じりに返してきた。

「であれば、貴方はその道を愚直《ぐちょく》に貫《つらぬ》いてきたのでしょう。真面目《まじめ》な貴方だからこそ、妖精たちは貴方を見初《みそ》めたのです」

「……大袈裟《おおげさ》すぎるな」

「妖精の祝福を受けるということは、それほどの出来事なのですよ。さて、世間話はこのぐらいにしておきましょう」

柔和な笑みを湛《たた》えたまま、神父は話題を切《き》り替《か》える。

するりと相手の心に入り込んでくるこの手腕《しゅわん》、神父の模範《もはん》と言えるような人物だろう。

まあ、だからこそ、俺としては警戒心を抱《いだ》いてしまうような相手なのだが。彼からは害意を感じることはない。だが、テンポを握《にぎ》られるということは、剣士にとっては致命的《ちめいてき》であるとも言える。警戒心は絶やさずにいるべきだろう。

「では、本日はどのような御用件《ごようけん》でこちらに？」

「あ、はい。えっと……悪魔《あくま》のことについてお話を聞きたくて」

「悪魔ですか……それは、以前にもお話ししたと思いますが？」

「そ、それは――」

「俺は悪魔について又聞《またぎ》きにしか聞いていないのでな。専門家の話を聞いておきたかったんだ」

動揺《どうよう》する雲母水母に被《かぶ》せるようにして告げた言葉で、神父は納得《なっとく》したように首肯《しゅこう》する。

まあ、嘘《うそ》は言っていない。専門家として神父の話を聞いておきたかったのは紛《まぎ》れもない事実だ。しかしまぁ、このゲームのＡＩとやらは本当に柔軟《じゅうなん》な反応を返してくるな。本当にプログラムで作られているのか、思わず疑問を感じてしまうレベルだ。

そんな俺の内心を他所《よそ》に、神父は滔々《とうとう》と悪魔について語り始める。

「まず悪魔とは、この世全ての生物に対する敵対者であり、この世ならざる領域に住まう生物です」

「魔物《まもの》とは違《ちが》うのか？」

「ええ、魔物は人間とは敵対的な生物も多いですが、彼らは独自の生態系と生活を持っています。しかし悪魔の場合、こういった魔物たちとも敵対しているのです」

魔物とも異なる第三勢力か。プレイヤーの視点からすればどちらも倒すべき相手でしかないが、少し気になる設定だな。

魔物の方については、生物として、生態系として理解できる。だが、高度な知能を持つ悪魔たちは、いったい何なのか。奴らは何の目的があって、この世界の生き物と敵対しているのか。現状の話だけだと、全く理解が及《およ》ばないな。

「まあ、悪魔たちはアンデッドを従えている場合もあるという話は聞きますが……あれらは生物ではないし、魔物の中では例外ということなのかもしれません」

「アンデッドねぇ……」

そういえば、街道《かいどう》を塞《ふさ》いでいる悪魔も、アンデッドを従えているという話だったか。

配下を連れているパターンは厄介《やっかい》だな。アンデッドはかなりタフだという話も聞くし、対策は必要だろう。内心でどのように相手を斬《き》るかのシミュレーションをしつつ、俺は神父の話に耳を傾《かたむ》ける。

「そんな悪魔たちですが……奴らには、いくつかの位階があります」

「位階？　強さの指標か何かか？」

「ええ、そう認識《にんしき》しても間違いではないでしょう。ある一定以上の力を持つ悪魔は、爵位《しゃくい》を有しているのです」

「……強い悪魔は貴族ってことか？」

「さて、悪魔たちに人間と同じような階級制度があるのかどうかは不明です。ですが、より上位の悪魔が下位の悪魔を従えているのは事実のようですね」

悪魔に対する嫌悪《けんお》感は隠《かく》さず、神父はそう口にする。当たり前と言えば当たり前だが、神父は随分《ずいぶん》と悪魔のことを嫌《きら》っているようだ。

まあ確かに、話に聞く限りの性質からすれば、好むような要素など何一つないのだが。

「また、それぞれの爵位の中にも順位があるようで、その番号が小さいほど強い悪魔であるらしいです」

「そんなに数がいるのか」

「ええ、何しろ、男爵《だんしゃく》級では一二八体も存在するという話ですから。子爵《ししゃく》級が六四体、伯《はく》爵《しゃく》級が三二体……そのまま侯爵《こうしゃく》級、公爵《こうしゃく》級、大公級と数が少なくなっていくそうです」

「……思ったより数が多いな」

まさか爵位持ちだけでも二五〇体以上いるとは。まあ、これだけ大人数で遊んでいるゲームなのだから、数はいくらいても困らないのかもしれないが。

この基準からすると、果たして街道を塞いでいる悪魔はどのレベルになるのだろうか。まあ、最初だし、それほど強い悪魔というわけでもないとは思うのだが。しかし、その悪魔相手に、騎士《きし》たちが敗れたという話だ。あまり甘《あま》く見積もるべきではないだろう。

そういえば――

「一つ聞いてもいいか？」

「はい、何でしょうか？」

「リブルムで聞いたんだが、以前この村に騎士たちが訪ねてこなかったか？」

「ええ、いらっしゃいましたね。彼らもまた、悪魔について尋《たず》ねていかれました」

どうやら、あの兵士が言っていた話は本当だったようだ。少し驚いた表情の四人がこちらを見つめてくる中、俺は話を続ける。

「彼らは悪魔に挑《いど》むつもりだったのか？」

「ええ、そのようで……しかし、未《いま》だ悪魔が倒されていないということは、そういうことなのでしょうね……」

沈痛《ちんつう》な表情で、神父は視線を伏せる。やはり、騎士たちは悪魔に敗れていたか。となると、例のアンデッドはその騎士たちである可能性も否定できないな。

しばし黙考《もっこう》し――俺は、再び声を上げる。

「……戦場に立つ人間として、彼らの無念を晴らしたい。だが、悪魔は強力な呪《のろ》いを使ってくるという話だ。それを防ぐ方法はないだろうか」

「クオンさん……直球すぎません？」

「遠まわしに言っても仕方ないだろう。それで、何かないか？」

俺の言葉に、神父はしばし沈黙《ちんもく》する。彼の視線は俺の目をまっすぐと見つめ――その後、俺の頭上へと移った。頭の上にいるのは、先ほどと変わらずルミナだ。頭に伝わる感覚から、こいつが向けられた視線に反応しているのが分かる。

神父はそのまま、しばし視線を行き来させながら黙考を続け――小さく、首肯した。

「分かりました。通常、安易に配ってよいものではないのですが」

そう言って、神父は机の中から何かを取り出し、俺の前まで運んでくる。彼の手の中に

あったのは、不思議な紋様《もんよう》の描かれたメダルの付いているペンダントだ。縦に走る一本のラインと、その周囲を回る交差螺旋《らせん》、そして一対《いっつい》の翼《つばさ》のような紋様。精緻《せいち》な彫金《ちょうきん》というわけではないのだが、ハンドメイドだと考えると中々に手間のかかった一品だ。

「これは？」

「これは聖印、悪《あ》しき力を退けるお守りです。これだけで全ての影響《えいきょう》を防げるわけではないでしょうが、必ずや貴方がたを守ってくれるでしょう」

「……いいのか？」

「ええ。妖精に認められるような清廉な人間であり、騎士様たちの無念を晴らしたいと仰《おっしゃ》ってくださった貴方ならば信用できる。この聖印を渡《わた》しても惜《お》しくはありません。そう珍しい品というわけでもありませんしね」

若干《じゃっかん》おどけたように笑い、神父はこちらに聖印を手渡《てわた》してくる。そういうことならば、キチンと受け取っておくべきだろう。納得し、俺は頷きながら聖印を受け取った。

「久遠神通流《くどうじんつうりゅう》のクオン、必ずや、悪魔を討《う》ち取《と》ると約束しよう」

「……よろしくお願いします、クオンさん」

決意を込めた、宣誓《せんせい》の言葉。それに対して、神父は深々と頭を下げた。

第二章　謎のお守り

　聖堂を出て、村の出口へと歩く。目的としていた、悪魔への対抗手段を手に入れることができたのだ。早々に帰らなければリブルムの門限に間に合わないし、さっさと帰ることに否はない。だが、前を歩く四人の少女たちは、何か考え込むように沈黙していた。

　そして、村から帰路へと足を踏み出《だ》し——そこでようやく、雲母水母《きららくらげ》が声を上げる。

「……どういうことだと思う？」

「色々と仮説はありますね」

　リーダーの言葉に返答したのは、いつも通りリノだった。しかし、困惑《こんわく》した様子は隠し切れておらず、彼女は眉根《まゆね》を寄せたまま続ける。

「私たちが神父様から話を聞いた時と異なるのは、やはりクオンさんの話題ですね」

「悪魔を倒す方法がないかと聞いたんじゃないのか？」

「ええ、それは尋ねましたが……悪魔に敗れた騎士たち、でしたか？　そのような話はしませんでしたね」

「おにーさんはどこでその話を聞いたのさ?」

「リブルムの西門の兵士だな。以前に騎士たちが通ったって話を教えてくれた」

俺の返答に、リノは納得したような表情で頷く。まあ、用事でもない限り、衛兵に話しかけることはないだろうから仕方ないだろう。だが——

「……ホントにそれだけかな」

「薊《あざみ》? 何か気になってんの?」

「ん……それだけだったら、他の誰《だれ》かが気づいててもおかしくない、と思う。やっぱり、妖精……?」

「いや、その可能性は低いだろう」

薊の言葉を否定し、首を横に振《ふ》る。

その言葉に、彼女は若干不満そうな表情で俺を見上げてきたが、意見を変えるつもりはない。前にも考察はしたが、その可能性はどう考えても低いのだ。

「目に見えない妖精を見つけるのが条件、なんて話だったらあまりにも難易度が高すぎる。おまけに、あの場まで連れていくには《テイム》が必要不可欠だ。そんな条件を多数のプレイヤーに強《し》いると思うか?」

「む……それは、確かに」

俺がルミナを《テイム》できたのは純粋《じゅんすい》なる偶然《ぐうぜん》だろう。それが条件で聖印を手に入れられるというのであれば、それはあまりにも不公平すぎる。何か他に条件があると考えた方が無難だろう。しかし、そうであれば、その条件とは一体何なのか。

「……『信用できる』」

「リノ？」

「神父さまが聖印を渡してくれたのは、極論からいえばクオンさんのことを信用できると判断したからですよね？」

「それは……まあ、その通りだな」

神父は確かに、そんな言葉を口にしていた。その言葉を鵜呑《うの》みにするのであれば、確かに最終的にはそれが理由になるのだろう。つまるところ――

「……俺が神父の信用を得られたから、ということか？」

「ええ。半ば事実扱《あつか》いされている噂《うわさ》ですけど、このゲームには現地人に対する信用度というものがあるらしいんです。それが高ければ、現地人からも丁寧《ていねい》な対応をして貰えると」

「ふむ。だが、俺はそんなのが上がるような行動をした覚えはないぞ？」

何しろ、俺がこのゲームをプレイしているのは、刀を持って思う存分戦うためだ。

それ以外を目的とした行動は取った覚えはないし、信用されるような謂《い》われはないと思う。まあ確かに、現地人たちを一切《いっさい》無視しているというわけではないが……信用度が高いという理由には少々弱いだろう。そう考えてリノの方へと視線を向ければ、彼女はじっと俺の頭上——頭の上に座《すわ》るルミナを見つめていた。

「それは、ルミナちゃんを《テイム》したからではないでしょうか？」

「何だと？」

「神父さまは、妖精に気に入られたことをとても感心していました。それほど、妖精に気に入られるということは大きいことなのではないでしょうか」

「妖精に気に入られた人なら信頼《しんらい》できる、ってこと？」

「ええ、神父さまの発言からも、そう的外れなことではないと思います」

リノの言葉を受けて、俺は黙考する。神父は確かに、妖精に認められた人物であることを強調していた。それがどれほどの意味を持つのかは正直あまりわからないが、彼は確かにそれを重要視していたように感じる。それに加えて——

「……俺が騎士たちの無念を晴らしたいと主張したことも一因か？」

「有り得ると思います。神父さまもその騎士たちと面識があったようですし、彼らの敵討《かたきう》ちをしたいという主張は神父さまの琴線《きんせん》に触《ふ》れるものだったのかも知れませんね」

「つまり、あの神父さまに信用されるようにすれば手に入ったアイテム、ってことね」

雲母水母の言葉に、一同の視線が聖印へと集中する。

これまでに誰も手に入れることができなかったアイテム。その性能はそれほど高いというわけではないのだが、例のボスと戦うのには非常に効果的なアイテムだろう。

■アドミナ教の聖印：装備・アクセサリー
アドミナ教にて祝福を受けた聖印。

魂《たましい》を守る護符《ごふ》としての効果がある。

パーティ全体に対し、悪魔からの干渉《かんしょう》を弱める。譲渡《じょうと》不可。


要するに、これを持っていればパーティ全員が例の悪魔と戦えるということだろう。

神父はこれだけで全ての影響を防げるわけではないと言っていたが、そこは例のお守りとやらを使えば何とかなるはずだ。つまるところ、これでボスと戦う準備はできたと考えられる。

「しかし、神父に信用される、ってのはまたまだるっこしい条件だな。何を考えてそんな条件にしたんだか」

「……恐《おそ》らく、生産職のため」

「あざみー？　どういうこと？」

「そのままの意味。生産職は現地人からの信用を得やすいから、生産職ならこの聖印を手に入れやすい」

「なるほど……生産職を次の街に進めやすくするため、ってことね」

雲母水母が、納得したように頷く。俺もまた、薊の言葉を聞き、エレノア達《たち》の言葉を思い出して納得した。

生産職は、生産系のスキルを保有しているため、戦闘《せんとう》系スキルの数は必然的に少なくなる。そのため、ボスとの戦いはどうしてもきつい様子であったが――この条件であれば、連れてこないわけにはいかないだろう。今後も続くかどうかは分からないが、面白《おもしろ》い手段であるとは思う……少し、裏側の意図があるようで気になるが、現状でそれを判断することはできない。そもそも運営側の意図である以上、気にしても仕方ないだろう。

「まあとにかく、これでボスと戦う条件は満たされた……と、思う」

「そうですね。こっちも聖印を手に入れる方法を考えなくちゃですけど」

「うん？　こいつがあればパーティ全員に効果を発揮するんだろう？」

雲母水母の言葉に、疑問符《ぎもんふ》を浮《う》かべながらそう返す。すると、彼女らは驚いた表情で俺のことを見つめてきた。

「え？　その……いいんですか？　私たちはあんまり役に立ってなかったし、ほとんどクオンさんだけで手に入れたものですよ？」

「だからと言って、ここまで行動を共にしてきたのに、ほったらかしにして自分だけでボスに挑むほど薄情《はくじょう》なつもりはないぞ、俺は」

確かに聖印を手に入れたのは俺であるが、ここまで案内してくれた手前、無視して行くのも寝覚《ねざ》めが悪い。こいつらはそこそこ腕《うで》も立つし、ボスとの戦闘で邪魔になることはないだろう。まあ、俺と並んで戦えるかと問われれば、それは否としか言えないのだが。

「こっちはルミナを含《ふく》めて二人だけなんだ、数としてもちょうどいいだろう？　遠慮《えんりょ》する必要はないさ」

「そ、そうですか……うん、クオンさんがそう言うなら、お願いします」

「ああ、よろしく頼《たの》む。それじゃあ、とっととリブルムまで戻《もど》るとするかね」

多少余裕《よゆう》があるとは言え、もたもたしていれば門が閉まってしまう。

まあ一応、交渉《こうしょう》すれば門を開いてくれるらしいのだが、そのために金を消費するのも勿《もっ》体《たい》ない。とっとと戻ってしまうとしよう。それに――

「こいつのことも鍛《きた》えてやりたいしな」

「――――！」

俺の頭の上で仁王《におう》立ちするルミナは、全身でやる気を表現するかのように両手を突《つ》き上げている。やる気があるようで結構なことだ。ルミナの能力は後衛だし、それほど体力がなくても影響は少ないかもしれないが、俺の配下となった以上は徹底的《てっていてき》に鍛え上《あ》げる。この体格では久遠神通流を教えられるわけではないが、教えてやれることはいくらでもあるだろう。緋真《ひさな》を――明日香《あすか》を鍛え始めた頃《ころ》と同じような感覚に思わず笑みを浮かべつつ、リブルムへと向かって歩き出す。

「何か棚《たな》ぼただけど……」

「いーんじゃない？　おにーさんとだったらボスにも勝てるって！」

「ああ、張り切ってるルミナちゃん可愛い……」

後ろを歩む連中は若干まとまりがないが、まあこの辺りでそれほど強い敵は出てこない。ルミナを鍛えることが目的なのだ、むしろ手を出されない方が都合がいいとも言えた。

ともあれ、まずはルミナに何ができるのかを確認《かくにん》しなければ始まらない。

ステータスを見た限りでは、光属性の魔法《まほう》を使って攻撃《こうげき》する様子であったが、それがどの程度の威力《いりょく》を持っているのかは不明だ。想像も交えつつ、どのように戦わせるかを考え――こちらに接近してくる気配を察知した。

「来たな。ルミナ、まずは戦ってみせろ」

「――――！」

　こちらへ接近してきたのは、三体のステップウルフ。そちらを指させば、ルミナは自信ありげに頷いて、狼《おおかみ》たちの方へと飛び出した。狼たちはいまだ俺の方を注視している。だが、ルミナはそれを幸いと言わんばかりに、光属性の魔法を発動させた。

　ルミナの小さな体の周囲に現れたのは、五つほどの光の球体。それらはルミナが小さな両手を振るうと同時に、狼たちへと向かって殺到《さっとう》する。

「ギャンッ!?」

「グルァ！」

　こちらを注視していた狼たちは、ルミナの攻撃を回避《かいひ》し切れずにダメージを食《く》らう。ダメージ量としてはそれほど大したものでもなかったが、それでも狼たちの注意がルミナに向くのには十分だった。

　狼たちは唸《うな》り声《ごえ》を上げながらルミナを威嚇《いかく》し――けれど、攻撃が届かずに足踏《あしぶ》みをする。まあ、当然だ。ルミナは飛んでいるのだから、地上からの攻撃はそうそう当たらない。ルミナが飛べる高さはそれほど高くはないようだが、それでも俺の身長よりは上だ。狼たちの攻撃が届くわけがない。

「クオンさん、お手伝いは――」

「要《い》らんだろ。ルミナ、そのまま高度を保って攻撃を続けろ。ある程度削《けず》ったら大きいので一掃《いっそう》だ。体力が減ると不利を悟《さと》って逃《に》げるからな、逃がす暇《ひま》を与《あた》えず全滅《ぜんめつ》させろ」

「――――っ！」

俺の言葉に頷き、ルミナは次々と魔法を放って狼たちを攻撃していく。

狼たちはジャンプしてルミナに噛《か》みつこうとしてくるが、予備動作が見え見えだ。ルミナは狼たちの攻撃を簡単に回避し、あるいはカウンター気味に光の球を叩《たた》き込んでいる。

そして、全ての狼たちのＨＰが三割程度まで減少したところで、ルミナは周囲の光球を消して何やら集中し始める。狼たちはルミナを止めようというのか、必死になってジャンプしているが、それでも攻撃が当たることはない。

そのまま数秒ほどの溜めを経て――次の瞬間《しゅんかん》。

「――――ッ」

ルミナは両手を一気に振り降ろし、それと同時、巨大《きょだい》な光の爆発《ばくはつ》が発生する。閃光《せんこう》を伴《ともな》う爆裂《ばくれつ》は狼たちの中央で炸裂《さくれつ》し、狼たちを容赦《ようしゃ》なく吹《ふ》き飛《と》ばした。そのまま地面に叩きつけられた狼たちのＨＰは、完全に削れてなくなっている。文句なしの完勝であると言えるだろう。

『テイムモンスター《ルミナ》のレベルが上昇《じょうしょう》しました』

戦闘を終えたルミナは、こちらに戻ってきてどうだと言わんばかりに胸を張る。その様子に苦笑しながら、俺はルミナの頭を指先で軽く叩いていた。

「よくやった。きちんとできていたぞ」

「――――♪」

俺の指にじゃれついたルミナは、また定位置と言わんばかりに俺の頭の上に着地する。

まあ、ルミナの能力から考えれば、今の戦い方は文句なしだと言えるだろう。対空能力のない敵に対してならば、ほぼ一方的に勝利することができる。

ただし、問題があるとすれば――

「お前、なかなか燃費が悪いんだな」

「今ので半分ぐらい使っちゃってますねぇ。じわじわ回復してますけど」

「――――？」

雲母水母の言葉通り、ルミナのＭＰは今の戦闘だけで半分を割り込んでいた。未だレベルが低く、魔法の威力も十分ではないのが原因だろうが、これでは効率が悪い。もう少し、こちらが弱らせてやるなり、動きを止めてやるなりして効率よく倒していくしかないか。

幸い、ＭＰの自動回復もあるため、放置していれば程なくして回復する。ちょくちょく様子を見ながら戦わせてみるとしよう。

第三章　一方その頃　その一

「──《スペルチャージ》、【ファイアボール】！」

不機嫌《ふきげん》そうな声音《こわね》で唱えられた魔法が、火球となって顕現《けんげん》する。その号令と共に撃《う》ち放たれた火球は、薄暗《うすぐら》い洞窟《どうくつ》の中を明るく照らし──飛び込んできた黒い影《かげ》に激突《げきとつ》、爆発を巻き起こした。紅の炎《ほのお》が舐《な》めるように躍《おど》り、その炎に巻かれた黒い蝙蝠《こうもり》は、炎上《えんじょう》しながら空中を暴れ回る。あまりにも目立ちすぎるその目印へ、緋真《ひさな》は洞窟の壁面《へきめん》を蹴《け》って跳躍《ちょうやく》しながら刃《やいば》を振るった。

斬法──剛《ごう》の型、輪旋《りんせん》。

壁面に衝突《しょうとつ》せぬように位置取りしながら、大きく旋回《せんかい》させるように振るった刃は、飛んでいた蝙蝠──二匹《ひき》のケイブバットを纏めて一刀の下に斬《き》り捨《す》てた。

火の粉が花弁のように舞《ま》い散《ち》る中、軽《かろ》やかに地面に着地した緋真は深く息を吐《は》き出し、そして唇《くちびる》を尖《とが》らせて不満げな声を上げる。

「もう、どこに行ったんですか先生は！」

ここは宿場町リブルムから東、しばし進んだ先にあるダンジョンだ。現在の所、多くのプレイヤーにとっての最前線であり、攻略組《こうりゃく》のプレイヤーが多く滞在《たいざい》している場所でもある。生産のための鉱石系のアイテムや、確率は低く非常に希少なスキルオーブ系のアイテムなど、様々なアイテムが手に入る場所だ。

（だから先生もここにいると思ってたのに……）

緋真の師であるクオンは、何よりも戦場を求めている。困難な戦い、対等に戦える難敵――己《おのれ》を高められる、そんな戦場こそを求めているのだ。そんな彼であれば、現状最も難しいステージである東のダンジョンに足を運ぶのは自明であると、緋真はそう考えていたのである。しかし――

「影も形も……目撃例《もくげきれい》もないとか。まさか、本当にこっちには来てない……？」

緋真としては、ここで合流した上で、二人での冒険《ぼうけん》を再開するつもりだったのだ。彼と共にこのゲームをプレイすることは緋真にとって何よりの望みであったし、クオンとの固定パーティについては誰にも譲《ゆず》るつもりは無かった。しかし現状、彼の姿はこのダンジョン内で見かけることはできていない。クオンは既《すで》に最前線のプレイヤーの間で話題になっている人物であるし、その姿があれば必ずや反応するプレイヤーが出てくるはずなのだ。

「プレイヤーの間でも噂になってない、掲示板《けいじばん》にも目撃例無し……くっ、私が先生の行動パターンを読《よ》み違えるなんて！」

　他の人間には理解しえない悔《くや》しがり方をしつつ、緋真は左手を口元に当て、右手の指で左の肘《ひじ》をトントンと叩きながら思考する。考察するのは、今日クオンがログインしてからの行動パターンだ。

「エレノアさんからの依頼《いらい》でメンバーをリブルムまで送ったとして……先生なら周辺の敵情報をある程度聞いてるはず。それなら、この辺りで一番強い敵は――」

　そこまで考え、緋真は目を見開いた。一つ、除外していた可能性があったのだ。彼が求めているのは強敵だ。であれば、最も強い敵――この地域のエリアボスを目指すことは道理である。だが――

（しまった……勝ちの目がなさ過ぎて除外してた。先生ならあいつを倒しに行くに決まってるじゃない！）

　未だ攻略法《こうりゃくほう》の判明していないエリアボス。このダンジョンに多くのプレイヤーが詰《つ》めかけているのも、その攻略法を求めてのことである。クオンも、いかな強敵が相手であるとしても、勝ち目のない敵に挑むほど愚《おろ》かではない。だが、その攻略法を求めるという名目で、彼がダンジョン以外のエリアに向かう可能性は十分にあったのだ。

「こっちじゃないってことは、西にある村か！　早く戻らないと！」

リブルムの西、謎の聖堂がある小さな村。攻略のためのヒントがあると目されながら、しかし未だ何の発見もされていない奇妙《きみょう》なエリア。確かに、ボスを倒《たお》すための手掛《てが》かりを探《さぐ》るのであれば、そちらを目指している可能性も否定できなかった。

緋真は急いで踵《きびす》を返し、ダンジョンを逆走し始める。現れた敵は片《かた》っ端《ぱし》からなぎ倒してきたため、今のところ通路に魔物の姿はなかった。

（今から戻ったとして、西の村まで行ったらログイン限界ギリギリ……探してる余裕は無いし、ログアウトしたらその間にまた先生がどっかに行っちゃうかも……とりあえず、リブルムまで戻ってログアウト、明日ログイン後すぐに西の村に向かって合流するしかない！）

西の村に探索《たんさく》できるエリアはそれほど多くはないが、さりとて一時間程度で全ての探索が終わるような場所というわけでもない。であれば、西の村まで辿《たど》り着《つ》けば彼と合流することもできるだろう。そう判断して、緋真はダンジョンの階層を駆《か》け登った。

ダンジョンは、一部の階層からパーティ単位でエリアが構築されるようになる。閉鎖《へいさ》された空間内で大量のプレイヤーが同じエリアに入ってしまっては、エリアが飽和《ほうわ》してしまう可能性があるからだ。

そのため、入口こそ共通であるが、一つ階層を下りれば他のプレイヤーとは遭遇《そうぐう》しないインスタントダンジョンが形成されるのである。

生成されたエリアから脱出《だつしゅつ》した緋真は、当然ながら他のプレイヤーが存在するエリアに足を踏み入れることになる。有名なプレイヤーであるため、当然周囲の視線も集まるが、緋真がそれを気にすることは一切なかった。

目指すは師のいる場所、師と共に戦う戦場。そのためならば、他のプレイヤーの存在など眼中に入る筈《はず》もない。掛《か》けられそうになった声の一切を無視して、緋真はさっさとダンジョンを後にしたのだった。

無論のこと――この時の彼女《かのじょ》には、クオンが既にボス攻略のヒントを得ていたことなど、知る由も無かったのである。

第四章　第二のボス

リブルムの街に帰還《きかん》したのは、結局時間ギリギリになってからだった。理由はまあ、俺《おれ》が限界までルミナを育てようと粘《ねば》っていたからなのだが。

無論、門が閉まっている以上、そのままボスに挑むことはできない。そのため、その日は一度ログアウトし、翌日時間を合わせて攻略を行うことになった。

そして日を改めた翌日、ログインした俺はリブルムの北門で雲母水母《きららくらげ》たちを待っていた。

「しかし……テイムモンスターってのは面白いもんだな」

「――――？」

肩の上に座っていたルミナが、俺の言葉に首を傾《かし》げる。

その様子に笑みを浮かべながら、俺は昨日のログアウト間際《まぎわ》のことを思《おも》い浮かべた。

俺がログアウトしている間、ルミナはどうなっているのか、そこが若干の心配だったのだ。しかしそう問われたルミナは、問題ないと言わんばかりに俺の手の上に着地し、その体を白みがかった水晶玉《すいしょうだま》へと変化させたのである。どうやら、テイムモンスターはそのようにして出し入れをすることが可能らしい。まあ、大型のテイムモンスターなんかはどこにでも連れて行けるわけではないし、そのような措置《そち》が必要なのだろう。

「ボスに挑むにはまだ若干の不安はあるが……まあ、ルミナは後方支援《しえん》にすれば問題はないか」

ルミナのレベルはまだ低い。そもそも、妖精《ようせい》であるため体力そのものが貧弱だ。攻撃を一度でも受けてしまえば、その時点で死にかねない。

魔法に対してはある程度耐性《たいせい》もあるだろうが、元の体力が低いから油断できるレベルではない。要するに、敵の攻撃を受けない位置にいてくれた方が安心なのだ。

肩に乗りながら頬を手のひらで押《お》してくるルミナの様子に、苦笑しながら声を上げる。

「ま、お前は薊《あざみ》の帽子《ぼうし》の上にでも座っていろ。その方が安心だ」

「……そこは私の頭の上ではないんですか、クオンさん」

「お前さんだと、ルミナを気にしすぎて動きが鈍《にぶ》りそうなんでな」

横合いからかかった声に、肩を竦めてそう返す。視線を向ければ、どこか恨《うら》めしそうな表情のリノがこちらを睨《にら》んでいた。まあ、彼女の気持ちもわからんではないが、ボス戦で頭の上ばかり気にされても困るのだ。

「さて、これで揃《そろ》ったか」

「ごめんなさい、ちょっと遅《おく》れちゃいました」

「時間には間に合ってるし、問題ないだろ。そっちは四人な分、準備も時間がかかるだろうしな」

四人が揃っているのを確認して、俺は背中を預けていた門から離《はな》れる。昨日のうちに俺の分のお守りも購入《こうにゅう》してあるし、特に不足しているアイテムもない。ボスに挑むための準備は十分だ。

「それじゃあ行くとするかね」

「はい、よろしくお願いします」

互《たが》いに礼を交《か》わして、ボスの待つ領域へと向けて出発する。距離的《きょりてき》にはそう遠くはないそうだが、戦う前から消耗《しょうもう》してしまうのもつまらない。はしゃぐルミナには油断しないように注意しながら先へと進む。

と——進み始めて数分、早くも変化が生じた。

「空が……」

「ここの演出、不気味ですよね」

リブルムの街では晴れ上がっていた空。それが、北に進み始めてほんの数分で、黒い雲に覆《おお》われ始めたのだ。しかし雨が降ってくる様子もなく、ただ分厚い雲が日光を遮《さえぎ》るのみ。

とてもではないが、自然現象とは思えない光景だった。これがただの演出なのか、あるいは悪魔《あくま》の能力の一端《いったん》なのか――後者だとすれば面倒《めんどう》なことになりそうだ。

と、ふとこちらに接近してくる気配を感じ取り、俺はその方向へと視線を向ける。

「ふむ、敵か？　まだ悪魔が出てくる領域じゃないと思うが」

「……おにーさん、何で私より先に敵に気付けるの？」

「敵意ある気配には敏感《びんかん》だからな。しかしこりゃまた、随分とおどろおどろしい気配だな」

俺個人に向けられたものではない、あらゆる全《すべ》てが憎《にく》いと言わんばかりの敵意。

正直、あまり感じたことのない感覚だ。これほど無差別な敵意を放つ存在には殆《ほと》んど出会ったことはない。まあ、皆無《かいむ》ではない辺り、人間の業《ごう》の深さを感じずにはいられないが。

そう胸中で呟《つぶや》きながら敵意の方向を注視すれば、その方向からはふらふらと近づいてくる三人ほどの人影《ひとかげ》があった。

いや、あれは――

「……ゾンビ、か」

「ああ、この辺はアンデッドも出るんですよね」

■ゾンビ

種別：魔物《まもの》・アンデッド
レベル：10
状態：正常
属性：闇《やみ》
戦闘位置：地上

《識別》した結果からすれば、どうやら見たままの敵のようだ。ふらふらとこちらに近寄ってくる動きはかなり鈍重《どんじゅう》で、正直それほど脅威《きょうい》は感じない。だが、その濁《にご》った眼《め》の奥《おく》にある敵意は、これまでの敵とは異なる異質なものだった。まるで、生きとし生けるもの全てを敵視しているかの如き、憎悪《ぞうお》の感情。敵として危険とは感じないが、これは害獣《がいじゅう》を相手にするようなものだ。気を引《ひ》き締《し》めて太刀《たち》を抜《ぬ》き放ち――

「――――っ！」

俺が斬りかかるよりも先に、ルミナが光の矢を連続で放った。
レベルアップすることで使えるようになった光の矢は、速度と貫通《かんつう》力に優《すぐ》れている。空気を裂《さ》く光の矢は、ＭＰ燃費の良さも相まって次々と射《う》ち放たれ、ゾンビの胸や頭に突き刺《さ》さった。それによって、ゾンビたちのＨＰは瞬《またた》く間《ま》に削られていく。

「流石《さすが》は光の魔法、弱点属性は効きますね」

「はぁ……俺の出番は無さそうだな」

太刀は納めないが、その切っ先は降ろして嘆息《たんそく》する。地上を歩くしかなく、動きが鈍重なゾンビなど、ルミナからすればいいカモだ。俺が手を出すまでもなく、連中を全滅させられるだろう。まあ、ボスのところに出てくるアンデッドはこうはいかないだろうが……それでも、弱点を突けるのならば都合はいい。

そんなことを考えている間に、光の矢に射抜《いぬ》かれて踊るように蠢《うごめ》いていたゾンビたちは、HPを削られきってその場に倒れた。

「――――！」

「ああ、よくやったな、ルミナ」

指先で突いてやると、ルミナは上機嫌《じょうきげん》な様子でじゃれついてくる。

それを隣《となり》で見ているリノの顔が、ちょっと他人には見せられないような状態になっていたが、それは気にしないことにして――

「だがルミナ、MPの残量には気をつけておけよ？　いくら回復するとはいえ、ペースを考えなきゃ枯渇《こかつ》するからな」

「――――！」

「ああ、次は気をつけてくれ」

胸を張って頷《うなず》くルミナに満足し、ゾンビのドロップアイテムを回収する。女性陣《じょせいじん》はどうにも近づきたくない様子だったが、腐乱《ふらん》死体をその辺に放置しておくのは迷惑《めいわく》だろう。まあ、放置していてもいずれは消えるのだろうが、あまり気分のいいものではない。

とはいえ、大したアイテムは回収できず。倒しやすい以外にはそれほどメリットのない魔物であったようだ。

「ゾンビは無視しちゃっていいんじゃないですか？　走って逃げれば避《さ》けられるでしょうし」

「まあ、それもそうだな……ルミナのMPを使うのも勿体ないし」

雲母水母の提案に、俺は肩《かた》を竦《すく》めつつ首肯《しゅこう》する。ルミナのレベル上げのみを目的とすればそこそこいい相手かもしれないが、この四人にはまるでメリットがない。パーティで行動している以上、彼女たちにも配慮《はいりょ》せねばならないだろう。

元より、今回の目的はあくまでも悪魔だ。この辺りの敵を相手にする理由はない。であれば、とっとと進んでも問題はないだろう。そう判断して、足早に北へと歩を進める。

先へと進むほどに空は徐々《じょじょ》に暗くなり、空気は重いものへと変化する。

どこか息苦しさすら感じる雰囲気《ふんいき》の中、俺は先に立ち並ぶ石柱を発見した。

だが――

「……何だ？」

「クオンさん？　どうかしました？」

「ああ、いや……特に何かがあったってわけじゃないんだが」

首を傾げた俺に、隣を走る雲母水母が問いかけてくる。だが、それに対する答えは出せず、俺は眉根を寄せた。あの石柱を見ていると、何か違和感《いわかん》を覚えるのだ。以前に狼と戦った時とは、何かが異なっているように感じる。だが、それが具体的に何なのかを説明することができない。少なくとも、見た目の上では何も変化がないのだ。

「済まんな、うまく説明できない。違和感があるんだが、どこがおかしいのかと聞かれると分からないんだ」

「そうなんですか？　うーん……特には感じませんけど」

「……私も、分からない」

どうやら、四人は特に何も感じていない様子。気のせいと言うにはどうにも直感が強く囁《ささや》いてくるのだが……説明できないのであればどうしようもない。

今はとりあえず気にしないことにして、俺はさっさと石柱の前まで足を進めた。

「さて……準備はいいか？」

「はい、いつでも」

「ここまで来たんですもの。ボス討伐《とうばつ》の一番乗り、やり切ってみせましょう」

「うおー！　あたしたちが一番乗りだー！」

「……勝算は十分。ふふ、やってやる」

意気軒昂《いきけんこう》、やる気は十分。未《いま》だ誰も到達《とうたつ》していない目標の達成となれば、気合が入るのも当然だ。いい意味の緊張感《きんちょうかん》を保っている四人に満足し、俺は頭の上のルミナを摘《つま》み上げて薊の帽子の上に置く。相変わらず警戒心《けいかいしん》の強い様子の彼女だが、ルミナを置かれた瞬間、少しだけ嬉《うれ》しそうな表情を浮かべていた。何だかんだ言っていても、少女であることに変わりはない。彼女には気づかれぬように小さく苦笑《くしょう》して、俺は再び前を向く。

「では、突入《とつにゅう》だ」

『了解《りょうかい》！』

打ち合わせでもしていたのかと言いたくなるような返事に笑いながら、俺は少女たちを連れ立って石柱の向こう側へと足を踏《ふ》み入《い》れる。

瞬間――俺達《おれたち》の視界に、幾人《いくにん》かの人影が現れた。鎧《よろい》を纏《まと》った人影が五体、そしてその向こう側にいるのは、白衣を纏った男の姿だ。鎧の人物たちは同じデザインの鎧を纏っており、内四人は兜《かぶと》まで被《かぶ》っている。だが残る一人、中央奥に立つ人物だけは、その素顔《すがお》を晒《さら》

していた——濁った瞳《ひとみ》で、先ほど感じたものと同じ敵意を俺たちへと向けながら。

そしてその向こう側、一番奥にいる白衣の男が、俺たちの姿を認めてにやりと笑《え》みを浮かべる。

「おや、おや、おや。最近はあまり見なくなってきたかと思っていましたが……まぁた異《い》邦人《ほうじん》のお客さんですかねぇ」

「……悪魔か」

「いかにも。私は男爵《だんしやく》級第一一四位、ゲリュオンと申します。以後、お見知りおきを」

そう口にして、悪魔——ゲリュオンは恭《うやうや》しく礼をする。

だが、その視線から放たれている害意は一分の狂《くる》いもなく俺たちへと向けられている。

なるほど、確かに。悪魔《ヤツ》は、人間の敵というわけだ。

「会話の通じる相手であったことは感謝しておこう。おかげで、大体わかった」

「ほう、一体、何が分かったと仰《おつしや》るので?」

「お前が、外を歩いていた腐乱死体と同じ害虫に過ぎんということがだ。生かしておいても一分の益もない。さっさと処理するに限るな」

俺の言葉に、ゲリュオンはひくりと頬を引き攣《つ》らせる。

どうやら、罵倒《ばとう》の類《たぐい》は一応効くらしい。ともあれ、状況分析《じようきようぶんせき》はこの程度でいいだろう。

意識を精鋭化《せいえいか》し、俺は魔法発動の準備をしながらゆっくりと前に出る。

「この私が、あの木偶《でく》どもと同じ……？　あまり舐めた口を利《き》くなよ、人間」

「慇懃無礼《いんぎんぶれい》な態度が崩《くず》れてるぞ、下《した》っ端《ぱ》悪魔《あくま》。害しか生まないという意味では完全に同じだ、とっとと死ね」

「はははははっ！　学びもしない愚《おろ》か者《もの》の分際で！　死ぬのは貴様たちの方だ……そしてこの木偶どもと同様、お前たちの体でも遊んでやろう！」

叫《さけ》び、ゲリュオンは両手を広げる。その瞬間、奴《やつ》の足元には黒い魔法陣《まほうじん》が発生し、瞬く間に周囲へと広がっていった。俺の足元を越《こ》え、後ろの雲母水母たちの場所までも飲み込み、このエリア全体へ。

これは回避のしようがない。恐らくはこれが、例のデバフとやらなのだろう。受けてしまえば、戦うことは厳しい――だが、これで俺たちが条件を満たしているかがわかる筈だ。

そう考えた瞬間、俺の胸元《むなもと》が光を放つ。それは他でもない、装備していた聖印の輝《かがや》きだ。

「なっ、それは――!?」

聖印が輝くと共に、俺たち全員が所持していたお守りの指輪も輝き始める。

眩《まばゆ》い光は薄暗い周囲を明るく照らし出し――俺達の頭上に、金色に輝く紋章《もんしょう》を生み出していた。それは聖印と同じ、アドミナ教とかいう宗教の紋章。輝く紋章は、俺たちの立つ地上を光で照らし、足元に広がる黒い魔法陣を消滅《しょうめつ》させた。

「ば、馬鹿《ばか》な……おのれ、人間風情《ふぜい》がッ！　私の研究成果を――」

「【シャープエッジ】、【ハードスキン】」

ゲリュオンが何やら喚《わめ》いているが、聞いてやる義理はない。魔法を発動した俺は、僅《わず》かに赤と青の燐光《りんこう》を纏いながら、道を塞《ふさ》ぐアンデッド達へと向けて走り出す。

■アンデッドナイト
種別：魔物・アンデッド
レベル：14
状態：正常
属性：闇
戦闘位置：地上

■アンデッドナイト・リーダー
種別：魔物・アンデッド
レベル：19

状態：正常
属性：???
戦闘位置：???

どうやら、相手はどれも格上の様子。だが、先ほどの光を浴びたおかげか、随分《ずいぶん》と動きが鈍っているようにも見える。まあ、そうでなくとも、五人程度ならば何とかできる自信はあるが――今の目標はあの悪魔だ。手早く片づけてやるとしよう。

斬法――柔《じゅう》の型、流水・指削《ゆびそぎ》。

振《ふ》り降ろしてきたアンデッドナイトの剣《けん》に、横から太刀の柄《つか》を叩きつける。その衝撃《しょうげき》で逸《そ》れた軌道《きどう》の内側へと刃を走らせ――俺の太刀は、アンデッドナイトの手首を斬り落とした。本来は脇差《わきざし》などで相手の親指を斬り落とす業だが、これでも結果的には問題ない。

続けて体を深く沈《しず》め、斬り落とした腕の下を通るように地を蹴る。そのまま、すれ違《ちが》い様にもう一体のアキレス腱《けん》を切断し、さらに奥へ。

「クオンさんっ！」

後ろから、雲母水母の声。警告の声だが、それには及《およ》ばない。横からこちらを貫《つらぬ》こうと突っ込んでくる相手については、それよりも先に察知していたからだ。

斬法――柔の型、流水・流転《るてん》。

突き出《だ》してきた剣に太刀を絡《から》め、引き寄せながら足を払《はら》う。そのまま相手の下に体を潜《もぐ》り込ませてやれば、アンデッドナイトは面白いようにぐるりと回転して吹き飛んだ。

飛ばす先は、もう一体のアンデッドナイトが接近してくる方向。その結果、為《な》す術《すべ》なく二体のアンデッドは衝突して、もつれ合うように転倒《てんとう》する。

残るは、リーダー一体のみ。未だ動きを見せぬ相手へと刃を振るい――

「――――っ！」

その首を薙《な》ぐ寸前で、俺は刃を止めた。こちらを見つめるその瞳、彼《かれ》の視線の中に、僅かな理性を感じ取ることができたからだ。

ちらりと胸元を見れば、そこには俺と同じ、アドミナ教の聖印が揺《ゆ》れている。どうやらこの力で、死したのちも僅かながらに意識を保っていたらしい。

「な――くっ、何をしている！　その男を殺せぇッ！」

『グ、ガ……』

目の前の男の体が揺れている。どうやら、渾身《こんしん》の力で体の動きを抑《おさ》えているらしい。悪魔の命令に無理矢理《むりやり》耐《た》えているのであれば、恐《おそ》らく長くは持たないだろう。

ならば――

「……言い残すことはあるか？」

『――っ！　娘《むすめ》ト、団長ニ……スマナイ、ト――』

「ああ、請《う》け負《お》おう」

斬法――柔の型、零絶《れいぜつ》。

刀を突《つ》き付けて静止した姿勢、そこから腰《こし》と上半身の力だけで刃を振り抜き、誇《ほこ》り高《たか》い騎士《きし》の介錯《かいしゃく》を完遂《かんすい》する。

刎《は》ね飛ばされた首は驚愕《きょうがく》に目を見開き――次の瞬間には、穏《おだ》やかにその目を閉じていた。

遅れて残った体が倒れる中、俺は残心と共に刃を構え直し、茫然《ぼうぜん》とこちらを見つめていた連中に声をかける。

「おい、お前ら。残った四体の相手は任せた」

「あ……す、済みません！　クオンさんは――」

「無論、あの塵《ちり》を片付ける」

視線の先には、こちらを忌々《いまいま》しげに睨みつける悪魔が一体。さあ――その傲慢《ごうまん》、斬り崩してやるとしよう。

第五章　悪魔ゲリュオン

このゲームに出現する敵は、基本的に複雑な意識などないものであると認識《にんしき》していた。

何しろ、これまでに出てきた相手は基本的に獣《けもの》ばかり。本能のままにこちらに襲《おそ》い掛かってくるような相手ばかりだった。であれば、それはただの駆除《くじょ》か狩《か》りに過ぎない。戦ではなく、単なる遊びでしかなかったのだ。だが――ここにきて、その例から外れる存在が現れた。悪魔ゲリュオンと、それに使役《しえき》されたアンデッドナイト。そのリーダーであったあの男は、悪魔に支配されながら、それでも自意識を完全には失っていなかった。

「殺す前に、一つだけ聞いておこう」

「大きな口を叩きますねぇ……まさか、あの木偶共を片付けた程度で、この私に勝てるとでも？」

「当たり前だろうが、何を聞いてるんだお前は」

そんなことを話したいんじゃないんだが、と返答したが、悪魔は再びその形相を歪《ゆが》めた。

まあ、それはどうでもいい。この害虫は、敵として尊敬に値《あたい》するような相手ではないのだ。そんな相手の内心など、いちいち気にしてやる道理など無いだろう。

「あのアンデッドナイトたちは、以前お前に挑《いど》んできた騎士たちだな？」

「……それが、どうしたと？」

「ああ、別に。単なる確認《かくにん》だ」

つまるところ、やはりこいつは、自分に挑んできた相手を殺し、その死体を辱《はずかし》めていたということだ。あの騎士たちは、戦士としての名誉《めいよ》ある死を得るどころか、悪魔の手駒《てごま》として市井《しせい》の人間を襲撃《しゅうげき》させられた。俺はそれを、ただのバックストーリーと片付けることはできない。今際《いまわ》の際《きわ》に懺悔《ざんげ》を零《こぼ》したあの男の苦悩《くのう》を、そんな安い言葉で片付けるわけにはいかない――戦火の中で苦悩を重ねていた男たちの姿を、知っているから。

だがまあ……これで、多少はやる気が出た。

「これは決闘《けっとう》ではない。討伐でもない。ただの、駆除だ。貴様の死に意味などくれてやらん、そこで無意味に朽《く》ち果《は》てろ」

「く、ははは……舐めてくれるじゃねぇか、人間風情があああッ！」

ゲリュオンは、叫びながら手を振り上《あ》げる。その頭上に発生したのは、３メートルはあろうかという巨大な火の玉だ。どうやら、今のお喋《しゃべ》りの間に詠唱《えいしょう》を行っていたらしい。

勝《か》ち誇った笑みを浮《う》かべたゲリュオンは、俺へと向けてその手を振り降ろす。

「そのおめでたい頭ごと燃《も》え尽《つ》きなァッ！」

「──《斬魔《ざんま》の剣》」

巨大な火の玉は、高速で俺へと飛来する。迎《むか》え撃つは、青い光を宿した太刀の一閃《いっせん》だ。輝きを宿すその一閃は、飛来した火球へと食い込み──以前とは異なる、確かな手ごたえを俺の手に伝える。

「おおおおおっ！」

ぎん、と音が響《ひび》く。

力を込めて振り降ろした刃は、燃え盛る炎を真っ二つに切断していたのだ。そのまま俺の両側へと通り過ぎていった炎は、以前のように斬られた瞬間に消滅することなく、後方の地面で燃え上がる。その様子を気配で感じながら、俺は納得《なっとく》の声を上げた。

「成程《なるほど》、魔法《まほう》の威力《いりょく》が高いと消えはしないわけか」

「な、に……!?」

ゲリュオンが驚愕している間に、己の状態について確認する。どうやら《斬魔の剣》は、威力で負けている場合は、完全に魔法を消し切れるわけではないらしい。威力で負けている魔法を斬ると、斬ること自体はできるようだが、貫通ダメージを受けてしまうようだ。それでも斬れていることに変わりはないし、直撃《ちょくげき》を受けるよりは遥《はる》かにマシなのだが。

性質さえ分かれば問題はない。要は、強力な魔法を溜《た》めさせなければいいだけの話だ。

「ふっ――」

「ッ、糞《くそ》がァ！」

短い呼気と共に踏み込み、駆ける。元より、大した距離《きょり》が開いているわけではない。

瞬時《しゅんじ》に肉薄《にくはく》してその体を両断しようとするが、ゲリュオンはその場から後方へと大きく跳躍していた。が――その動きは予想済みだ。

歩法――烈震《れっしん》。

大きく前傾《ぜんけい》姿勢を取り、己の体重を推進力へと変えて地を蹴る。その速度は先ほどの比ではない。俺はゲリュオンが後方に着地したその瞬間《しゅんかん》には、奴の眼前まで飛び込んでいる。

「なっ⁉」

「――《生命の剣》」

太刀が金色の光を纏う。蜻蛉《とんぼ》の構えから振り降ろされた太刀の一閃はゲリュオンの胸へと吸い込まれ――その直前、反射的に構えられた腕《うで》を切断していた。

だが、そこで刃は止まらない。更《さら》なる返す刃の一閃は、黒い靄《もや》を纏って放たれる。

「――《収奪《しゅうだつ》の剣》」

「ぎッ――ご、あああああ⁉」

《収奪の剣》を纏う刃はゲリュオンの胴《どう》を薙ぎ、左腕《ひだりうで》共々血を噴出《ふんしゅつ》させる。それと共にHPは回復、更なる一撃《いちげき》を叩《たた》き込もうと踏み込んで――感じた悪寒《おかん》に、俺は振るう刃を切り替《か》えた。

「《斬魔の剣》ッ！」

「があああああッ!!」

俺とゲリュオンの間に炎の塊《かたまり》が発生する。それは瞬時に膨張《ぼうちょう》し、爆発《ばくはつ》となって顕現した。青い光を纏って振り降ろされた太刀は、膨《ふく》れ上がった爆発を断《た》ち切り――けれど、衝撃までは殺し切れず、俺の体は後方へと押しやられる。奴め、曲がりなりにも男爵《だんしゃく》級悪魔というだけのことはあるわけか。咄嗟《とっさ》に放ったにしては大した威力の魔法だ。

「が、はぁっ、はぁっ……き、さま」

「ちっ……仕切り直しか」

左腕を失い、胴を裂かれたゲリュオンの姿を見据《みす》える。人間ならばショック死している可能性もある傷だが、悪魔は相応に頑丈《がんじょう》なようだ。

別段、苦しめてから殺すなどという自己満足をしようとしたわけではないのだが、相手が中々に生き汚《ぎたな》かったということだろう。まあ、その辺りはどうでもいい。次で殺す、それで死ななかったらその次で殺す。ただそれの繰《く》り返《かえ》しだ。太刀を蜻蛉の構えに、一刀にて両断する剣気を込めて、ゲリュオンの姿をまっすぐと見据える。

「この、化け物め……貴様、本当に人間か……⁉」

「ああ、何か知らんがよく言われる言葉だな」

何故《なぜ》か知らんが、俺と対峙《たいじ》した人間の五人に一人は同じ言葉を吐《は》いてくる。

馬鹿な言葉だ。久遠神通流《くどうじんつうりゅう》は、あくまでも人が人を斬《き》るための剣術《けんじゅつ》に過ぎないというのに。そんな言葉に縋《すが》りたいのならば、縋っておけばいいだろう。

「御託《ごたく》は要《い》らん、斬り捨《す》てる」

「おのれ……こうなったらッ！」

叫び、ゲリュオンが残った右腕《みぎうで》で何かを取り出す。

あれは、アンプルか何かか。その性質は分からないが、使われたら面倒なことになるのは間違《まちが》いないだろう。だが、先ほどの爆発で距離が開きすぎている。ここから奴に斬りかかっても、恐らくは間に合わない。

一旦《いったん》様子見をするしかないか、と考えていた所に、後ろから声と回復魔法がかかった。

「クオンさん！」

「大丈夫《だいじょうぶ》ですか⁉」

「ああ、問題ない。それよりも奴だ」

集まってきた雲母水母《きららくらげ》たちのことは気にも留めず、ゲリュオンは手に持ったアンプルを己《おのれ》の体に打ち込んでいた。

やはり、何かの薬品か。回復のポーションの類かとも思ったが、使うのを一瞬躊躇《いっしゅんためら》っていた様子を見るに、どうも異なるような気がする。だとすれば一体何なのか。疑問を抱《いだ》きつつも警戒《けいかい》を絶やさぬよう集中し——俺は、思わず目を見開いた。

アンプルを打ち込んだゲリュオンの体が、唐突《とうとつ》に一回り大きく膨張したのだ。

「んなっ⁉」

「何よあれ⁉」

膨れ上がったゲリュオンの肉体は纏っていた服を破り、剥《む》き出《だ》しになった肌《はだ》は緑色に変色していく。両手には巨大《きょだい》な鉤爪《かぎづめ》、多少なりとも整っていた顔は、醜《みにく》い化け物に変貌《へんぼう》する。

先ほどの姿とは似ても似つかない——だが、悪魔と言われれば納得できる姿だ。斬り落とした腕や裂いた腹部までも再生しており、完全なる健康体となって復活した。

『ぐ、ははは……成功だ。やはり私は天才だ！』

「な、何なのよ、あれ……あんな姿になるなんて、聞いてないんだけど⁉」

「そこまで追《お》い詰《つ》めた奴がいなかったんだろうよ」

ゲリュオンは、追い詰められた状況《じょうきょう》になってからようやくあのアンプルを使用した。となれば、追い詰められた状況にならない限り、あれは使わないということだろう。

受けたダメージも回復するようだし、なかなか面倒な能力を見せてくれるものだ。

『はははははっ！　これこそが《化身解放《メタモルフォーゼ》》！　本来は伯爵級《はくしゃく》でもなければ使えない代物《しろもの》だが……くふふ、お前たちがせっせと貢《みつ》いでくれたおかげで、完成させることができましたよ！』

「……うげ。もしかしてプレイヤーが負け続けたから強化された？」

「そんな仕様聞いてないわよ！」

薊《あざみ》の言葉が事実であるとすれば、奴は果たしてどれほど強化されているのか。

誰《だれ》も知らなかったのだろうし、仕方ないと言えば仕方ないのだが……雲母水母が文句を言いたくなる気持ちも分からないではない。俺としても、もう少しマシな相手がこれを使ってくれていれば、楽しむことができたのだが……生憎《あいにく》と、俺はこいつを『敵』として扱《あつか》わないと決めている。面倒だが、さっさと片付けてやらねばなるまい。

「厳しそうなら、お前らは後ろからの援護《えんご》に徹《てっ》してくれ」

「クオンさん、まさかあいつと⁉」

「そりゃあ斬るに決まってるだろ。《生命の剣》を多用するんで、回復を任せたい」

「……分かりました、お任せください」

「うー、私が一緒《いっしょ》に前に出ると、回復が間に合わなくなるか……ごめんなさい、クオンさん」

「構わん、後ろから魔法で援護でもしててくれ」

全身の変貌が終わり、ゲリュオンは再び動き出す。それに合わせて、俺も太刀を構えながら前に出た。かなり大柄《おおがら》になり、2メートル半はあろうかという巨体《きょたい》を誇る相手だ。倒《たお》すのには相応の工夫《くふう》がいるだろう。

『くくく、まさか、雑魚《ざこ》を引き連れていれば勝てるとでも？』

「別にいなくてもどうにかなるが、いた方が楽なのは事実だからな」

『ふっ、その余裕《よゆう》がいつまで続くか――見物ですねぇッ！』

その叫《さけ》び声《ごえ》と共に、ゲリュオンはこちらへと飛び込んでくる。

放たれる攻撃《こうげき》は、右腕による薙ぎ払いか。直撃を受ければ吹《ふ》き飛《と》ばされるか、爪《つめ》によって引き裂かれるか――まあ、そんな見え見えの攻撃が当たるはずもないのだが。

歩法――虚影《きょえい》。

後方へと一歩後退、その着地した足で地を蹴《け》り、そのまま前へと出る歩法。

体幹を揺らさぬままこれを行うことで、ギリギリを見極《みきわ》めればまるで攻撃がすり抜けたように錯覚《さっかく》させることもできる業だ。後退している間にゲリュオンの爪は俺の胸元ギリギりを通り過ぎ、その次の瞬間には奴の懐《ふところ》に飛び込んでいる。

「ふっ！」

『ぐっ⁉　何が――』

奴の右脇腹《わきばら》を薙ぐ――が、浅い。どうやら、肉体そのものの強度が上がっているようだ。ただ普通《ふつう》に斬っているだけでは致命傷《ちめいしょう》を与《あた》えるには足りないだろう。血まで緑色なのが若干《じゃっかん》気色悪いが、まあ気にしていても仕方あるまい。

ゲリュオンは俺の姿を追い切れずに混乱しているようだが、脇腹を斬られたことで、反射的に右腕を戻《もど》して振り払うように振るっていた。素人《しろうと》にありがちな反射的な行動だが、流石にこの体格差では受け流すのも難しい。ならばと、俺は体を沈めて潜《くぐ》り抜けるように回避《かいひ》しながら、相手の膝裏《ひざうら》へ移動しつつ刃《やいば》を振るった。やはり普通に斬っただけでは効果が薄《うす》いが、膝裏を打たれれば否《いや》が応《おう》でも体勢は崩れるだろう。

『ぐぁっ⁉　貴様ッ！』

「――《生命の剣》」

右膝《みぎひざ》をついた体勢のゲリュオンへ、上段から刃を振り降ろす。

頭を断ち割《わ》ってやるつもりであったのだが、存外に素早《すばや》く反応したゲリュオンは、体を反らせて直撃を回避していた。だが、それでも刃から逃《のが》れることは叶《かな》わない。肩口《かたぐら》に食い込んだ刃は、そのままゲリュオンの背中を斬り裂いて血を噴出させる。やはり、《生命の剣》を使えばそれなりにダメージを与えられるようだ。それを確認し、俺《おれ》は後方へと跳躍《ちょうやく》する。

『があああああっ！』

当然の反応と言うべきか、ゲリュオンはその腕で俺のいた場所を薙ぎ払っていた。やはり、あれだけではそれほど痛手にはならなかったようだ。

しかしこの悪魔、上半身の立派さに比べると、下半身が貧弱に感じる。蹴りを使ってこないのはそれが原因だろう。足もそれほど長くないし、腕で攻撃した方が遥かに強力だ。まあ、下段からの攻撃をあまり気にしなくていいのは、こちらとしても楽でいいのだが。

「【ヒール】！」

「【ファイアボール】！」

「【ウィンドアロー】！」

「【ダークキャノン】……！」

距離が開いた所に、次々と飛んでくる雲母水母たちの魔法。ついでに、ルミナもここぞとばかりに魔法を撃《う》ちまくっていた。流石に魔法専門の薊の攻撃は威力が高く、その衝撃でゲリュオンの体勢が崩れる。更には奴の意識も彼女《かのじょ》たちの方に向いたようだ。

『雑魚共が……ッ！』

「《生命の剣》」

無論、そんな隙《すき》を晒してくれるのであれば、逃す手などありはしない。

爆《は》ぜる魔法の衝撃を潜り抜けるようにして、俺は再度ゲリュオンに肉薄した。突《つ》きで心臓でも穿《うが》ちたいところであるが、生憎この巨体が人間の構造通りなのかは分からない。

更に言えば、突き刺さった刃を抜くのも一苦労だろう。面倒だが、地道に削《けず》っていくしかあるまい。まずは、後衛の方へと向けられたその腕だ。

「おおおッ！」

『ッ、貴様――』

接近した俺にゲリュオンが目を剥くが、反応が遅《おそ》い。ゲリュオンはすでに魔法を展開し始めている。その状態からでは、こちらへの対応など間に合う筈《はず》もない。

そして奴の反応を許さぬまま、俺が振り降ろした一閃は、ゲリュオンの手首に食い込み――一刀の下に切断していた。

第六章　悪魔の宣告

切断された手が宙を舞《ま》い、落下して地面を血で染め上げる。

《化身解放《メタモルフォーゼ》》とやらを使ったゲリュオンの肉体強度は高く、《生命の剣》を使っても太い二《に》の腕《うで》を骨ごと両断することは難しい。故《ゆえ》に、腕の中でも最も細い手首、その上で骨の継《つ》ぎ目《め》を正確に狙《ねら》って切断した。腕の長さはそれほど短くはならないため、邪魔《じゃま》であることに変わりはないが、片手が無くなった分、鉤爪の脅威は半減しただろう。切断された腕を押《お》さえ、後退したゲリュオンは、怒《いか》りのままに叫び声を上げる。

『貴、様ァァァァアアアアッ！』

「ッ、《斬魔の剣》ッ！」

先ほど雲母水母《きららくらげ》たちに放とうとしていた魔法だろう、出現した三つの火球が、俺へと向けて至近距離で打ち出される。《斬魔の剣》で斬れるのは一つの魔法だけ。もう一度斬ろうとするならば、スキルを再発動しなければならない。

故に、俺はスキルを発動しながら前に出た。三方向から俺に殺到《さっとう》してくる魔法は、後方に下がれば三つ共を相手にせねばならなくなる。だが前に出れば、相手にするのは一つのみ。故に俺は、躊躇《ためら》うことなく前へと飛び出したのだ。

正面から飛来する火球、それを迎え撃つのは、脇構《わきがま》えから放たれる一閃。

斬法──剛《ごう》の型、鐘楼《しょうろう》。

小手を蹴り上げて放つ神速の斬り上げが、飛来する火球の一つを斬断する。

残る二つの火球は、俺の脇をすり抜けて、背後で爆炎《ばくえん》を上げた。そしてその振り上げた刃を以《も》って、ゲリュオンへと向けて突撃《とつげき》する。

「──《生命の剣》！」

『な──⁉』

斬法──剛の型、鐘楼・失墜《しっつい》。

肉薄し、刃を振り降ろす。黄金の軌跡《きせき》を宙に残す一閃は、ゲリュオンが咄嗟に掲《かか》げた腕に食い込み──半ばまでを斬り裂いたが、そこで止まってしまった。両腕《りょううで》を交差するように防いだためだろう。一本でも厳しいのに、二本同時に斬断できるはずもない。

「ちっ……！」

問題は、腕に食い込んだ刃を咄嗟に引き抜けなかったことだ。

ゲリュオンは腕を斬られた痛みに身を固くしており、即座《そくざ》に反撃《はんげき》を食《く》らうということはなかったが、このまま手を拱《こまね》いていれば結果は同じだ。舌打ちしつつ、俺は太刀《たち》から手を離《はな》し、小太刀《こだち》を抜《ぬ》きながらゲリュオンへと潜り込むように肉薄した。

左手で抜いた小太刀を鳩尾《みぞおち》の付近に突きつけ、右手は柄尻《つかじり》に乗せる。

斬法――柔の型、射抜。

そして、足を起点とする全身の回転運動と共に、俺は右手を打ち出した。

切っ先を定められていた小太刀は、柄尻に受けた打撃《だげき》のままに突き出され、ゲリュオンの肉を貫く。肋骨《ろっこつ》の下から心臓を狙う軌道、俺は狙いを違《たが》えることなくその一撃を打ち出し、小太刀の刃はゲリュオンの体内へと潜り込んでいた。

無論、それだけで倒し切れたと安堵《あんど》するほど、楽観的な思考はしていない。相手は変異した悪魔《あくま》などという慮外《りょがい》の存在だ。打てる手は打っておいても損はないだろう。

打法――柱衝《ちゅうしょう》。

体を丸め、縮めるようにして打ち出すのは、地面から一直線に伸《の》びる柱の如き蹴り上げの一撃。その一撃で、俺は突き刺さった小太刀の柄を蹴り抜いた。更に深く潜り込んだ小太刀は、蹴りの衝撃を受けて衝撃に暴れ、ゲリュオンの体内を抉《えぐ》る。

『ご、が……ッ⁉』

ずん、と衝撃が響き、地を踏みしめる左足の足元が罅割《ひびわ》れて捲《めく》れ上がる。

人間であれば即死《そくし》して当然の傷だ。だが、流石《さすが》は悪魔と言うべきか、これでも尚《なお》ゲリュオンの命脈を断ち切るには足りないらしい。

だが、今の一撃のダメージは大きかったのだろう。俺が蹴り足を戻してその場から退避《たいひ》した直後、ゲリュオンは腹を抱《かか》えるようにしてその場に蹲《うずくま》っていた。その際に、腕に食い込んだままであった太刀は柄から地面に衝突《しょうとつ》し、その衝撃で腕から抜けて地面に転がる。

血に濡《ぬ》れたそれを持ち上げて払えば、地面に弧《こ》を描《えが》くように緑の血が広がった。

「手間をかけさせてくれたものだな」

『が、は……や、め』

まだ意識はあるが、動けないのだろう。むしろ、あれだけやって意識があるだけ驚《おどろ》きだ。

人間相手にやっていれば、肺と心臓を全損させているはずなのだが。

だが、ゲリュオンは呼吸もままならないのか、その場で蹲って呻《うめ》くのみだ。口から血を垂れ流す悪魔は、恐怖《きょうふ》と懇願《こんがん》が入り混じった視線で俺のことを見上げている。

尤《もっと》も、許しを乞《こ》われたところで、それを受け入れるような道理など何一つないのだが。

「終《しま》いだ――《生命の剣》」

『あ、あああ……ッ！』

響く絶望の声。しかし、それに何ら感慨《かんがい》を抱くこともなく、俺は大上段から刃を振り降ろした。黄金の軌跡を描き、俺の太刀は首を垂れるように差し出されていたゲリュオンの首を叩き斬る。綺麗《きれい》に首を斬り落とした刃を地面に触《ふ》れる前に停止させ――一瞬遅《いっしゅんおく》れて、首の転がった断面から緑の血が勢いよく噴出した。念のため転がった首も踏み潰《つぶ》し、この悪魔がそれ以上動かないことを確認して、俺はようやく緊張を解す。

「ふぅ……面倒《めんどう》な奴だったな」

「お、おお、おおおおおおおおおおっ！　やった！　やりましたよクオンさん！　初のボス討伐ですよ！」

「あははははははっ！　すげー！　おにーさん超《ちょう》強いっ！」

ゲリュオンが倒れ、雲母水母とくーが揃《そろ》って歓声《かんせい》を上げる。

正直、例の妨害《ぼうがい》さえなければ、面倒ではあるもののそこまで強い相手でもなかった。まあ、そこそこ面倒な性質はあったが……恐らく、一人で挑んでいても勝てないことはなかっただろう。ルミナまで一緒になってはしゃいでいる様子に苦笑し――ふと、残りの二人が厳しい表情を浮かべていることに気がついた。

「どうした、リノ？　何か気になることがあるのか？」

「あれ、あざみーも？」

「……クオンさん。ボスを討伐したなら、それに関連するインフォが流れるはずなんです。

でも、それが無いってことは――」
その言葉に目を見開き、俺は周囲へと視線を走らせる。
首を落としたゲリュオンは当然動いていないし、アンデッドナイトたちは雲母水母たち
によって完全に仕留められている。他に敵の姿もないし、何かが襲ってくる気配もない。
どこかに何者かが潜《ひそ》んでいるのか――
「――――ッ⁉」
刹那《せつな》、背筋を走った悪寒に、俺は直感的に構えて頭上へと視線を向けた。手の届かぬ上
空、黒い雲に包まれたその景色の中、一人の人影《ひとかげ》が宙に浮いていたのだ。
レザーのような光沢《こうたく》のある黒い衣《ころも》を纏う女。その衣故《ゆえ》に、大きく開けた胸元から覗《のぞ》く白
い肌のコントラストが非常に目立つ。だがそれ以上に、燃えるような赤い髪《かみ》と、同色の瞳
が印象的だった。その瞳から感じるのは、無差別と言えるような敵意と悪意。その視線を
受け止めて、理解する。
「新手の悪魔か……！」
「……ふん」
赤毛の悪魔は、俺から視線を外してゲリュオンの死体を見つめ、嘲笑《ちょうしょう》を吐き出す。どう
やら、関係者ではあるようだ。尤も、仲間といった雰囲気《ふんいき》でもないようだが。

しかし、厄介《やっかい》な相手だ。上空を飛ばれていたら、こちらからは打つ手がまるでない。剣を投げるぐらいはできるが、流石にあの高さでは届く前に回避されるのがオチだろう。いかにして攻略《こうりゃく》したものかと思考を巡《めぐ》らせている間に、赤毛の悪魔は改めて俺の方へと視線を向けていた。

「――私は伯爵級第三位、ロムペリア」

「伯爵級!?」

雲母水母が半ば悲鳴にも近い声を上げる。

それも当然だろう。先ほど戦っていたゲリュオンは男爵《だんしゃく》級、その中でもかなり下位に位置していた。それに対し、あのロムペリアは二段上の伯爵級、しかも順位までかなり高い。つまるところ、奴はゲリュオンとは比べ物にならないほど、遥か格上の敵ということだ。

だが、不思議と俺は、奴に対する脅威《きょうい》を感じていなかった。

「そこそこに足止めをしていたかと思ったが……所詮《しょせん》男爵級などこの程度か。地虫に敗れるなど、爵位持ちの面汚《つらよご》しめ」

「ふむ。それで、顔に泥《どろ》を塗《ぬ》られた爵位持ちの悪魔よ、お前は一体何の用だ？」

「口に気をつけることだ、虫め。よもや、ゲリュオンを倒した程度で調子に乗っているのではなかろうな？」

「さて、今のお前さんに何かできるのであれば、相応の対応も取っていただろうが」

俺の告げた言葉に、ロムペリアは面白《おもしろ》くなさそうに視線を逸らせる。

そんな、どこか人間らしい反応で、俺は確信に至った。今のロムペリアは、どうやらこちらに攻撃できる状態ではないらしい。どうにも、存在感というか、気配が薄いのだ。気配を殺しているが故の薄さではなく、存在そのものが薄い。

まるで、あれが虚像《きよぞう》であるかのように――いや、恐らくはそれが正解なのだろう。

「幻《まぼろし》を使って姿を現して、いったい何の用かと思ってな?」

「ふん……成程。貴様は、他の虫どもとは少々異なるようだ」

そう口に出して――ロムペリアは、笑《え》みを浮かべていた。

凄絶《せいぜつ》な、しかし女の色香《いろか》を交えた、艶《つや》のある笑み。それを浮かべると同時に、ロムペリアから放たれる意思に変化が生じていた。先ほどまで感じていたのは、俺たち全員に対する敵意。だが、今のこれは――俺一人に対する、殺意だ。

どうやら、この遥か格上の悪魔は、俺を確かな敵であると認識したらしい。

「ゲリュオンを討《う》った者が何者かと来てみれば……成程確かに、貴様は敵に値する」

「ほう? それは光栄なことだ……であれば、どうする?」

「逸《はや》るな。貴様は必ず潰してやろう――楽しみにしているがいい」

一方的に告げて、ロムペリアは踵《きびす》を返す動作とともに姿を消す。それきり、全《すべ》ての敵は消え去って――ようやく、戦闘《せんとう》は終了《しゅうりょう》した。

『レベルが上昇《じょうしょう》しました。ステータスポイントを割り振ってください』

『《刀》のスキルレベルが上昇しました』

『《強化魔法》のスキルレベルが上昇しました』

『新たな魔法を習得しました』

『《死点撃ち》のスキルレベルが上昇しました』

『《MP自動回復》のスキルレベルが上昇しました』

『《識別》のスキルレベルが上昇しました』

『《生命の剣》のスキルレベルが上昇しました』

『《斬魔の剣》のスキルレベルが上昇しました』

『テイムモンスター《ルミナ》のレベルが上昇しました』

『フィールドボスの討伐《とうばつ》に成功しました！　エリアの通行が可能になります』

『フィールドボス、《悪魔ゲリュオン》が初めて討伐されました。ボーナスドロップが配付されます』

「……一気に来たな」

耳に響くインフォメーションの数々に、俺は思わず眉根《まゆね》を寄せる。が――まあ、これでようやっと戦闘は終了というわけだ。

深く息を吐き出し、太刀を鞘《さや》に納める。小太刀も回収せねばとゲリュオンの死体へと視線を向ければ、その巨体は黒い煙《けむり》となって消滅《しょうめつ》していっているところだった。

どうやら、悪魔が死ぬとあのように消えることになるらしい。

消滅したところに転がっていた小太刀を回収し、ようやく気分を落ち着かせる。随分と乱暴な扱いをしてしまったし、後でフィノの所に持っていかなければ。

「うわぁ、凄《すご》い色々スキル上がってる……」

「お疲《つか》れ様《さま》でした、クオンさん。でも、あの挑発《ちょうはつ》はちょっと寿命《じゅみょう》が縮みましたよ」

「まあ、あれが幻っぽいってのは分かってたからな」

あれが本物であれば、ゲリュオン以上の脅威を感じていなければおかしい。

何も脅威を感じないというのは、要するにこちらに敵意を持っていないか、或《ある》いはまるで相手にならない存在であるかということだ。まあ、あのロムペリアはそのどちらにも当てはまる存在ではなかったが。

もしも本物と戦うのであれば、今の時点ではあまりにも力が足りなすぎる。

流石に、そんなにすぐに出てくるとは思えないが。

「んー？」

「どしたの、くーちゃん？」

「いや、悪魔のドロップ品っぽいものが見当たらないんだけど……」

「ふむ？」

少女たちの会話に首を傾《かし》げ、ドロップ品のリストを漁《あさ》ってみる。

確かボスの場合、貢献度《こうけんど》に合わせてアイテムが配付されるという話だったはずだ。今回の場合、貢献度は間違いなく俺が最も高いだろう。

何かあるとすれば、俺の所になるはずだが――

「……これか？」

■スキルオーブ《死霊魔法《しりょうまほう》》：消費・スキルオーブ
使役術・召喚術《しょうかんじゅつ》の亜種《あしゅ》である《死霊魔法》の術理が封《ふう》じられたオーブ。
使用することで、取得可能スキルに《死霊魔法》が追加される。
使用後、このアイテムは消滅する。

どうやら、新たなスキルを覚えられるアイテムらしい。正直なところ、俺にはまったく必要のない品なのだが。どうしたものかと思いつつ四人組に見せてみれば、彼女たちは驚いた表情でこのアイテムを凝視《ぎょうし》していた。

「うわ、スキルオーブとか、実物初めて見ましたよ」

「そんなに珍《めずら》しいのか？」

「今のところ、東のダンジョンで超低確率《ちょうていかくりつ》で出現が確認されてますね。それも補助スキルばっかりで、便利なスキルはかなり少数みたいです」

つまり、魔法スキルのスキルオーブは、非常に貴重極《きわ》まりないということか。

しかも、これは今までに確認されていない新種の魔法だ。その価値は計り知れないと言っていいだろう。まあ――それでも、このスキルは俺には必要ないわけだが。どうしたものかと眉根を寄せていた所、じっとこちらを見つめる視線があることに気がついた。

「…………」

「……欲《ほ》しいのか？」

「ぬむっ……うん、欲しい、です」

目深帽子《まぶかぼうし》の奥《おく》から覗く瞳《ひとみ》でこちらを見つめていたのは、四人組の魔法攻撃役《まほうこうげき》である薊《あざみ》だ。

確かに、このスキルを有効活用できる者がいるとすれば、それは彼女だけだろう。しばし黙考《もっこう》し――俺は、黒い光が揺《ゆ》らめくこのオーブを、ポンと彼女の手の上に置いた。

「はいっ⁉　ちょっ、クオンさん⁉　いいんですか⁉」

「そりゃまあ、俺は使わんし……ルミナも、この魔法は必要ないだろう？」

俺の頭の上に戻ってきていたルミナに問いかけてみれば、このちびっ子も首を縦に振《ふ》る。

まあ、妖精《ようせい》が死霊魔法なんて、似合わないにも程がある。おまけに言えば、こいつの使ってる魔法はアンデッドに対して効果の高い光属性だ。その組み合わせが合わないことは、流石に俺でも分かる。

というわけで、このスキルオーブを手放すことに否はないのだが――

「駄目《だめ》ですっていくらなんでも、タダじゃ貰《もら》えません！」

「……きらら、私のドロップアイテム全部渡《わた》すから」

「どう考えたってそれだけじゃ足りないでしょ⁉　ボスのレアドロップとしか思えないじゃない！　私のも全部持っていってください！」

「いや待て、落ち着け」

暴走するパーティリーダーの様子に苦笑《くしょう》しつつ、落とし所を考える。

確かに貴重な品ではあるのだが、他のアイテム全部と交換《こうかん》というのは流石に貰いすぎだ。いくらなんでも、こんな小娘《こむすめ》たちから物を毟《むし》り取《と》るなど、俺の主義に反する話だ。

「何でもかんでも押しつけられたら逆に扱いに困る。俺に必要なものだけ貰うってことでいいか」

「それでしたら、私とくーちゃんの分からも持っていってください」

「あざみーの強化はパーティ全体の強化だからね！」

貰えるものは貰っておけばいいものを、と苦笑しつつ、主に素材系のアイテムを引き取る。アンデッドの骨やら何やらが多かったが、エレノアの所に持って行けば何かしら加工して貰えるだろう。

後は、あまりきちんと確認していなかった、俺自身の残りのドロップだが――

「おん？」

「――――？」

動きの止まった俺の手元を、首を傾げたルミナが覗きこむ。そこには、奇妙《きみょう》なアイテムの詳細《しょうさい》が表示されていた。

■形見の剣《けん》：特殊《とくしゅ》・イベントアイテム

騎士《きし》隊長シュレイドが生前に使用していた剣。

アルファシア王国騎士団《きしだん》で採用されている武器で、数打ちながら安定した品質を持つ。

隊長位を持つシュレイドの剣には、彼《かれ》の物であることを表す紋章《もんしょう》が刻まれている。

■形見の聖印：特殊・イベントアイテム
騎士隊長シュレイドが生前に装備していた聖印。

アルファシア王国のリブルム西にある聖堂で作られているもの。

持ち手の魂《たましい》を守護する力を持つ。


その詳細を読み取り、俺は小さく息を吐き出《だ》す。思い起こされるのは、アンデッドとなっていた騎士が最期《さいご》に口にした言葉だ。これは――

「まだ、話の続きがあるってことかね」

まあ、あの言葉を違《たが》えるつもりもなかったのだが――思ったよりも大事になりそうな気配だ。どうなるものかと、俺は小さく笑みを浮《う》かべていた。

第七章　一方その頃　その二

「…………嘘《うそ》でしょ？」

師の後を追って訪《おとず》れた西の村。現地人の話や、村の周囲を探《さぐ》っていた緋真《ひさな》の耳に入ったのは、ゲーム内全体に響《ひび》き渡ったアナウンスだった。その内容は、フィールドボス撃破《げきは》の知らせ。あり得ないと考えていたその知らせに、緋真はただ茫然《ぼうぜん》と目を見開き、呟《つぶや》きを零《こぼ》していた。

悪魔ゲリュオン――戦闘開始時、フィールド全体に理不尽《りふじん》なまでのデバフを振りまき、殆《ほとん》ど行動を許さずにプレイヤーを全滅《ぜんめつ》させ続けてきた、悪名高きフィールドボスだ。あまりにも理不尽すぎるデバフ量であるため、何らかのギミックがあるのではと噂《うわさ》されていたが、今の所それを何とかする術は見つかっていない。

否――見つかっていなかったのだ。

「先生……だよね。先生以外にあり得ない」

誰が悪魔を打倒《だとう》したのかは分からないが、それを行ったのが己の師であろうと、緋真は半ば直感で確信していた。問題は、その倒し方だ。

（どうやって倒したの？　まさか、デバフを無視して強引《ごういん》に倒し切っちゃった？）

本来ならばあり得ないと断ずるところであるが、クオンの実力であればそれも言い切ることはできない。彼であれば、圧倒的《あっとうてき》に不利な状況下ですら逆転してしまうのではないかという疑念を拭《ぬぐ》うことはできなかったのだ。緋真自身、かつて挑《いど》んだ際は、配下となっていたアンデッドナイトたちは倒し切ることができた。その後ボスであるゲリュオンには敗れてしまったが、己以上の実力者であるクオンならばそちらも倒し切れてしまうのではないかと考えていたのだ。だが、どちらにせよ——

「ああああっ、先越《こ》された！　先生のばかー！」

予定では自分こそがクオンと共にフィールドボスと戦っているはずだったのだ。その予定をすべて崩《くず》され、緋真は唸《うな》るような声を上げた。まさか合流に失敗するどころか、先にボスを倒されてしまうなど、全く想定していなかったのである。

だが、それをいつまでも考えていた所で解決はしない。彼と合流するには、まずそのフィールドボスを倒さなければならないのだ。

「くぅ……どうしよう、先生に聞けばわかるんだろうけど……」

流石に、攻略法《こうりゃくほう》をクオンに直接訊《たず》ねることは、弟子《でし》である緋真にも躊躇われた。というより、弟子だからこそ師の手を煩《わずら》わせることに抵抗《ていこう》を覚えていたのだ。さりとて、これまで見つからなかったものをノーヒントで見つけ出すことも難しい。

どうしたものかと、緋真は頭を悩《なや》ませ――そんな彼女の背中に、一つの声がかかった。

「あれー？　姫《ひめ》ちゃん、どしたの？」

「っ、フィノ？　どうしてこんなところに？」

声を掛《か》けてきたのは、馬車から身を乗り出しているフィノだった。あまり大きくはない馬車であり、その御者《ぎょしゃ》を担当しているのは勘兵衛《かんべえ》である。エレノアの下で活動しているこの二人が、何故この場にいるのか――その疑問に対し、馬車を村の外に停止させた勘兵衛はグルグルと肩《かた》を回しつつ声を上げた。

「お、知らんのか、剣姫《けんき》のお嬢《じょう》ちゃん。ここにボスのギミックを防ぐアイテムがあるらしいぜ？」

「……もしかして、先生ですか？」

「そうそう。掲示板《けいじばん》に上がってるよー。まあ、上げたのは先生さんと野良《のら》パ組んだ人たちみたいだけど」

「は？　先生が、野良パ？」

「え？　う、うん」

「そ、そっか、成程《なるほど》！　そういうことね、了解《りょうかい》」

　思わず低い声を出してしまい、緋真は慌《あわ》てて取り繕《つくろ》いながら笑みを浮かべる。だが、その内心は決して穏《おだ》やかなものではなかった。クオンの戦いぶりを間近で見られた人間がいた、そのことに思わず嫉妬《しっと》を覚えていたのだ。

　緋真は軽く息を吐《は》き出し、荒《あ》れた精神を整える。クオンも、パーティを組んだプレイヤーも、決して悪いことなどしていない。そこに対して苛立《いらだ》ちを覚えることは、何よりも緋真自身が許せないことであった。

「……それで、あの悪魔を倒す方法が分かったんだよね？」

「そうだよ。一応、ある程度考察も書かれてたし……あたしとか、かんちゃんならたぶん大丈夫《だいじょうぶ》」

　その言葉に、緋真は僅《わず》かに目を細める。彼女にとって、今優先すべきことはクオンを追いかけることだ。できればおのれの力だけで解決したかった問題ではあるのだが、今はあまりゆっくりとしている時間はない。小さく頷《うなず》き、緋真はフィノへと問いかけた。

「ねえフィノ、勘兵衛さん。エレノアさんってもしかして、その条件を満たしたプレイヤーを他に貸し出すつもり？」

「やっぱ分かるか。この条件はパーティに一人だけでも満たしていれば良くて、尚且《なおか》つ生産職の方が満たしやすいらしい。条件を満たしたプレイヤーを貸し出してやれば、他のプレイヤーにも恩恵《おんけい》があるってな」

「行動早いですね……まあ、実際助かりますけど。私も恩恵に与《あずか》らせて貰っても？」

「勿論《もちろん》だ。こっちも、早く人員を王都に送りたいんでな。ぜひ頑張《がんば》ってくれ」

笑みを浮かべた勘兵衛の差し出す手に、緋真もまた笑みを浮かべながら応じる。先に進むための道は示された。だが、緋真がクオンに追いつくには、まだ僅かばかりの時間を要することとなるだろう。

形見の剣と、形見の聖印。まあ、見るからにあのアンデッドナイト・リーダーの遺品とも呼ぶべきアイテムだ。奇妙なのは、これが装備アイテムの分類ではないということである。見るからに武器とアクセサリーであるにもかかわらず、このアイテムは装備することができない。まあ、手に持って振るぐらいはできるのだが、武器としての性能が表示されない以上、装備品ではないという扱《あつか》いなのだろう。

「形見、かぁ……これ要するに、誰《だれ》かに届けてあげろってイベントなのかしら」

「まあ、プレイヤーが使えるアイテムではないみたいですし、他に心当たりもありませんしね」

俺が表示させたアイテムを目にして、雲母水母《きららくらげ》とリノはそんな見解を返してきた。

恐《おそ》らく、それに間違《まちが》いはないだろう。これが形見と呼ばれる品であるならば、相応《ふさわ》しい人間に渡すべきだ。問題は、それが誰かということなのだが。

「娘《むすめ》と、団長ねぇ……」

「何か心当たりでも？」

「ああ、このアイテムを落としたアンデッドナイト……シュレイドっていうのか。こいつ、死《し》に際《ぎわ》に、娘と団長に済まないと伝えてほしいと言っていたんだ」

俺の言葉に、四人娘たちは目を見開く。まあ、普通に暮らしていたら、今から殺り相手から遺言《ゆいごん》を聞く機会なんぞあるはずもないだろう。何度か経験のある俺自身に対して若干の疑問およびクソジジイに対する殺意を覚えながら、肩を竦《すく》めて続ける。

「娘とやらがどこにいるのかは知らないが、団長ってのは要するに騎士団の団長のことだろう。であれば、まだ居場所は分かりやすい」

「でも、団長って言うからには結構立場のある人ですよね。そんなにあっさり会えるんでしょうか？」

「分からんが、まあこの武器自体がシュレイドを証明するものではあるらしいしな。これを出せば話は聞いて貰えるんじゃないか？　それに――」

ちらりと、俺は先ほどの戦場へ視線を向ける。悪魔の死体はすでに消え去っていたが、五体の――否、五人の騎士たちの死体は、未《いま》だに残ったままだ。

普段《ふだん》のように死体に触《さわ》らずともアイテムが出現したため、特に何かをしたわけではなかったのだが……ドロップ品があるのに遺体がそのままというのも奇妙な話だ。まあそれはともかくとして、あの仏さんをそのまま野晒《のざら》しにしておくというのも忍《しの》びない。

「彼らも騎士団まで連れて行ってやりたい。それにそうすれば、話も通りやすいだろうしな」

「まあ……それは、私もそう思いますけど。どうやって運ぶつもりですか？」

「それが問題なんだよなぁ」

最悪、一旦《いったん》ここに放置して、後で騎士団に回収して貰うという手順もあるのだが……ここはボスエリアであるため、放置したらどうなるか分かったものじゃない。

どうしたものかと悩みつつ、地面に転がっていたシュレイドの首級を拾い上げ──ふと思いついて、俺はそれをインベントリのウィンドウへと押しつけた。四人娘たちがぎょっとした表情でこちらを見つめる中、シュレイドの首はあっさりとインベントリの画面に吸い込まれ、所有アイテムと化す。

「……自分でやっといて何だが、まさか死体まで入れられるとは思わなかった」

「死体って、一応アイテム扱いなんですね……いつも解体してたから知らなかった」

「ま、まあ……これで遺体を運んであげられますし、結果オーライですよ」

リノの言葉に頷き、俺は他の遺体もまとめてインベントリの中に放《ほう》り込んだ。あの隊長以外については完全にアンデッドと化していた様子であったが、それでも経緯《けいい》は変わるまい。騎士団まで運んでやった方が、彼らも安心できるだろう。死するまでの経緯は千差万《せんさばん》別《べつ》であれど、死した後はみな平等。丁重《ていちょう》に弔《とむら》われるべきだ。

手に入ったスキルスロット拡張チケットも使用し、出発の準備は整った。

「そんじゃ、先に進むとするか」

「ここから先は誰も行ったことが無いんですよねぇ。あはは、楽しみだ」

笑顔《えがお》を浮かべて呟く雲母水母の言葉に同意しながら、俺《おれ》たちは石柱のエリアを抜けて街《かい》道《どう》を歩きだす。来た時と同じ、踏《ふ》み固《かた》められた土の道。本来であれば人通りも多かったのだろうが、あのボスエリアのせいで人通りなど皆無《かいむ》だ。空は相変わらずの曇天《どんてん》であるが、先ほどやってきた時とは逆に、徐々《じょじょ》に雲は薄《うす》くなっていっている様子である。この様子であれば、しばらく歩けば晴れ間が広がることだろう。

ちなみに、雲母水母は歩きながらウィンドウを操作していた。どうやら、例の掲示板とやらに書き込んでいるらしい。戦闘中の映像を公開していいかと問われたが、まあ以前にもやっていたことだし、問題は無いだろう。

そんな彼女《かのじょ》を尻目《しりめ》に進むが、街道は来る前とは異なった様相を呈《てい》していた。

「ゾンビの姿は見かけないですね」

「あの悪魔を倒《たお》したからじゃないの？」

確かに、あの周囲に突然《とつぜん》ゾンビが湧《わ》き出していたのは、あの悪魔が原因である可能性は高い。ならば、奴《やつ》を倒したことでゾンビが出なくなったという理由づけは納得《なっとく》できる。

ちなみにあのゾンビたちからは、どうも生前の物語というものを感じられない。アンデッドナイトたちとどのような差があるのかはよく分からないが……あいつらは触ったら消えるし、どこに連れて行けばいいかの情報もない。案外、そういったバックストーリーが微塵《みじん》もない、運営が用意したただの敵という可能性もあるが。まあ、あまり気にしない方がいいだろう。

「ねぇ、リノ。この先にあるのって、確か王都なんだよね」

「ええ、リブルムで聞いた話だと、そういうことでしたね」

「楽しみだよねー。本物のお城って初めて見る！」

「……本物って言っていいのかな、それ」

四人娘たちが口々に話している通り、この道の先には王都がある。先ほどの形見の剣の情報に書かれていた通り、この国はアルファシアというらしい。国の特色などは今の所あまりよく分かっていないが、この先にあるのが最大の都市であることは間違いないだろう。それが楽しみであることは事実だが、同時に不安もある。

この先は完全なる未知、それも日本とは異なる文化形態によって形成された領域だ。独自の権力や組織がある以上は、身の振《ふ》り方《かた》にも注意が必要だろう。

「とりあえず、王都についたら騎士団とやらを訪ねてみるか」

「ですね。形見を届けるにも、まずはそっちです」

「色々見て回りたかったんだけどなー」

「くーちゃん、それは後でもできますから。それに、これはどうも一連のイベントになっているように思えますし……」

「これを持っていったら、また何か起こるかもってことか」

まあ、それが何なのかは今のところよく分からんが。

とりあえず――

「形見と遺体を持っていって、犯人扱いされて捕《つか》まらんように気をつけんとな」

「うへぇ……リノ、任せた」

「はいはい、全く」

げんなりとした表情で丸投げする雲母水母に、リノは苦笑交じりに頷いた。確かに、面倒であることは否定しないが。妙《みょう》な難癖《なんくせ》をつけられたら面倒であることは事実だし、態度には気をつけておくべきだろう。

と――ふと気配を感じ、俺は視線を上へと上げた。

「ふむ、敵か？」

「……おにーさん、前も言った気がするけど、どうしてこっちよりも先に気付けるの？《危険感知》のスキル無いでしょ？」

「こっちに敵意を向けられてるんだから、気付けんと危険だしな」

くーの恨《うら》めしげな視線から逃《のが》れつつ上空へと視線を向ければ、四羽《わ》の鳥がこちらへと飛来してくるところだった。鳥としてはかなり大きい――猛禽類《もうきんるい》に属する鳥だろう。問題は、その飛行速度が非常に速いことだ。明らかに、普通《ふつう》の鳥が羽ばたきや滑空《かっくう》で出せる速度ではない。

■エアロファルコン
種別：魔物《まもの》
レベル：12
状態：正常
属性：風
戦闘位置：空中

要するに、風を操《あやつ》れる鷹《たか》ということか。風を掴《つか》んで飛ぶ生き物が、自分から風を操れるというのもずるい話だが。まあ、何はともあれ戦闘だ。飛んでいるというのが厄介だが、まあなるようになるだろう。

「クオンさん、あいつらの攻撃《こうげき》を撃《う》ち落《お》として貰ってもいいですか？」

「む？　ふむ……そうだな、その方がいいか。庇《かば》うのは後衛だけだぞ？」

「それで十分ですって。行くわよ、みんな！」

俺は空中に対する攻撃手段を持たない。連中が下りてくるのを待っているよりは、他の面々に攻撃して貰った方が建設的だ。そう判断して、俺は固まっているリノと薊《あざみ》の前に立つ。見るからに風を操っているのだ、それを攻撃に転用しないとは考えづらい。もしも風による攻撃を行ってきたならば、その時は《斬魔《ざんま》の剣》の出番となるだろう。

「当たれッ、【ファイアボール】！」

「うーん、効くかなぁ……【ウィンドカッター】！」

「……すばしっこいし、纏《まと》めてやる。【ダークボルテクス】！」

飛来するエアロファルコンを、雲母水母たちの魔法《まほう》が正面から迎《むか》え撃つ。無論、向こうとて素直《すなお》に食《く》らうわけではない。相手は機動力に優《すぐ》れる猛禽類だ。雲母水母の放った火球は回避《かいひ》し、くーの風刃《ふうじん》についてはそもそも避《よ》けもせずに突破《とっぱ》する。しかし、その直後に発現した薊の魔法は、回避しきれるはずもなかった。二人の魔法に若干《じゃっかん》動きの鈍《にぶ》ったところへ放たれたのは、渦《うず》を巻く黒い闇《やみ》。

「ふむ。薊が攻撃してから他の面々が続くべきだったな」

「……前衛二人、脳筋すぎ」

『うぐっ⁉』

黒い渦は、エアロファルコンたちにダメージを与《あた》えながら、その動きを制限している。

薊の魔法攻撃力の高さもあるが、それ以上に相手の体勢を崩す足止め効果がかなり有効に働いている。動きが止まっている今の状況《じょうきょう》であれば、雲母水母たちの攻撃も当てやすかったことだろう。

「つ、次よ次！　次は薊から攻撃ね！」

「それはいいんだが……それより先に向こうから攻撃が来るぞ」

渦を巻いていた闇が晴れ、その中から体勢を崩したエアロファルコンたちが現れる。ダメージは受けているが、墜落《ついらく》するレベルではない。まあ、全体魔法の一発ではそんなものだろう。それよりも問題は、猛禽類特有の鋭《するど》い視線が、全て薊へと向けられているということだ。当然と言えば当然だが、薊は最も危険な存在として認識《にんしき》されてしまったらしい。

流石《さすが》に散発的に来る攻撃ならまだしも、集中的な攻撃を撃ち落とすのは難しい。小さく嘆息《たんそく》し、俺は左腕《ひだりうで》で薊を抱《かか》え上《あ》げた。

「うひゃっ⁉」

「悪いが、ちょいと持ち運ぶぞ。このままじゃ対処が難しい」

左腕で荷物のように抱え上げ、俺はエアロファルコンたちの姿を凝視する。その場でホバリングするように羽ばたくエアロファルコンたちは、一度大きく翼《つばさ》を引き――こちらへと向けて、一度大きく羽ばたいた。瞬間《しゅんかん》、こちらへと向けて不可視の何かが迫《せま》る――

「《斬魔の剣》――はっ！」

「もうちょっと丁寧《ていねい》に運――うぶっ」

飛来した風の矢を跳躍《ちょうやく》して回避し、その回避先を狙《ねら》ってきた矢については《斬魔の剣》を使って斬《き》り落とす。急激な動きに荷物のように抱えていた薊が潰《つぶ》れたような声を上げていたが、攻撃を受けるよりはマシだろう。

攻撃が不発に終わったことに腹を立てたのか、エアロファルコンたちは甲高《かんだか》い鳴き声を上げてこちらへと突撃《とつげき》しようとし――そこに、ルミナの魔法が放たれた。

「――――！」

放たれたのは、破裂《はれつ》する閃光《せんこう》。以前ゾンビの群れに放たれたそれは、エアロファルコンたちの中心で炸裂《さくれつ》し、閃光で包み込む。先ほどの闇の渦ほどの持続時間はないが、威力《いりょく》の高さに加えて目くらましの効果もあるようだ。閃光に呑《の》まれたエアロファルコンたちは、突撃の勢いを失ってふらふらと飛ぶことしかできなくなっていた。

「……【ダークボルテクス】」

そこに、続けて蓟の魔法が放たれる。二度の全体魔法で体力が減っていたエアロファルコンたちは、三度目の全体魔法に耐《た》えられず、その場から墜落した。

ぼとぼとと落ちてくるエアロファルコンたちを横目に蓟を地面に下ろせば、彼女は恨めしげな視線で俺のことを見上げてきた。

『《斬魔の剣》のスキルレベルが上昇しました』

『テイムモンスター《ルミナ》のレベルが上昇しました』

「……助けてくれたのは感謝するけど、運ぶのは丁寧に」

「お、おう。済まんな」

両手が塞《ふさ》がるのを防ぐためとはいえ、片手で運んだのはちょっと乱暴だったか。じとっとした視線で睨《にら》んでくる彼女には頭を下げつつ、戻《もど》ってきたルミナを頭に乗せる。

どうやらルミナは、ゲリュオンを倒したことで経験値を溜《た》めこんでいたらしい。この調子なら、どんどんレベルも上がることだろう。

テイムモンスターの場合、レベルが上がると進化することがあるそうだ。どのように進化するのかというのも、楽しみの一つだと言えるだろう。

「さて、先に進むとするか」

「ええ、どんどん進みましょう！　早く王都を観光したいわー」

剥《は》ぎ取《と》りを終えて上機嫌《じょうきげん》に頷く雲母水母の様子に苦笑しつつ、俺は彼女たちと共に王都への道を進んでいった。

第九章　新たなる街

『《収奪《しゅうだつ》の剣》のスキルレベルが上昇しました』

『《生命の剣》のスキルレベルが上昇しました』

『《HP自動回復》のスキルレベルが上昇しました』

襲《おそ》いかかって来た魔物である、《レッドバイソン》を片付けて、一息つく。

この魔物であるが、頭の高さが俺の胸辺りまであるような巨大《きょだい》な牛だ。その名の通り体表は赤く、気性《きしょう》は非常に荒《あら》い。こちらを見れば一目散に突撃してくるほどだ。あまり群れるタイプではないのか、出てきても一体か二体だけなのは助かるのだが、こいつがまた非常にタフなのだ。筋肉も発達しており、普通に首筋に刃を叩《たた》き込むだけでは致命傷《ちめいしょう》にはなりえない。しばし相手をした結果、《生命の剣》で強化した一撃《いちげき》を叩き込み、動きの鈍った瞬間に《収奪の剣》を使って攻撃する、これが必勝パターンとなっていた。

「一体の場合はいいけど、二体出てくると面倒《めんどう》な相手ですよね」

「私たちだけだと倒すのに時間がかかっちゃうしね……何であんな速度で突っ込んでくる

相手の首を狙えるんですか、クオンさん」

「確かに大したスピードではあるが、軌道《きどう》は直線だからな。タイミングを合わせれば簡単だ」

このレッドバイソンという魔物、先ほど言った通りひたすらタフで面倒な相手なのだが、動きは非常に単純だ。走ってこちらに体当たりしてくる、ただそれだけである。そのため、攻撃も横に移動してしまえば簡単に回避できる。後は、それに合わせて刃を叩き込むだけでお終《しま》いだ。

だが、弱点を狙えなければ、途端《とたん》に厄介《やっかい》な敵へと変貌《へんぼう》することだろう。タフだし、攻撃力《こうげきりょく》は高い。攻撃を避けることは難しくはないが、倒すのにひたすら時間がかかる。まあ、それでも倒す価値はある魔物であったが。

■赤牛肉：素材・食材
レッドバイソンの肉。

歯ごたえがあり、旨《うま》みが強い。煮込《にこ》み料理に向いている。

料理効果にボーナスが付与《ふよ》される。

要するに牛肉だ。今の所、プレイヤーが経営している料理屋では、基本的に鶏肉《とりにく》と豚肉《ぶたにく》しか出ていない。まあ、鶏《にわとり》と食用豚ではなく、鳥系およびイノシシ系の魔物の肉なのだが。つまるところ、現状では牛肉を取り扱う術がないのだ。

一応、現地人の市場で少量出回っていることはあるようだが、安定して使えるレベルではない。それが、ここにきてようやく、牛肉の安定収入の目処《めど》が立ったということだ。

「料理人に売ったら高く買い取ってくれそうよね！　結構量も取れるし！」

「あれだけでかい牛ならな。エレノアならまとめていい値段で買い取ってくれそうだ」

「……クオンさん、あの《商会長》とも知り合いなんですね。コネ広いなぁ」

「緋真《ひさな》経由で知り合っただけだがな」

個人的に付き合いも深まってはいるし、そこそこいい関係は出来上がっているとは思う。ともあれ、未だ誰も手に入れていないであろうアイテムは、エレノアにとっても欲しい素材のはずだ。と言うより、エレノアが俺と共にリブルムまで出てきたのは、俺がボスを倒してアイテムを手に入れる可能性を期待していたものとも考えられる。まあ、俺にもリターンはある話であるし、それについては協力を惜《お》しむつもりはないが。

素材アイテムを詰《つ》め込んだインベントリを閉じ、俺は視線を前へと向ける。

その視界に入っているのは——

「そろそろ到着《とうちゃく》しそうだな」

「遠くから見ても目立ってたけど、近付いてくるとまた随分《ずいぶん》立派ですね」

「規模的にはファウスカッツェより大きいですね……流石は王都と言うべきですか」

白い外壁《がいへき》に包まれた巨大な街。その高い外壁越《がいへきご》しにも見えているのが、尖塔《せんとう》の目立つ白亜《はくあ》の城だった。ああいう無駄《むだ》に目立つ城を建てられるのは、この辺りが平和な証拠《しょうこ》なのだろう。ゲーム開始直後の国であるし、相対的に見れば魔物もあまり強くないから、そこまで堅牢《けんろう》な都市を造る必要が無いのだ。

まあそれでも、街を囲む外壁は十分に立派だし、魔物を押《お》し留《とど》めるには十分な防御力《ぼうぎょりょく》を持っているだろう。徐々に近づいてくる街を観察しながら、小さく嘆息する。

「若干不安は残るが……まだ分からんしな」

「……不安って、何？」

「む？　ああ……」

口数の少ない薊《あざみ》から問いかけられたことに驚《おどろ》きつつも、俺は頷いて続ける。不安に思ったのは、あの白で統一された城と外壁だ。

「あの城、見てくれを優先しているだろう。王の権威《けんい》を示すという意味では間違いじゃないんだが……外壁も同じ建材で造られているな？」

「……まあ、そうかも？」

「あの白い建材が、外壁に向いた強度を有しているかどうかが分からなかったから、不安が残ったって話だ。ただの魔物相手ならまだしも、相手が悪魔《あくま》ではな」

「……なるほど」

もしロムペリアのような強大な悪魔が現れたら、果たしてあの外壁は役に立つのか。まあそれ以前に、あいつは空を飛んでいたわけだから、外壁なんぞまるで意味はないのだが。

「まあ、王城だからこそ頑丈《がんじょう》に造っているという可能性もあるし、未知の建材だからな。今は考えても仕方ない話だ」

「………………」

薊は無言で頷き、そのまま沈黙《ちんもく》する。

多少俺にも慣れてきたのかと思ったが、やはり人付き合いは苦手な様子だ。別に無理に仲良くしたいというわけでもないし、このちびっ子に無理をさせる必要もないだろう。

そんな益体《やくたい》もないことを話しているうちに、俺たちはついに王都の前にまで辿《たど》り着《つ》いた。

門は大きく開かれているが、その前には幾人《いくにん》かの兵士が立っている。人の行き来を見るに、どうやら街に立ち入る人間のチェックを行っているようだ。

「検問かぁ……私たち通れるかな？」

「通れなきゃゲーム上がったりですよ。別にＰＫってわけでも、物盗《ぬす》んだわけでもないんですから」

「むしろやっつけた側だもんねー」

まあ、街に入れなきゃ先に進めないいし、通れなきゃゲームが進まないのは事実だ。見た感じそれほど厳しく取り締《とし》まっているわけでもなさそうだし、通る分には問題ないだろう。そう考えつつ門へと近づいていけば、こちらに気付いた兵士が目を見開き、次いで笑顔を浮かべてみせた。

――警戒《けいかい》されているな、これは。歓迎《かんげい》されていそうな気配に歓喜《かんき》の表情を浮かべた雲母《きらら》水母《くらげ》たちを手で制し、俺は前に出て声を上げた。

「どうも、お勤めお疲《つか》れ様《さま》です」

「ははは、ありがとうございます。貴方《あなた》がたは旅の人ですかな？」

「ええ、異邦人《いほうじん》の、と頭につきますが」

と言いつつ、俺は頭の上に乗っていたルミナを肩に乗せ直す。キョトンとしたルミナは、状況がよく分かっていない様子ではあったものの、目の前の兵士に対して手を振《ふ》る。そんな、普段は目に見えないという妖精《ようせい》の姿に、兵士は驚いた表情を見せた。

妖精は清廉《せいれん》な人間にしか見えないという。であれば、これは相手に悪人ではないことを示すいい目印になるはずだ。

案の定と言うべきか、兵士は先ほどより幾分《いくぶん》か警戒を弱めつつ声を上げた。

「妖精を連れている方がいるとは……異邦人というのは皆《みな》妖精と契約《けいやく》を？」

「いや、俺は珍《めずら》しいパターンでね。今のところ、俺以外にはいないと思いますよ」

「そうでしたか。貴方がたはリブルムから？」

「ええ、街道を塞いでいた悪魔を倒してここまで来ました」

「それは朗報だ！　あの悪魔を倒していただけるとは！」

話を聞くところによると、どうやらあの悪魔のせいで流通が滞《とどこお》っていたらしい。まあ、あんなのに街道を封鎖《ふうさ》されればそうなるのも仕方ないだろう。迂回《うかい》して行けば何とかなるんじゃないかとも考えたが、街道を外れれば魔物の数が激増する。行商人にそのリスクは中々厳しいものがあるだろう。

悪魔が死んだことに、兵士は大げさに喜んでいる。彼《かれ》らにとっても、あの悪魔は不倶戴《ふぐたい》天《てん》の敵だったということだろう。まあ、騎士《きし》たちが犠牲《ぎせい》になっていたわけだし、それも仕方のないことではあるが。そこまで考え、あの騎士たちのことは話しておいた方がいいだろうと、俺はインベントリから形見の剣《けん》を取り出した。

「その悪魔が支配していたアンデッドが、こんなものを持っていました。心当たりはないだろうか？」

「これは……」

俺が唐突《とうとつ》に剣を取り出したことで緊張《きんちょう》した様子だったが、その剣が騎士団《きしだん》の物であると分かると、すぐに視線を鋭いものへと変えて剣を受け取った。彼はすぐさま剣の紋章《もんしょう》を確《かく》認《にん》し——それが誰のものなのか理解したのだろう、ぽつりと呟く。

「シュレイド、隊長……」

「……やはり、知っていたか」

少人数の部隊だったと思われるが、それでも騎士部隊の隊長だったのだろう。そんな人物であれば、それなりに名が通っていたとしても不思議ではない。最悪、騎士の物であることが証明されるだけでもいいと思っていたが、これなら話も通りやすいだろう。

「アンデッドにされた騎士たちの遺体は、全《すべ》て連れてきています。どうか、丁重に弔って頂きたい」

「……ええ、勿論です。どうぞ、こちらへ」

先ほどの人当たりの良さそうな笑顔は消え、実直な騎士らしい表情を見せた男は、検問を別の兵士に任せて俺たちを王都の中へと招き入れる。

四人娘たちは少し困惑《こんわく》したように顔を見合わせていたが、問題なく入れるようだと判断して、俺の後に続いて歩き出した。王都の中は、どこかファウスカッツェに通ずる雰囲気《ふんいき》の街並みが続いている。いや、むしろあちらがこの街を参考にしたのかもしれない。こちらの方が規模が大きいし、有り得ない話ではないだろう。まあ、いるのが現地人だけで、異邦人が俺たちだけであるため、受ける印象はかなり異なるものとなっていたが。

「活気がある街だねー」

「……人多すぎ」

相変わらず正反対なちびっ子二人の様子に、前を歩いていた兵士が僅かに相好を崩す。シュレイドの件で少々ショックを受けている様子ではあったが、基本的には人のいい人物であるようだ。

「そうでしょう？　この白の都ベルクサーディは我《わ》がアルファシア王国の誇《ほこ》りでもありますから」

「あんな綺麗《きれい》なお城があるんですし、そりゃ自慢《じまん》になりますよね！」

「ええ。異邦人の方ということは、この街に訪《おとず》れるのも初めてでしょう。存分にお楽しみください」

今までは皆《みな》リブルムまでしか到達《とうたつ》していなかったわけだし、どのプレイヤーもこの街に来るのは初めてになるだろう。誰もが新鮮《しんせん》な反応を見せるのは、検問の兵士としても中々楽しいものなのかもしれないな。そんなことを胸中で呟《つぶや》きながら、街並みを眺《なが》めつつ兵士の後に続いて進む。

程《ほど》なくして、俺たちは広い敷地《しきち》を持つ施設《しせつ》まで案内された。どうやら騎士団の詰所《つめしょ》のようで、兵士はその窓口で一言二言話した後、俺たちを部屋の一つへと招き入れる。間取りを見たところ、会議に使われている部屋のようだ。

「どうぞ、中へお入りください。それと、この剣は一時預からせていただきます」

「ええ、その方がいいでしょう……ああ、一つ、お願いが」

「何でしょうか？」

「その剣の持ち主の遺言です。団長に伝えたい、とのことでした」

「……分かりました。少々お待ちください」

俺の言葉に頷き、兵士は扉《とびら》を閉めていずこかへと去っていく。それを見送って、俺は適当な椅子《いす》を引いて腰《こし》かけた。四人娘は若干戸惑《じゃっかんとまど》った様子だったものの、俺に並ぶように腰を下ろす。部屋の中が珍しいのか、その辺りを飛び回っているルミナはそのままにし、俺はようやく一息吐いた。

「とりあえず、スムーズに話が進んだのは運が良かったな。ルミナの身分証明は本当に役立ってくれる」

「突然丁寧《とつぜんていねい》に話し始めるから、何かと思いましたよ」

「俺だって相手によっては敬語を使う。相手は国家権力だぞ？　おまけに信用を得なければならない状況だ、下手な手は打てんよ」

流石に国をバックに持つ相手と険悪な関係になるのは避けたい。いろいろと面倒だ。

まあ、場合によっては喧嘩《けんか》を売ることもあるかもしれないが、そこはそれ、状況次第《じょうきょうしだい》だ。

「まあそれよりも、素直に団長が来てくれるかどうかだな。そもそもここにいるかどうかすら分からんし」

「……それ、大丈夫なんですか？」

「できれば直接伝えたいところではあるが、最悪伝言だな。特に重要な情報があるわけではないし、伝わるとは思うんだが」

可能な限り遺言が伝わる所を確認したいのだが、この状況では贅沢《ぜいたく》は言っていられないだろう。その手段を選べる立場というわけでもないからな。果たしてどちらに転ぶのか、と胸中で呟き――こちらに近づいてくる気配に、視線を細める。

俺は椅子から立ち上がり、右手を自由にして、じっと扉へと視線を向けた。それと同時、扉から姿を現したのは、大柄《おおがら》な一人の男だった。

「ほう……？」

「……ふむ」

互《たが》いに値踏《ねぶ》みをして、俺とその男は同時に笑《え》みを浮《う》かべる。

どうやら、中々の実力者のようだ。楽しめそうな相手ではあるが――まあ、ここで鯉口《こいぐち》を鳴らすほど飢《う》えているわけでもない。向こうも事を荒立《あらだ》てるつもりはなかったのか、一瞬《いっしゅん》見せた剣気を消し、俺へと手を差し出してきた。

「君があの剣を届けてくれた男か。私はクリストフ・ストーナー。アルファシア王国騎士団の騎士団長を務めている」

「お初にお目にかかる。異邦人のクオンと申します。彼女たちは、例の悪魔を討《う》った際の仲間です」

「き、雲母水母です！」

「リノ、と申します。よろしくお願い致《いた》します」

「くーって言います！」

「……薊、です」

次々に立ち上がって名乗る少女たちの様子に、クリストフは相好を崩《くず》す。こういうときには、美少女集団というのも役に立つものだ。そんなことを胸中で呟いていた所、窓から外を眺めていたルミナが、こちらまで戻ってきて手を振りアピールしてきた。自分を忘れるな、と言わんばかりに。

「分かってるよ。それともう一人、こいつはルミナと言います。俺についてきている妖精です」

「ほう……妖精に認められた人物、という話は聞いていたが、この目で見るのは初めてだ。よろしく、お嬢《じょう》さん方」

騎士団の団長と言うからには、貴族の人間だろうと思っていたのだが、意外と話せる人物だ。まあ、それならそれでありがたい。お固い人間を相手にするよりはかなり気が楽だ。

一通り挨拶《あいさつ》を交《か》わした後、クリストフは再び俺たちに着席するように勧《すす》めてくる。それに従い腰をおろせば、彼も同じように対面へと座《すわ》り――例の剣を、机の上に置いた。

「それでは……少しばかり、話を聞かせて貰《もら》うとしよう」

「……そうか。連絡《れんらく》が途絶《とだ》えていたから覚悟《かくご》はしていたが、悪魔に敗れていたか」

例の悪魔との戦い、そして騎士たちに関する話を想像した部分も含《ふく》めて話し終えたところ、クリストフはそのように言葉を零《こぼ》していた。まあ、彼も覚悟はしていたのだろう。調査に向かった騎士たちが消息を断《た》てば、その死を想像するのは当たり前だ。

「捜索《そうさく》する予定ではあったんだが、悪魔に街道を塞がれ、迂闊《うかつ》に手が出せない状況になってしまっていた。しかしまさか、アンデッドにされていようとはな」

「ええ……ですが、彼は最後まで悪魔の支配に抵抗《ていこう》していた。実に高潔な騎士でした」

「……ああ、私も鼻が高い」

じっとシュレイドの遺品を見つめ、クリストフはそう口にする。

騎士である以上、部下の死の経験はあるだろう。だが、自分の手の届かぬ場所で死んだ相手に対する慙愧《ざんき》の念は、決して薄れるものではない。俺としても、安易な慰《なぐさ》めの言葉を口にするつもりはなかった。

しばし沈黙したクリストフは、やがて緩《ゆる》く笑い、改めて俺の方へと視線を向ける。

「それで、シュレイドは最期《さいご》に何と？」

「……貴方と、彼の娘《むすめ》さんへ。一言、『済まない』と」

「そうか……馬鹿者《ばかもの》め」

小さく吐《は》き捨《す》て、クリストフは椅子に深く腰を沈《しず》める。

彼はそのまま、しばし目を瞑《つぶ》り、沈黙していた。そのまま、一分ほど黙考《もっこう》していただろうか。彼はようやく目を開けて――その瞳《ひとみ》には、最初と同じ強い光が宿っていた。

「……君に感謝を、クオン。よく、私の部下たちをここまで連れてきてくれた」

「いえ、彼らの最期を見取った者として、やれることをしただけです」

「その心配りこそが、千金の価値にも値したのだ。礼は受け取ってほしい、君たちもな」

俺たち全員を見渡《みわた》し、クリストフはそう口にする。

居心地《いごこち》悪そうにしていた四人の少女たちは、視線を向けられて若干慌《じゃっかんあわ》てていた様子だ。

そんな彼女たちの姿に苦笑《くしょう》しつつ、俺は改めてクリストフへと声をかける。

「このことについて、彼の娘さんにも話がしたいのですが……居場所を教えては頂けないだろうか」

「騎士団から伝えるつもりだったが……君たちが行くのか？」

「遺言《ゆいごん》を受け取ったのは俺《おれ》ですので。その仕事を放《ほう》り出《だ》すのは、あまりにも不義理でしょう」

いかに彼がアンデッドと化していたからと言っても、最期に討ったのは俺だ。クリストフは、それによって責められるのではないかと警告してくれているのだろう。

だが、それは彼を討った者としての責任だ。責められるのであれば、甘《あま》んじてその罵倒《ばとう》を受けよう。その上で、仇討《かたきう》ちを望むのであれば正面から打《う》ち倒すのみ。まあ、流石に殺すつもりはないが。

「いいだろう。場所については地図を用意させる。嫌《いや》な役目を押しつける形になってしまうな」

「望んだことですので。気に病《や》むことではありませんよ」

「感謝する。シュレイドの娘は、今少し問題を抱えているんだ。できれば、あの子の力になってあげてほしい」

「ふむ？　まあ、娘さんが望むのであればやぶさかではありませんが」

「それでいい。よろしく頼《たの》む」

ちらりと雲母水母《きららくらげ》を見つめれば、彼女も俺に対して首肯《しゅこう》を返していた。

恐《おそ》らくこれは、一連のイベントの続きなのだろう。であれば、参加するのは当然だ。雲母水母たちも続きが気になっていることだろう。と——その時、俺の耳元で機械的な声が響《ひび》いた。

『特殊《とくしゅ》限定イベント《忘れ形見と王都の影《かげ》》を開始します』

どうやら、件《くだん》の娘とやらに会いに行くことが引き金となったらしい。

ゲーム的な声と騎士団長の人間的な反応の温度差に、俺は思わず視線を細めた。だが、そんな声は聞こえていない当の本人は、調子を変えることなく話を続ける。

「では、君たちには報酬《ほうしゅう》を。一人につき十万Z《ゼル》を用意した。あまり多くはないが、資金の足しにしてくれ」

「ありがとうございます」

「……済まないが、妖精殿《ようせいどの》の分は許可が下りなかった。彼女《かのじょ》にも助けて貰った訳だし、虫のいい話ではあるんだが……」

「ああ、別に構いませんよ。結局俺が管理することになりますからね」

先日装備を整えるために散財したばかりなので、これは素直に助かる。この辺りの魔物の素材も売れれば、そこそこの金を回収できるはずだ。ルミナの分が無いのは残念だが、まあ仕方あるまい。妖精に金を渡《わた》しても基本役には立たないのだし。

頭の中で定まらぬ計算をしていると、クリストフは更《さら》に、見慣れぬアイテムを人数分机に置く。それは木製の台座がついた金属の紋章。この建物の入口でも見かけた、恐らくはこの騎士団の紋章だ。

「これは、我ら王国騎士団が君たちの身分を証明する、証明書のようなものだ。これがあれば貴族街には入れるだろうし、条件さえ合えば王城でも通じるだろう」

「成程《なるほど》、それは助かります」

騎士団が俺たちの身分を証明してくれるというのなら、かなり動きやすくなるのは間違《まちが》いないだろう。無論、悪用すればかなり厄介なことになるだろうが、そんなことをするつもりはない。まあ、あまり多用しすぎるのも良くないだろうけどな。騎士団の人間だと思われるのも面倒だ。

「後は、王都の地図だな……ああ、準備はできたようだ」

クリストフがそう呟くと同時、扉が開いて一人の女性が姿を見せる。

室内用だと思われるボディアーマーに身を包んだ女性は、クリストフに一礼したのちに、机の上に手に持った紙を広げた。そこに描《えが》かれているのは、この王都の地図なのだろう。三重の丸が描かれているようなその地図の一角には、赤いインクで丸く印が刻まれていた。

「ガイドマップの簡素なもので済まないが、これが王都の地図だ。シュレイドの家は、この印《しる》された所にある。あいつの娘は、そこで使用人と二人で暮らしている筈《はず》だ」

「二人だけ、ですか？」

「ああ、まあ色々とあってな……とにかく、あの娘の、リリーナの力になってやって欲《ほ》しい」

「ええ、可能な限り手を貸しますよ」

それを望まなかった場合は――まあ、なるたけ説得するとしよう。一連のイベントであると考えられるし、できる限り続きの内容には参加したいからな。

ともあれ、これで団長に伝えたいことは済んだ。さっさとその娘とやらの所に行ってみるべきだろう。まあ、その前に、インベントリに詰め込んだ騎士たちの遺体を出してからになるが。次なるイベントがどうなるのか、その展開を想像しながら、俺は遺体の引き渡しのために声を上げた。

「では、騎士たちの遺体を返還《へんかん》したいのですが……どこで出せば？」

「何？　一体どこに――いや、異邦人は物を収納できる秘法を扱《あつか》えるのだったか」

「秘法？　あー……まあ、そんなようなもんですね」

現地人からしたらインベントリはそんな扱いになるのか。まあ、非常に便利な代物《しろもの》であるし、大仰《おおぎょう》な言われ方をされるのも仕方ないと言えば仕方ないのかもしれないが。

思わず苦笑しつつ、俺は立ち上がりながらクリストフの言葉を待つ。彼もまた俺に続いて席を立ち、手で扉を示した。

「安置室がある。そこに運び入れてもらいたい。すぐに葬儀《そうぎ》、とはいかないだろうがな」

「まあ、それは仕方ないでしょうね。後の処理はお任せします」

「ああ、任せてくれ。手間を惜しまずにいてくれたこと、感謝する」

改めて頭を下げてくるクリストフに苦笑しつつ、案内されるままに会議室から外に出る。

安置を終わらせたら、次はリリーナとかいう娘の所だ。果たしてどのような問題が起こっているのやら――それはそれで楽しみに思いつつ、俺は小さく笑みを浮かべていた。

＊　＊　＊　＊　＊

「何か、とんとん拍子《ひょうし》に話が進んじゃって、よく分からなかったんですけど……」

「流石に話の展開ぐらいは理解しておけよ」

茫然《ぼうぜん》とした表情のまま王都を歩く雲母水母に、半眼でそう告げる。

戦っている時は堂々としたものなのだが、どうも彼女は己《おのれ》の知識の及《およ》ばない領域になると途端に動けなくなる性質のようだ。まあ、彼女も若いのだし、どうすればいいか分からなくなるのは仕方ないのだが、リーダーであるからにはもう少ししっかりして欲しい所だ。王都に来てからは、権力階級と顔を合わせる機会も出てくるわけだしな。

「この地図、ガイドマップの物なんですね。色々載《の》ってますし、後で見て回りたいです」

「おー……ホントに広いね」

「……ほうほう」

地図を広げるリノは、目的地であるシュレイドの邸宅《ていたく》以外にも、様々な場所をチェックしている。まあ、これだけ大きな都市だ。施設の種類が多いのは当たり前だろう。むしろ、これからプレイヤーが参入し、さらに混沌《こんとん》とした状況になっていくに違《ちが》いない。地図を作っている者には申し訳ない話だが、その流れは避《さ》けられないだろう。

「ほれ、もう少しで目的地なんだ、そろそろ気を引き締めろ」

「はーい」

「あれ？　リーダーの座を取られてる？」

何やら複雑そうな表情の雲母水母は放置し、先へと進む。

既《すで》に王都の石碑《せきひ》の登録は済ませているので、今の所他に行く必要のある場所など存在しないのだ。他の施設が気になるのも分かるが、いつまでも時間を取られているわけにはいかない。

　シュレイドの家は、王都の一番外側の区画――いわゆる平民街という場所の、最も中心付近に存在する。三重丸の形に仕切られている王都は、外側が平民街、その一つ内側が貴族街、中心が王城という形に仕切られている。要するに住居が中央に近くなるほど地位が高い証明であり、シュレイドは『平民だが貴族に近い存在』という扱いなのだ。

「そんな奴《やつ》が抱えていた問題、ねぇ」

　どうにも面倒そうな気配がする。特に貴族関係が出てくると色々面倒だ。まあ、騎士団の紋章のおかげで最低限は身分を証明できるし、何とかならないこともないだろう。

　最悪の場合は、色々と血腥《ちなまぐさ》いことになるだろうが――今後の展開について考えながら最後の角を曲がった時、目に入った光景に俺は眉根《まゆね》を寄せた。目的地であるシュレイドの邸宅の前に、複数の人影《ひとかげ》が屯《たむろ》しているのが見えたのだ。

「あれは……」

「……何だか、良くない雰囲気ですね」

　雲母水母の視線が、すっと細まる。そこそこに修羅場《しゅらば》慣れしたような反応に少し驚きつつも、俺は連中の声を聞きながら目的地へと向かって歩を進めた。

　状況《じょうきょう》は気になるが、あまり放置してよい雰囲気ではない。足早に接近している内に、邸宅の前にいる者たちの声は正確にこちらまで届くようになっていた。

「――お引き取り下さい」

「使用人の分際で、フェイブ伯爵家《はくしゃくけ》に楯突《たてつ》くつもりか！」

「そちらこそ、クリストフ騎士団長閣下に楯突くおつもりですか？　我々があの方の保護下にあることはご存じのはずですが」

聞こえてきた会話の内容に、俺は思わず顔を顰《しか》めた。

嫌な方の予感が当たってしまった。どうも、件の娘とやらは貴族相手の問題を抱《かか》えているらしい。相手は武装した男が五人――メイド一人で相手をするには厳しいだろう。だが、彼女は毅然《きぜん》とした表情で男たちの言葉を退けている。主を守らんとするその姿勢は、好感に値する姿だった。とはいえ、状況はあまりよろしくない。さっさと助け船を出すべきだ。

「失礼。こちらがシュレイド・ランベルク殿《どの》の邸宅でよろしいか？」

「ッ、何だ貴様は⁉」

「……ええ、その通りですが。貴方は？」

恫喝《どうかつ》気味に叫《さけ》んでくる男には軽く目礼のみを返し、俺はメイドの方へと視線を向ける。

彼女は、当然と言えば当然だが、こちらのことを警戒している様子だ。そんな彼女を安心させるように、俺はインベントリからアイテムを――先ほど受け取った騎士団の紋章を取り出す。

「騎士団長クリストフ・ストーナーの要請《ようせい》により、こちらに派遣《はけん》された者です。要請内容は、リリーナ・ランベルクの抱える問題の排除《はいじょ》ですね」

「……！　成程、それは御苦労様《ごくろうさま》です。ですが済みません、おもてなしの前に、早速《さっそく》お仕事をして頂くことになりそうです」

「ふむ、つまり――」

俺は内心で笑いつつも視線を細め、五人の男たちへと向ける。騎士団の紋章を見てたじろいでいる彼らは、俺の視線を受けて息を呑《の》んでいた。

心理的に押されているのならば好都合――威圧《いあつ》をするにはちょうどいい状態だ。

「――彼らが、その問題というわけだ」

「ッ、き、貴様……我らはフェイブ伯爵家の使いだ、我らに敵対することが何を意味するか――ひっ⁉」

すっと、足を僅《わず》かに動かす。右手を僅かながらに持ち上げる。ただそれだけで、男たちは面白《おもしろ》いように竦《すく》み上《あ》がり、一歩後退した。気当たり――殺気を相手に対して効果的に叩きつける手法だ。

簡単に言えば、こちらの一挙手一投足が、己を殺しうる動きであると錯覚《さっかく》させることにより、相手に恐怖心《きょうふしん》を植え付ける業《わざ》である。別段久遠神通流《くどうじんつうりゅう》の業というわけではないのだが、殺気を使ったフェイントなどには多用する、中々使い勝手のいい業だ。

「さて、そちらがどこぞの貴族様の使いである、というのは分かったが——俺達異邦人《おれたちいほうじん》に対して、この国での地位を主張するとは、面白い話だ」

「い、異邦人……!?」

「俺たちはこの国の民ではなく、この国の貴族社会に対する敬意を持っているわけでもない。罰《ばっ》しようとしたところで我らは不死だ。全員が余すことなく戦闘《せんとう》技能を持っている異邦人たちを敵に回し……果たして、何ができると言うつもりだ？」

「何を……ひぃっ!?　や、やめっ！」

僅かながらに体を動かしながら威圧し、俺は淡々《たんたん》とそう告げる。実際の所、異邦人という戦力は脅威《きょうい》を超《こ》えて暴力的だ。何しろ、何をした所で全員復活する。戦えば戦うほど戦闘能力は増していくし、数そのものも膨大《ぼうだい》だ。全員が一致《いっち》団結すれば、この国を奪《うば》うことすら不可能ではないのだ。

無論、そこまで一致団結することがまず無いのだが。

「さて、改めて問うが——貴族様が、騎士団長の要請を受けてここにいる、異邦人の俺たちに、いったい何をすると？」

「ッ……引け、引けッ！」

俺が一歩踏《ふ》み出した瞬間《しゅんかん》、まるで転がるようにその場から退却《たいきゃく》を始める五人組。

その背中を見つめ――震脚《しんきゃく》でずばん、と足元に爆音《ばくおん》を響かせれば、全員が揃《そろ》って同時に転倒《てんとう》した。そのまま這《ほ》う這うの体《てい》で逃《に》げ去《さ》ってゆく連中を見送り、俺はようやく口を開く。

「くく、はははははっ！　いや、からかい甲斐《がい》のある連中だったな」

「わ、笑っちゃまずいですってば……ぷふっ」

俺を諫《いさ》める雲母水母であるが、それでも押さえる口元から笑いが零れるのを堪《こら》え切れていない。

プライドばかり高い連中は、徹底的《てっていてき》に心を折らなければ反発してくるものではあるのだが……まあ、使いっ走り程度をどうこうした所でさしたる意味はないだろう。やるのならば、親玉が出てきた所でなくてはなるまい。どのような対応になるかは、相手の出方次第《しだい》ということだ。今後の対応について黙考し――そこに、後ろから声がかかる。

「――ありがとうございました、異邦人の方」

「ん？　ああ。先ほど言った通り、騎士団長殿からの要請だったのでね。そちらに礼を言うことだ」

「はい、機会がございましたら。それで、質問なのですが――」

若干《じやっかん》不安そうな様子のメイドに、小さく苦笑を零す。

このまま放置したら、事態を引っかき回しただけで何も解決していない。これで問題が解決したと引き揚《あ》げるのでは、と危惧《きぐ》しているのだろうが、流石《さすが》にこれで終わったと判断するほどおめでたい頭はしていないつもりだ。

「安心してくれ、このまま放りだすような真似《まね》はしない。とりあえず、中で話を聞かせて貰ってもいいか？　お嬢様《じようさま》にも、伝えておきたい話があるのでな」

「……かしこまりました。では、中へどうぞ」

困惑した様子のメイドに頷《うなず》き、俺たちは招き入れられるままに邸宅へと進む。どう伝えたものかと、若干の迷いはあるが――ただ、正確に話をすべきだろう。

口にする言葉を吟味《ぎんみ》しながら、俺たちはランベルク邸へと足を踏み入《い》れたのだった。

第十一章 ランベルク邸にて

ランベルク邸へと入り、恐らくは居間だと思われる場所へと通される。その部屋の中には、一人の少女の姿があった。恐らく窓から外の様子を眺めていたのだろう、窓際《まどぎわ》から離《はな》れてこちらへと近寄ってきたのは、薄紅色の長い髪《かみ》を揺《ゆ》らす、十代半ばほどの少女だ。

恐らくは、彼女が――

「お疲れ様、エルザ。ごめんなさい、怖《こわ》かったわよね……怪我《けが》はない？　大丈夫《だいじょうぶ》？」

「ええ。問題ありません、お嬢様。この方々に……クリストフ様から遣《つか》わされた方々に助けていただきましたので」

「騎士団長様の？　そうだったのね……」

安堵《あんど》した様子の少女は、メイドの様子を一通り確かめた後、こちらへと視線を向けてくる。お嬢様と言うからには大人しそうな人物をイメージしていたのだが、その瞳の力は強い。快活で、力強い。どこにでもいそうな町娘《まちむすめ》――彼女のイメージは、そんな所だ。

メイドのエルザを助けたことで、こちらにもある程度気を許してくれたのだろう。彼女は、笑みと共に自己紹介《しょうかい》をしてきた。

「初めまして、私はリリーナ・ランベルク。シュレイド・ランベルクの娘です。この度《たび》は、私のメイドを助けてくれて、ありがとうございました」

「異邦人のクオンと言う。一緒《いっしょ》にいるのは――」

「同じく、異邦人の雲母水母《きららくらげ》、こっちから順番にリノ、くー、薊《あざみ》、そして飛んでる妖精がルミナちゃんです。よろしくお願いします」

「異邦人！　あの、女神《めがみ》の使徒だって言う⁉　騎士団長様って、そんな方々とも知り合いだったのね！」

リリーナの反応にちらりとリノへ視線を向ければ、視線に気づいた彼女は苦笑と共に首肯してきた。どうやら、この世界においてプレイヤーはそういう扱いを受けているらしい。女神と言うと、あの神父が信仰《しんこう》していたアドミナ教とやらの神だろうか。

……まあ、俺たちの存在は、現地人にとっては色々な意味で異物だ。そういう設定の方が扱いやすいのだろう。

「団長殿と知り合ったのは偶然《ぐうぜん》だがね。だが今回は、その知り合った理由が原因で、このランベルク邸を訪ねることになった」

「……クオン様？　クリストフ様からの要請でここに来たと仰《おつしや》っておりましたが？」

「それは間違いなく事実だ。お前たちの助けになって欲しいと言われているのは間違いない。だが――ここに来た本来の目的は別だ」

視線を細めて、俺はそう告げる。

何かしらの問題を抱えている彼女には、あまり言うべきことではないのかもしれない。けれど、やはり彼の言葉は伝えねばならないだろう。

「お前さんらにとっては、辛《つら》い話になるだろう。聞く覚悟はあるか？」

「っ……！」

俺の言葉に、リリーナとエルザは息を呑《の》む。その表情の中には、どこか悲愴《ひそう》な色が浮かべられていた。今の話で、ある程度の予想がついたのだろう。彼女の父は行方《ゆくえ》不明のままだ、その想像が及んでしまうのも無理はない。

それが事実であると肯定《こうてい》するのは、中々に言いづらい言葉であったが。

「……エルザ、お茶を。皆さんはこちらへ……ちょっと、長い話になりそうだから」

硬《かた》い表情のまま、リリーナは俺たちをテーブルへと案内する。そこに並ぶように腰かけながら、俺は俯《うつむ》き気味になってしまった彼女を観察した。この家の中の気配から察するに、恐らくこの家の中に彼女の母親はいない。別れたのか、それとも亡《な》くなったのか――ただ外出しているだけならばいいのだが、そうでないなら、シュレイドは彼女にとって唯一《ゆいいつ》の肉親だったということになる。

彼女の内心を推《お》し量《はか》ることはできない。それは彼女だけに理解できる感情だ。だが――少なくとも、今の彼女は、まだ話を聞く覚悟はできていない様子だった。

「……うぅ」

雲母水母とくーが、居心地悪そうに身じろぎする。まあ、明るさが取《と》り柄《え》のこの二人には、この雰囲気は辛いものがあるだろう。だが、耐《た》えて貰わねばなるまい。少なくとも、彼女の覚悟が決まるまでは。

そのまま、しばし気まずい沈黙《ちんもく》が流れる。果たしてどの程度の時間だっただろうか――少なくとも、エルザが茶を用意し終わる程度の時間はかかったようだ。テーブルにティーカップを並べ、物静かなメイドはリリーナの後ろにつく。そのまま、メイドはリリーナの肩《かた》に片手を置き――そこでようやく、リリーナは俯かせていた顔を上げていた。

「聞かせて頂戴《ちょうだい》……貴方《あなた》の、話を」

その表情の中にあるのは、覚悟だろう。話の趣旨《しゅし》を想像し、その上で前に進もうとしている。であれば、俺もその覚悟に応《こた》えねばなるまい。

「結論から言おう――お父上であるシュレイド・ランベルクの殉職《じゅんしょく》が確認された」

「――――ッ！」

俺の告げた言葉に、机の上に置かれていたリリーナの手がぎゅっと握《にぎ》りしめられる。何かを堪えた様子の彼女は、それでも決して俯かず、じっと俺の瞳を見つめていた。

――強い少女だ。称賛《しょうさん》に値《あたい》するほどに。

「シュレイドは騎士団の任務にあたり、男爵級《だんしゃく》悪魔《あくま》ゲリュオンに遭遇《そうぐう》した。奮戦の末に彼《かれ》らは敗れ、命を落とした」

「ッ……その、悪魔は……？」

「俺が斬《き》った。心臓を抉《えぐ》り、首を落とした。奴はもう、この世にはいない」

リリーナの肩が震《ふる》えている。許せないだろう、己の手で殺してやりたいと思っていることだろう。だが、その相手はもはや存在しない。怒《いか》りのやり場を失えば、後に残るのは悲しさだけだ。

「シュレイド・ランベルクは誇り高《たか》い高潔な騎士《きし》だった。死して、悪魔に支配されてなお己の意思で抵抗して見せた。最期の相手であれたことを、俺は誇りに思う」

「最期、の……？」

「アンデッドと化し、悪魔に支配されていたシュレイドを討ったのは、他でもないこの俺だ」

その言葉に、リリーナは息を呑む。

怒りに任せて罵声《ばせい》を発するか——そう考えもしたが、彼女は歯を食いしばって沈黙していた。思う所はあるのだろう。だがそれでも、彼女は俺を責めることを選ばなかった。その自制と決心に、俺は心底から敬意を表する。

「……彼は最期に、君に言葉を残した」

「………………」

口を開けば、耐えきれないのだろう。彼女は歯を食いしばったまま、視線で俺に問いかける。ギリギリで耐えている彼女に、この言葉は酷《こく》かもしれない。けれど、伝えなければならないだろう。それこそが、彼の遺言なのだから。

「『済まない』と……君に対して、そう言っていた」

「っ……ふ、ぅ……」

既に堪え切れなくなっている嗚咽《おえつ》に、俺は小さく息を吐く。そして、すぐさま腰を上げ、四人娘たちを伴《ともな》って机から離れた。

「少し、話し疲《つか》れてしまった。廊下《ろうか》で休んでくる」

「……はい。ごゆっくり、お休みください」

少し涙声《なみだごえ》になっているエルザの言葉に頷き、俺たちは廊下の外に出る。瞬間——

『っ……あああああああああああああッ！　お父さん、お父さん……っ！』

扉越《とびらご》しに届いた悲鳴にも近い泣き声に、俺は嘆息《たんそく》を零して壁《かべ》に背を預けた。四人娘はと言えば、早くも貰《もら》い泣《な》きして身を寄せ合っているような状態だ。ルミナは特に泣いてはいないが、リリーナのことが心配なのだろう、少し不安げな様子で扉の方を見つめていた。

全く、分かってはいたが——

「……損な役回りだな、こりゃ」

騎士団《きしだん》の連中だって、誰《だれ》もやりたがりはしないだろう。訃報《ふほう》を運ぶメッセンジャーなんか、恨《うら》まれるだけで何の利益もないような仕事だ。

だが……それでも、価値はあった。少なくとも、何も知らず前に進めない状況よりはずっといい。そのような停滞《ていたい》を、あの男が望むとは思えない。幸い、リリーナは一人ではなかった。傍《はた》から見ても信頼《しんらい》しているメイドが側に付いている。強い眼をしていたあの少女ならば、きっと乗《の》り越《こ》えられるはずだ。

「……クオンさん」

「感情移入するのも無理はないが、酷《ひど》い顔してるぞ？」

「クオンさんが冷静すぎるんですよ……あんなの見せられたら悲しくもなりますって」

涙《なみだ》を拭《ぬぐ》いながら抗議《こうぎ》する雲母水母に、俺は苦笑を返す。

間違いではない、むしろ正しい反応だろう。俺が同じようにならないのは、単純に精神を制御《せいぎょ》する術に長《た》けているというだけの話だ。久遠神通流には、相手を攻撃《こうげき》するための業とは別に、自らの肉体を制御する技法がある。精神制御はその基礎《きそ》の基礎だ。己の精神を掌握《しょうあく》できなければ、肉体を意思の下に支配することなどできはしない。

「別に共感できない訳じゃないし、悲しくない訳でもないさ。だがまぁ、結局はあいつらが決着をつけるべき話ってだけだ。同情はするが、それ以上の口出しをするつもりはない」

「それは……そうかもしれませんけど」

「割り切れと言うつもりはないが、下手な口出しは余計な悔恨《かいこん》を生む。結局の所、親を失った悲しみなんざ、当人にしか分からないんだ」

「…………」

納得《なっとく》しきれない様子ではあったが、反論の言葉も見つからなかったのだろう。人の心は千差万別《せんさばんべつ》。シュレイドとリリーナがどのような親子だったのかすら知らない俺たちでは、彼女の悲しみを想像することすらできない。そんな人間の慰めなど、安っぽくしか聞こえないかもしれないのだ。

小さく嘆息し、苦笑と共に雲母水母へ――そして、他の三人へと告げる。

「……リリーナのことを気にかけるのならば、シュレイドのことを口出しするより、単純にあの娘の味方になってやることだ。心に土足で踏み込むよりは、よほど支えになれるだろうさ」

「味方に……ですか?」

「俺たちは、このゲームの中では立場のしがらみがほとんど無い異邦人《いほうじん》だ。誰に肩入《かたい》れしようと自由だし、それを咎《とが》められる謂《い》われもない。打算のない、純粋《じゅんすい》な味方ってのは貴重なもんだ」

その辺、俺はどうもビジネスライクに考えてしまうが、こいつらならば問題ないだろう。若いからこそ、打算抜《ぬ》きに考えられる。ある意味では、リリーナは幸運であったと言えるだろう。もしかしたら、ここにいるのは俺たち以外の誰かだったかもしれないのだから。

俺の言葉を聞き、雲母水母たちは互いに顔を見合わせる。そして、何かを決心したように、互いに頷き合っていた。ここに足を運んだのは、イベントの続きだから。ストーリーの先が気になったから——そんな程度であったはずの理由が、確固たる彼女たちの意志に置《お》き換《か》わる。

その姿を眩《まぶ》しく思いながら——扉《とびら》の向こう側で、近付いてくる気配を察知した。

「皆様《みなさま》、お手数をおかけいたしました」

扉を開けて姿を現したのは、澄《す》ました顔のエルザだった。だが、その目は赤く、頬にも僅かに涙の跡《あと》が残っている。彼女も、紛《まぎ》れもなくこの家の一員なのだ、悲しむのは当然だろう。

「もういいのか？」

「はい……お嬢様がお話をしたいと仰っております」

小さく頷き、部屋の中へと招き入れる彼女の後に続く。先ほどと変わらぬ、部屋の様子。

テーブルについているのは、泣き腫《は》らした目のリリーナだった。

第十二章　僅《わず》かな疑念

表面上は落ち着きを取り戻《もど》しているリリーナは、青色の瞳でじっと俺のことを見つめている。随分《ずいぶん》と複雑な感情を抱《いだ》いている様子で、俺に対する感情の方向性は定まっていないようだ。だが、少なくとも敵意は感じない。驚《おどろ》くべきか、納得すべきか——何にせよ、話を続けることはできそうだ。

俺は先ほどと同じ席に腰《こし》を降ろして息を吐き出し、改めてリリーナへと視線を向けた。

「……もういいのか？」

「ええ……お気づかい頂いてありがとう、クオンさん」

俺の言葉に、リリーナはこくりと首肯する。その言葉の中には、やはり敵意らしいものは感じない。気になる所ではあるが、感情の折り合いをつけるにはまだまだ時間が足りなすぎる。今の彼女は、一通り泣いて感情を吐き出したからこそ落ち着いているのであり、その鎮静化《ちんせいか》は一時的なものでしかない。彼女の心は、未《いま》だ危《あや》うい均衡《きんこう》の上にあるはずだ。

表面張力で保っているコップの様子を脳裏《のうり》に浮《う》かべながら、もう少し吐き出させるべきだろうかと声をかける。

「色々と、言いたいことがあるんじゃないかと思うが」

「偽悪《ぎあく》的なのね、貴方。まあ、確かに否定はしないけど」

若干《じゃっかん》呆《あき》れたように柳眉《りゅうび》を曲げて、リリーナはそう口にする。

偽悪的、という評価はあまり受けたことが無い。別に悪ぶっているつもりはないのだが。だがまあ、甘んじて少女の癇癪《かんしゃく》を引き受けようとしているのだから、あまり否定できたものではないだろう。思わず苦笑しつつ、その言葉に返答していた。

「胸の内に言葉を押《お》し留《とど》めると、後でどのように変化するか分かったものじゃないからな。今後の人間関係のためにも、相手の本音は知っておくべきだろう？」

「……合理主義、って感じかしら。でも、口に出すような罵倒はないわ」

「ほう、何故《なぜ》だ？」

「貴方は、お父さんの誇《ほこ》りを尊重してくれた。それなのに、私がお父さんの誇りを傷つける訳にはいかないでしょう？」

そう告げて、リリーナは薄《うす》く笑《え》みを浮かべる。その姿は子供のものではなく、確かな矜持《きょうじ》を持った、一人の女の姿だった。

その姿に思わず苦笑する。どうやら、子供と思って甘く見ていたようだ。もっと早く来てくれれば、とか。助ける方法があったんじゃないか、とか——言いたいことは色々とあるだろう。現場を、状況を知らない彼女だからこそ、口に出せる言葉は様々だったはずだ。

けれどリリーナは、その言葉を飲みこんだ——否、昇華《しょうか》させた。アンデッドとなり、望まぬ戦いを強《し》いられて、それでも己の誇りを失わなかった父のために。

「……分かった。ならば、これ以上は何も言わない。だが代わりとして、君の問題解決に全力を尽《つ》くすことを誓《ちか》おう」

「それは、贖罪《しょくざい》のつもりで？」

「いや、俺がやりたいからやるだけだ」

そもそも、俺は罪悪感など抱いていない。前に立った相手だからこそ斬り、その最期《さいご》の願いを叶《かな》えてやっただけだ。それに罪悪感を抱くなど、相手に対して失礼だろう。

「騎士団長にも頼まれているからな。助けになってやってほしいと。それに、こいつらはすっかり君に協力的だ」

「そちらの……えっと、雲母水母《きららくらげ》、さん？」

「あ、きららでいいですよ。こっちの人たちには馴染《なじ》みのない名前でしょうし」

こっちどころか向こうでもないだろうけどな、という言葉は飲み込んでおく。ここで一々茶々を入れる必要はないだろう。

「俺とこいつらは元々別口のパーティでな。偶然で悪魔との戦いを共にした。だからまぁ、俺とこいつらの方針はまた別と思って貰《もら》っていいが……俺も、こいつらと同じだけの協力を約束しよう」

「それは嬉《うれ》しいけれど……どうして？」

「私たちについては、単純です。貴方の話と、貴方の境遇《きょうぐう》を聞いて、ただ助けになりたいと思ったから。私たち異邦人《いほうじん》は、ただ思ったように行動することができますから、本当にただそれだけの理由です」

リノの言葉に、リリーナは困惑《こんわく》した表情を見せる。まあ、彼女も貴族社会に近い位置の人間だ。言葉には裏と立場があると考えるのが自然なのだろう。だが多くの異邦人はそれに当てはまるまい。少なくとも現状では、ただ楽しむためにゲームをやっているのだから。

リリーナはしばし沈黙し、視線を右往左往させていたが、やがて観念したように相好を崩《くず》した。

「……分かったわ。頼《たよ》りにさせて貰います」

「ああ、請《う》け負《お》おう。それで、話を聞かせて貰えるか？」

「ええ。と言ってもまぁ、多少は予想がついているかもしれないけど……私、フィイブ伯爵家から因縁《いんねん》をつけられているのよ」

「正確に言えば、伯爵《はくしゃく》令息から言い寄られている、という状況です」

言葉を継《つ》いだエルザの説明に、俺《おれ》は思わず眉根を寄せる。

あの様子を見るに、権力を笠《かさ》に着た面倒《めんどう》な相手から気に入られている、といった状況だろう。権力もそうだが、ああいった手合いは話が通じないのが厄介《やっかい》だ。基本的に、自分たちの都合が通るものと考えている。言葉で通じないから実力で捻《ひね》り潰《つぶ》してやるしかない。

「で、君はその伯爵令息とやらの相手はご免被《めんこうむ》ると」

「当然よ。あいつ、立場を使って言い寄ってきたうえに、お父さんが死んだからうちの使用人にしてやるとか言ってきて……」

「……それはいつのことだ？」

「え？　ええと、二週間ぐらい前だけど」

その言葉に、俺は再び眉根を寄せる。確かにシュレイドが死んでいたのは事実だが、それまでは行方不明の扱いだった。要するに、王都まで彼の死は伝わっていなかったのだ。

長期間行方不明だったのであれば、死んだと判断されていてもおかしくはないが――二週間前では、まだそれほど長い時間ではないと考えられる。であれば、何を理由にシュレイドが死んだと判断したのか。どうもきな臭《くさ》い、とリノの方へ視線を向けると、どうやら彼女《かのじょ》も同じ疑問を抱いた様子だった。

「……どうかしたの？」

「ああ、いや。続けてくれ」

「え、ええ。と言ってもまあ、向こうの狙《ねら》いはそれがすべてだと思うわよ。それで連日ああして嫌《いや》がらせに来てるんだから」

「嫌がらせで済んでるだけまだマシではあるが……あれ以上の強引《ごういん》な手段には出ていないのか？」

「この屋《や》敷《しき》はランベルク家の敷地《しきち》ですので、許可なく入ってくれば貴族と雖《いえど》も犯罪です。ですので、極力家から出ないようにしておりました」

「消耗品《しょうもうひん》とかはどうしていたんだ？」

「お隣《となり》に協力していただきました。とはいえ……そろそろ相手も痺《しび》れを切らしていそうです。今回は、ついに武装した人間を連れだしてきましたし……」

「となると、そろそろ爆発《ばくはつ》が近そうだな」

まだ世間体《せけんてい》のようなものは気にしていたようだが、それもいつまで続くものか。取ってくる手段は脅《おど》しか、はたまた秘密《ひみつ》裏の誘拐《ゆうかい》か。何にせよ、面倒なことになりそうなのは間《ま》違《ちが》いない。

「さっきも騎士団長の名前を出しはしたが、こっちが異邦人だってことも言っちキったたからな」

「え？　それ、何かまずかったんですか？」

「要するに、こっちから手を出しもするが、向こうから手を出されても文句は言えないってことだ。異邦人に舐《な》められたなんて報告が行ったら、すぐさま実力行使に来ても不思議じゃないだろう」

「うぇ、あの人たち、もうこっちに来てる可能性があるってことですか⁉」

「可能性はそこそこだな」

今のところ予想でしかないが、襲撃《しゅうげき》が来る可能性は高いだろう。であるならば、警戒《けいかい》しておいても損はない筈《はず》だ。窓の外へと視線を向ければ、中々に高い塀《へい》が見える。あの壁を登るのは困難だろう。となれば——

「この家の入口はいくつある？」

「正門と裏門の二つです」

「ならばとりあえずは二点防衛でいいだろう。雲母水母、お前たちは二人一組に分かれて門を見張れ」

「それはいいですけど、クオンさんは？」

「俺は一度ここで待機する。敵が来たらフレンドリストから俺を呼び出せば、すぐに救援《きゅうえん》に行こう」

「……分かりました。薊《あざみ》、ついてきて！」

「では、私とくーちゃんは裏門へ……クオンさん、後はお願いします」

バタバタと外へ向かっていく雲母水母たちを見送り、軽く息を吐《は》き出《だ》す。かなり気合が入っているし、見張りについてはまじめに取り組むことだろう。とりあえずは心配ないと思うが、やはり先ほどの疑問が気になる。伯爵令息が、シュレイドの死を主張したこと。ただの口から出まかせであればいいのだが、もしも知っていたとするならば――

「……リリーナ、一つ忘れていた。君にこれを渡《わた》しておく」

「え……これは、アドミナ教の聖印？」

「君のお父上の形見だ。それが、悪魔の支配から彼を守っていた。剣《けん》や鎧《よろい》の類は騎士団に返却《へんきゃく》しなければならなかったが、それは君が持っていた方がいいだろう」

「そう……ありがとう」

か細い声で聖印を抱きしめた少女は、そのままくるりと背中を向ける。表情を覗《のぞ》き込むことはないだろう。見られたくないこともあるはずだ。小さく嘆息して、俺は席を立って窓の傍へと移動する。ここからなら外の様子を確《かく》認《にん》できるだろう。早くも門の前まで移動した雲母水母と薊の姿があったが、今の所他に人の姿はない。

杞憂《きゆう》であればいいのだが、それならばいつまで見張らせておくかというのも問題になる。俺たちはいつまでもここにいられる訳ではない。だが、ログアウトしているうちに襲撃があったら困るのだ。最悪、こちらから打って出る手段も考えねばならないが――黙考《もっこう》しながら方策を模索《もさく》していたちょうどその時、ふらふらと飛んでいたルミナが俺の目の前まで移動してきた。

「どうした、ルミナ？」

「――――！」

何やら決意した表情の妖精《ようせい》は、全身で何かをアピールしながらリリーナの方を指さしている。こちらに背を向けている彼女は、未だその体勢のまま肩を震わせていたが、特に変化した様子はない。ルミナは、どうやらそんな彼女のことを心配しているようだ。

「ふむ……分かった。お前は彼女に付いているといい。何かあったら守ってやるんだぞ？」

「――――！」

こくこくと頷いたルミナは、そのまま全速力でリリーナのそばへと移動する。リリーナへと接近したルミナは、彼女を気遣《きづか》うように周囲をぐるぐると回っていたが、やがて停止すると彼女の目の前で何かをやっている様子だった。こちらからはよく見えないが、あれは頭を撫《な》でようとしているのか。手が小さすぎて撫でると言うよりは触《さわ》ることしかできていないようだが。

「……ふふ」

「――――？・」

だが、それでも多少は効果があったのだろう。

彼女は小さく笑って手を差し出し、ルミナはその上に着地する。警戒心《けいかいしん》の強い妖精の割には、ルミナは中々人懐《ひとなつ》っこい。このままリリーナの癒《いや》しになってくれることだろう。

とりあえず彼女のことはルミナに任せるとして、今は襲撃者《しゅうげきしゃ》の警戒だ。もしも悪魔が交じっているようであれば、気休め程度でも聖印が助けになってくれると思うのだが。

（だが仮に悪魔が交じっていたとして、その目的は何だ？）

アンデッドと同じように、人間に対して際限ない敵意を抱いていた悪魔。その悪魔が、わざわざ人間に協力するとは考えづらい。伯爵令息とやらが悪魔から情報を得たのならば納得ではあるが、あのロムペリアの前に人間が立ったりすれば、あっという間に芥子粒《けしつぶ》にされるのがオチだろう。連中にはわざわざ人間に協力する理由が無い。そんなことをしている暇《ひま》があれば、とっとと人間を滅《ほろ》ぼそうとしていることだろう。

（やはり気のせいか？　口から出まかせを言っていた可能性の方が高そうだな）

とはいえ、可能性の一つとして心の内に留めておく。事実が判明する前から可能性を狭《せば》めるのは愚《おろ》か者《もの》のすることだ。まあ、事実については相手次第で判明することだろう。

その為《ため》にも、まずは何かしらの動きが欲《ほ》しい所なのだが――

『――クオンさん！　武装した集団が近づいてきてます！』

――フレンドチャットで雲母水母の声が響《ひび》いたのは、まさにその時だった。

状況《じょうきょう》の変化を理解して、にやりと笑う。そして俺は、そのまま窓を開けて屋敷の外へと飛び出した。

「ルミナ！　リリーナのことは任せたぞ！」

その言葉を残して、俺は正門の方へと駆《か》けだす。さて、果たして何が出てきてくれるのやら――戦いの気配に、俺は小さく笑みを浮かべていた。

第十三章　伯爵家からの襲撃

　さて、このゲームを始めてから幾度《いくど》となく戦闘を繰《く》り広《ひろ》げてきた俺であるが、人間を相手にした回数は中々少ない。まあ、決闘《けっとう》でもしない限りはプレイヤー同士で争う機会も中々ないし、それは仕方ないことではある。残る対人戦の経験は、ファウスカッツェの道場で三魔剣《まけん》の講義を受けた時と、ＰＫ共を相手にした時ぐらいだ。あの道場の師範代達《しはんだいたち》は、非常に高い実力を有していた。だからこそ、このゲームの中の現地人には、それなりに期待しているのだ。一部には高い実力を有した者たちもいるのだろう、と。だが――

「うーむ……」

　ランベルク邸《てい》の門の前に押し掛《か》けてきた連中を眺《なが》め、目を細める。顎《あご》に手を当てながら彼らのことを吟味して、出てきたのは深いため息だった。

「……期待外れだな」

「何を言っている、薄汚《うすぎたな》い異《い》邦人《ほうじん》風情《ふぜい》が！」

「しかもまたさっきの連中か……これが標準なのか？　まあいい、雲母水母《きららくらげ》」

「あ、はい」

何やらごちゃごちゃ言っている連中を無視して、雲母水母に動画撮影《さつえい》の指示を飛ばす。こちらで撮《と》った映像を他の現地人に見せられるのかどうかは知らないが、少なくともこの映像があれば他の異邦人を味方につけることは可能だ。

何しろ、異邦人同士の情報伝達速度は、現地人たちの比ではない。あっという間に異邦人の大多数に伝わり、この伯爵家勢力は敵視されることとなるだろう。地味な、と言うには少々規模はでかいが、ちょっとした嫌がらせである。期待を外されたことに対する溜飲《りゅういん》を下げながら、俺はランベルク家の敷地から出ないままに声を上げた。

「先ほど転びながら帰っていったフェイブ伯爵家の私兵の方々。いや、あんな何もない所で転ばれて、驚いてしまったものだが……怪我などはされなかったかな？」

「なっ⁉　あれは貴様が……ッ！」

「おや、俺が何かしたとでも？　俺の記憶《きおく》が正しければ、身振《みぶ》り手振《てぶ》りを交えて懇切丁寧《こんせつていねい》に説明しただけの筈だが」

「ぐ……っ」

まあ、実際太刀《たち》も抜いていなかったし、攻撃をしたという訳でもない。傍から見れば、向こうが勝手に愉快《ゆかい》なダンスを踊《おど》っていたというだけだ。そのことを遠まわしに皮肉ってやれば、先ほど来ていた連中は揃《そろ》って顔を赤く染めていた。

挑発《ちょうはつ》して暴発させるのもいいんだが、もう少しこちらの正当性を主張したい所だな。

「まあ、何にかは知らんが、慌《あわ》てていた様子だったしな。転ぶのも無理はないさ。それは兎《と》も角《かく》として、一体どんな御用事《ごようじ》かな？」

「決まっている！　リリーナ・ランベルクをこちらに引《ひ》き渡せ！」

「武装した兵を集めてその主張とはね。要するに誘拐が目的と」

すっと、彼らへと向けていた視線を細める。意識は臨戦態勢に、いつでも太刀を抜ける体勢へと移行しながら、それでも自然体を装って俺は彼らへと告げる。

「騎士団の証《あかし》を持つ我々に対して、堂々とそのような発言をするとは恐《おそ》れ入る。これは団長殿《どの》に報告した方がいいかな？」

「ふん、異邦人は発想が野蛮《やばん》なことだ。これは要請《ようせい》だとも。フェイブ伯爵家から、リリーナ・ランベルクに対してのな。まさか断るとは云《い》うまい？」

「つまり、お前さんはフェイブ伯爵とやらの名代であり、お前の発言は伯爵家の総意であると——そう言っている訳だな？」

「は……？」

阿呆《あほう》め、最初から伯爵家の当主とやらが出張ってきていたのであれば、女二人のランベルク家が対抗《たいこう》出来ていた筈もない。つまるところ、これはその伯爵令息とやらの暴走でしかないのだ。一貴族としての正当な要請ではないからこそ、リリーナたちは彼らの要請に対して否を突《つ》き付《つ》けることができていたのだ。

そうであるにもかかわらず、この男は『伯爵家からの要請』であると主張した。状況から考えて、そんなことはあり得ないというのに。まあ、経緯《けいい》や理由などはどうでもいい。とにかく、これが伯爵何某《はくしゃくなにがし》の主導で無いのならば、いくらでも付け入る隙《すき》はある。

「もう一度言おうか？　フェイブ伯爵は、女一人を手に入れるために、私兵まで動員して騎士団に敵対したと——そういうことだな？」

「そ、それは……！」

代表して喋《しゃべ》っていた男を含《ふく》め、全員が動揺《どうよう》している。この男がどんな地位にあるのかは知らないが、本当に名代として立てる位置にあるならば、こんな場所に派遣《はけん》されてくるはずもない。そんな人物が、勝手に伯爵の言葉を語ったとなれば——さて、どうなるかな？

「返答はいかに。事と次第《しだい》によっては、騎士団から王家への報告も必要になるだろう」

「ぐ、この……！」

さて、このまま丸め込んでやれば撤退《てったい》させることもできるだろうが……向こうにはもうちょっと不利な状況になって頂きたい。より危険な方向に暴発する可能性は高まるが、それはそれ。話が大きくなれば、それだけ騎士団も介入《かいにゅう》しやすくなる。リリーナを危険に晒《さら》してしまう可能性は高まるが、後腐《あとくさ》れなく決着をつけるにはその方がいいだろう。

故《ゆえ》に俺はあからさまに嘲《あざけ》りの表情を作り、失笑《しっしょう》しながら声を上げた。

「はっ、考えの足りんことだな。数で囲めば何とかなると思っているのも実に情けない。女一人組《く》み敷《し》くのに余人を介《かい》さねばならないとは、よほどの玉無しに見えるな」

「貴様、クレイス様を侮辱《ぶじょく》するつもりか！」

「む、そうだな。ま、碌《ろく》に物も考えられない部下が付いているのでは、上が成長できないのも仕方あるまい。可哀想《かわいそう》なことだな」

誘導《ゆうどう》した通りに分かりやすい反応を示してくれたので、目の前にいる連中の挑発へ移行する。虎《とら》の威《い》を借る狐《きつね》、といったような連中だ。プライドばかりが肥大化して、挑発への耐性《たいせい》は非常に低そうである。

案の定というべきか、俺の言葉に対し、連中は揃って怒りに顔を赤く染めていた。

「貴様……撤回《てっかい》するならば今の内だぞ」

「口の回らん連中だな。ご主人様の威光《いこう》に縋《すが》るしかないなら、せめてもう少し上手《うま》く台詞《せりふ》をペラ回せ。舌戦《ぜっせん》をするにも退屈《たいくつ》だぞ？」

「ッ……後悔《こうかい》するがいいッ！」

舌戦は戦の作法、精神的優位を得るための戦いだ。

それに見事に敗北した男は、すぐさま剣を抜き放ちこちらへと斬りかかってきた。どたどたと走りながら振《ふ》り降ろされる一撃《いちげき》は、素人《しろうと》が放ったとして見るにも不格好に過ぎる。鋭《するど》い一撃であれば受け流して投げ飛ばす所だったが、これでは反撃《はんげき》する気も起こらん。

俺は嘆息しつつ回避《かいひ》して、突っ込んでくる男の足を払《はら》った。

「な――ぐべっ⁉」

「……あまり失望させんで欲しいんだが、貴族の私兵と言うのはこんなもんなのか？」

剣を強く握り締《し》めすぎていたのか、転んだ拍子《ひょうし》に手が緩《ゆる》み、剣が転がり落ちてしまっている。あまりにもお粗末《そまつ》な状況に嘆息しながら、俺は男の背を踏《ふ》みつけて動きを封《ふう》じた。

戦闘《せんとう》の心得がある人間ならここで短剣《たんけん》を抜いてこちらの足を狙う所だろうが、どうやらこの男、長剣《ちょうけん》以外に武器を持っていないようだ。何と言うか、見た目だけ兵士っぽくした一般人《いっぱんじん》、という感じだな。

「さて、無断で敷地内《しきちない》に入って来た犯罪者殿。どのような処遇《しょぐう》がお望みだ？」

「……ッ！　お前たち、こいつらを始末しろ！」

「な⁉　し、しかし――」

「余計なことを考えるな！　こいつらを片付けて、あの娘《むすめ》を連れ去ってしまえばそれで終わりだ！」

この阿呆、ついに俺たちが異邦人であることすら忘れたらしい。俺たち相手に口封《くちふう》じなど全く意味が無い行為《こうい》なのだが。苦笑《くしょう》と嘆息が混じった吐息《といき》を零《こぼ》しながら、転がった男の顎を軽く蹴《け》り飛《と》ばす。煽《あお》るだけ煽ったし、こいつには最早《もはや》やって欲しいことはない。これ以上騒《さわ》がれても邪魔《じゃま》なだけなので、とっとと気絶して貰うことにした。

男の言葉を聞き、兵士たちは各々《おのおの》の武器を抜いて、躊躇《ためら》うようにじりじりと距離《きょり》を詰《つ》めてきている。その数は残り九人。近寄ってくる男たちを警戒したように、雲母水母と薊《あざみ》が武器を構えようとするが、それは手で制する。

「クオンさん⁉」

「問題ない、下がって見てろ。こちらはあくまでも正当防衛にしたいんでね……ま、この程度の相手なら、刀を抜かずとも軽く捻れる」

嘲笑《ちょうしょう》と共に言い放った言葉に、私兵たちの表情が変わる。実際の所、刀を抜いていればこの十倍の数がいようが苦戦する気がしないのだが。しかし連中はただの挑発だと取ったのか、顔色を変えてこちらへと殺到《さっとう》してきた。

歩法――縮地《しゅくち》。

その最前列にいた男へ、すり足で接近する。そしてちょうど剣を振り上《あ》げた瞬間《しゅんかん》の柄《つか》を掴《つか》み、後ろへと押しながら相手の踵《かかと》を払う。その瞬間、男はまるで冗談《じょうだん》のようにぐるりと回転し、後頭部から地面に叩《たた》きつけられて失神していた。派手に転倒《てんとう》した様子に動揺したのか、左手側にいた男の動きが止まり――俺はすぐさま、その男の横合いまで移動した。

「足を止めるな、阿呆」

「ご、はっ⁉」

打法――震侵《しんしん》。

脇腹《わきばら》へと添《そ》えた掌《てのひら》から、衝撃《しょうげき》を内側へ徹《てつ》すように打ち出す。本気で打てば内臓ぐらいは潰せるだろうが、流石《さすが》に殺すのは拙《まず》いだろう。適度に手加減して行動不能にしつつ、俺は次の相手へと駆ける。最も近くにいたのは、他の連中よりは若干小柄《じゃっかんこがら》な女の兵士。

「ひっ⁉　く、来るな！」

無論、そんな言葉で止まるはずもない。へっぴり腰《ごし》に構えられていた剣の柄尻《つかじり》を蹴り飛ばし、女の手から剣を弾《はじ》き飛ばす。空っぽになった手に茫然《ぼうぜん》と動きを止めた女に肉薄《にくはく》した俺は、その首を右手で掴んで持ち上げた。

まあ、血や息が止まるほど強く握っている訳ではないのだが。

「か、っ……や、め」

「ふむ、いいだろう」

俺の手首を握《にぎ》って懇願《こんがん》してくる女に対してにやりと笑みを浮かべ、俺はその体をさらに高く持ち上げる。そしてそのまま、彼女を背中から地面に叩きつけた。肺の中の空気を叩き出され、衝撃に動けずにいる女を蹴り飛ばし、俺は残りの私兵たちを睥睨《へいげい》する。

「さて……まだやるか？」

「ひっ⁉」

残りは六人。片付けようと思えば片付けられるが、こいつらを倒《たお》した所で何ら足しにはなるまい。もうちょっと歯ごたえのある相手ならば戦う気にもなるのだが、こいつら相手ではただ不完全燃焼《ねんしょう》なだけだ。苛立《いらだ》ちに殺気を交えて連中を見据《みす》えれば、前回来た時と同じように威圧《いあつ》され、後退していく。

やるべきことはやった。後のこいつらは最早用済みだ。

「やるなら来い。ただしここからは、犯罪者を処断するつもりで行かせて貰う」

鯉口《こいぐち》を鳴らし、重心を落として構える。まあ、これは脅しでしかなく、本気で斬《き》るつもりはないのだが。だが、それでも効果は覿面《てきめん》だった。張りつめた空気の中、威圧された私兵たちは、その場からじりじりと下がり――ある程度の距離が開いた瞬間、その場から一斉《いっせい》に逃《に》げ出していた。

それを追うことはせずに構えを解き、周囲に転がった四人の兵たちを眺めて嘆息する。

「まあ、騎士団《きしだん》に引き渡すのに数人欲しかったのは事実だが……助けようとする素振《そぶ》りすら見せんとはな」

「え？　騎士団に引き渡すんですか？」

「不法侵入《しんにゅう》の現行犯、次いで誘拐未遂《ゆうかいみすい》だ。引き渡さない理由があるまい。伯爵家とやらへの打撃《だげき》にもなるしな」

正式に罪として裁けるならば、伯爵家の醜聞《しゅうぶん》となるだろう。そうでなかったとしても、件《くだん》の令息とやらに対するペナルティは免《まぬが》れまい。後腐れの無い状況にするには、何とか令息が処断される状況まで持って行きたいのだが、流石に現状の手札だけでは難しいだろう。

まあ、一度暴発した連中がこの程度で止まるとは考えていないのだが。

「薊、エルザを呼んできてくれ」

「……何で？」

「こいつらを縛《しば》りあげるロープか何かが欲しい。武装解除しても、流石にそのまま置いておくのはリスクが高いからな」

「……んー、了解《りょうかい》」

いつも通りの茫洋《ぼうよう》とした表情で頷《うなず》いた薊は、その足で屋敷の中へと戻っていく。その背中を見送って、雲母水母が俺に質問を投げかけてきた。

「とりあえず、襲撃者は撃退《げきたい》できましたけど、これからどうするんですか？」

「いくつかパターンがあるが、まずこいつらを騎士団に突き出すのが第一だ。拘束《こうそく》が済んだら家の中に入れて監視《かんし》だな」

「騎士団を呼ぶってことね。それなら、リノに向かって貰います？」

「ああ、その方がいいだろうな」

流石に、こいつらを騎士団まで連れて行くのはリスクが高い。途中《とちゅう》で襲撃を受けるかもしれないし、リリーナに対する護衛が薄くなってしまう。であれば、向こうからこっちに来てもらった方が対処は楽だ。

「じゃあ、リノに伝えておきます」

「ああ、頼《たの》む」

さて、この後はどうなることやら。伯爵家が今後も大人しくしているとは考えづらい。私兵が罪に問われるとなれば、それも尚更《なおさら》だろう。

罪を逃《のが》れるための保身に走るか、或《ある》いは強硬《きょうこう》手段に出るか――

「――少しは楽しめるかね」

雲母水母には聞こえぬよう、俺はそう小さく呟《つぶや》いていた。

第十四章　伯爵家の闇

　エルザから借りたロープで男たちをまとめて縛り上げ、部屋の中央に置いて監視する。

　まあ、うちの流派でごく稀《まれ》に利用される捕縄術《ほじょう》を使っているため、よほど縄抜《なわぬ》けの心得がある奴《やつ》でもなければ抜け出せないのだが。

　ちなみにこの技《わざ》、あえて抜け出せる隙を残している技法で、縄抜けするには足関節をいくつか外さなければならない。要するに、体にダメージを与《あた》えた上で逃がし、その後を追って隠《かく》された敵陣《てきじん》を一網打尽《いちもうだじん》にすることを狙うという中々合理的な業《わざ》である。

「この人たち、なんで中央に固めたんですか？」

「見張るためにな。こいつらは重要参考人だ。相手の出方にもよるが、色々な意味で目が離《はな》せない」

　あの連中の対応から察するに、伯爵令息とやらがこいつらの救出に動く可能性は低く見積もっていいだろう。だが、伯爵とやらがどう動くかは現状では予想がつかない。

　救出か、或いは処分か。何にせよ、今の状況を放置することは伯爵家にとっての打撃となる以上、何らかの手を打ってくる可能性は高い。面倒だが、騎士団に引き渡すまでこいつらを守ってやらねばならないのだ。

　リノはすでに騎士団に向かって移動している。最悪途中で襲撃を受け、死に戻ることになったとしても、復活地点はこの街の石碑《せきひ》だ。ここから移動するよりはむしろ移動距離が短くなることだろう。

　この王都で異邦人《いほうじん》が現れたのは、俺たちが初めてのはず。つまり、連中はまだそれほど異邦人に関する情報を持っていない。今の状況ならば、騎士団への連絡《れんらく》を完全に遮断《しゃだん》されることはないだろう。とりあえず向こうは問題ないとして――

「この人たちを監視するのはいいんですけど……門はいいんですか？」

「構わんよ。監視対象が増えちまったし、少ない人数を更《さら》に分散するのは悪手でしかない。その代わり、手緩《てぬる》い手を使うのはここまでだ」

　現状、残っているメンバーはすべてこの部屋に集めてある。前回と同じリビングの中央だが、既《すで》にテーブルやらは邪魔にならないように壁際《かべぎわ》に寄せてある。窓は鍵《かぎ》を閉めた上でカーテンを引き、外から内部の様子が見えないようにしてあるのだ。

　ちなみに、これは他の部屋も同様だ。この状況で最も怖《こわ》いのは予想外の方向からの奇襲《きしゅう》であり、できるだけ相手にイニシアチブを握られないようにしたい。外から情報を手にする手段はいくつかあるだろうが、視認《しにん》情報に頼れない状況は多少は有利に働いてくれることだろう。さて、俺の予想では、そろそろ何らかの動きがあるはずなのだが――

『おにーさん、来たよ。三人、軽装の盗賊《とうぞく》っぽい感じ』

「――！　よくやった、連中の侵入より先に部屋まで戻ってきてくれ」

『りょうかーい！』

チャット越《ご》しに響いたくーの声に頷き、俺は既に抜《ぬ》き放っていた太刀を持ち上げる。室内ではあるが、そこそこに広い部屋だ。振るうのに苦労はしないだろう。俺が太刀を動かしたのを見て震《ふる》え上がる私兵どもは放置し、俺はエルザの方に声をかけた。

「リリーナの目は塞《ふさ》いでおいてやってくれ。今回は手加減をしている余裕《よゆう》はない」

「……承知いたしました」

敵の実力がどの程度であろうとも、これほど護衛対象がいる状況では手加減などとは言っていられない。純粋《じゅんすい》に俺と相手のみの戦いであれば制圧することも可能だろうが、下手に生かして反撃を食《く》らうことは避《さ》けねばならないのだ。故に、今回は殺す。余分な手出しなど許すつもりはない。静かに決意を固めた所で、屋根の上から周囲を監視していたくーが部屋の中まで戻ってきた。

「帰還《きかん》しました！」

「御苦労《ごくろう》。次の任務はリリーナたちの護衛だ。流《なが》れ弾《だま》に気をつけろ」

「りょーかいでっす！」

「くーちゃーん？　私がリーダーだって忘れてない？」

本当に素直《すなお》な子供であるくーの様子に苦笑しながら、俺は目を細めて意識を集中する。鍛《きた》え上げ、研《と》ぎ澄《す》まされた五感。その全《すべ》てを利用することで、より広い範囲《はんい》の情報を己《おのれ》の中へと飲み込んでゆく。これもまた、久遠神通流《くどうじんつうりゅう》が術理の一つ。ただしそれは、敵を打倒《だとう》する業ではなく、己の肉体を制御《せいぎょ》する法。その術理によって、俺は確かに、こちらに近づいてくる三人の気配を掴み取《と》った。ここまで広げたのは久しぶりだが、ゲームの世界でも問題なく使えるようで何よりだ。

「素直に裏口から入ってきているな。カーテンを閉めていたから、こちらが警戒しているのを理解しているか」

「……あの、何でわかるんです？」

「気配だ」

雲母水母《きららくらげ》の言葉に端的《たんてき》にそう返しつつ、俺は掴んだ気配の動向を探《さぐ》る。裏口の鍵をピッキングでこじ開けた侵入者《しんにゅうしゃ》は、そのままゆっくりと屋敷の中を移動しているらしい。探るような足取りだ。向こうはまだ、こちらの位置に気付いていないのだろう。これならばこちらから仕掛《しか》けることも可能だったかもしれないが、今更《いまさら》方針を転換《てんかん》するのも難しい。このまま素直に迎撃《げいげき》しておくべきだろう。

（実力はあるな。そこの私兵連中とは比べ物にならない……となれば、こいつらは伯爵とやらの子飼いか？）

別勢力と言うことはあり得ないだろうが、それだけの手駒《てごま》がいるなら最初から使っておくべきだ。今までそうしていなかったのは、恐らく伯爵令息に彼《かれ》らを動かす権限が無かったからだろう。救出か、口封じか。後者だった場合はかなり面倒なことになるが、それは相手の出方次第だろう。

気配がこの部屋に近づき――一度、動きが止まる。どうやら、向こうもこちらの気配に気づいたようだ。

「そろそろ来るぞ」

「っ、はい」

雲母水母たちに告げて、俺は足音を立てずに気配の方へと移動する。どうやら、分かりやすく扉《とびら》から入ってくるらしい。まあ、屋敷の中からでは他に入口もないので、それも当然なのだが。

太刀を霞《かすみ》の構えへ、かちゃりと鍵が開く音を聞きながら、俺はするりと前に出る。次の瞬間、扉は勢い良く蹴り開けられ――扉の前にいた男の眉間《みけん》を、俺の突き出した切っ先が貫《つらぬ》いていた。

「が、ぎ――?」

「まずは一人」

男の死体を蹴り飛ばして太刀から引き抜き、俺は後ろへと跳躍《ちょうやく》する。出来ればこのまま廊下《ろうか》で戦いたい所ではあるのだが、小回りの利《き》かない太刀では少々難しい。

俺が太刀を構え直すのと同時、残る二人が部屋の中へと飛び込んでくる。仲間の死にも動揺した様子はない。相手に対する評価を一段階上げながら、俺は二方向に分かれた内、私兵たちの方へ向かった侵入者へと突撃《とつげき》した。

「そっちは任せた!」

「了解です!」

リリーナの方へ向かった相手は雲母水母たちに任せつつ、滑《すべ》るように侵入者へと肉薄する。こちらの排除《はいじょ》よりも私兵たちの方へ向かったことから、こいつらの狙いが暗殺であることは明白だ。一瞬《いっしゅん》で四人殺せる手段があるのかどうかは知らんが、近付けさせる訳にはいかない。

接近した俺に対し、向こうも警戒はしていたのだろう、即座《そくざ》に反応してナイフを投擲《とうてき》してくる。刃《やいば》が濡《ぬ》れているのは、恐らく毒だろう。中々殺意が高い対応に感心しながら、俺は太刀で受け流してナイフを地面に叩き落《お》とす。構えをほとんど崩《くず》すこともなく対処されたことに驚《おどろ》いたのか、相手が僅《わず》かに目を見開いているのが見える。そこそこに技量はあるようだが、このタイミングで動きを止めるのは頂けないな。

「っ——《パリィ》！」

短剣を構えて、侵入者はスキルを発動する。室内では回避系の効果が薄《うす》いからこその選《せん》択《たく》だろう。尤《もっと》も——俺に対してそれは悪手でしかないのだが。

斬法——剛《ごう》の型、竹別《たけわかち》。

振り降ろされた刃は、ガードのために差し出された短剣に吸いつくように押《お》しつけられる。受け流そうと短剣を動かしているが、無駄《むだ》なことだ。円運動の垂直を捉《とら》えた時点で、この圧から逃れる術《すべ》など存在しない。

「おおおッ！」

「が——ッ⁉」

振り終わった短剣を上から押し切《き》り、暗殺者の体へと刃を届かせる。袈裟《けさ》懸《が》けに斬り裂《さ》かれた男はたたらを踏み——返す刃にて、その首を断《た》ち切られていた。

確実に殺したことを確認し、俺はもう一人の方へと視線を移動させる。相手は雲母水母とく―によって足止めを受けている状態だ。リリーナたちの前には薊《あざみ》が立ちはだかっており、いつでも魔法《まほう》を発動できるように準備している。状況は安定だろうが、相手は暗殺者。思わぬ手を用意していると考えるべきだ。

歩法――烈震《れっしん》。

足元で爆発したような音を立て、俺《おれ》は暗殺者の方へと突撃する。その音に気を取られたのか、相手は僅かに硬直《こうちょく》してこちらへと意識をずらしていた。

相対しているのが俺の門下生たちであったなら、この一瞬であの男は仕留められているだろう。だが、素人の子供にそこまで求めるのは酷《こく》というもの。俺はそのまま、男へと向かって刃の切っ先を突きだしていた。

斬法――剛の型、穿牙《せんが》。

俺の体重を切っ先に乗せた突きは、男の防具を紙のように貫き、その体を貫通《かんつう》する。遠くにいた相手が一瞬で接近し、己を貫いたのだ。驚愕《きょうがく》もひとしおだろう。

背後が木材の壁《かべ》であることは分かっているので、そのまま貫通して壁に縫《ぬ》い付け、太刀から手を離して小太刀《こだち》を抜き放った。

周囲には他に敵の気配はない、相手はこれで全てだろう。おかしな動きをしたらすぐさま首を裂けるように小太刀を突き付けながら、俺は男へ対して殺気を放ちながら問う。

「伯爵家の者だな。何故《なぜ》口封《くちふう》じに動いた」

「…………」

男は痛みに脂汗《あぶらあせ》を掻《か》きながらも沈黙《ちんもく》を保っている。腹を貫かれている割には大した精神力だ。やはり、専門の訓練を受けた人間だと考えるべきだろう。しかし、そうなると対処が面倒臭《めんどうくさ》い。何しろ、ここには拷問《ごうもん》用の道具など用意していないのだ。

仕方ないと嘆息《たんそく》し、俺は左手を相手の胸に当てながら声を上げた。

「これはフェイブ伯爵《はくしゃく》による指示だな？」

「……」

反応はない。だが、これは予想できていた質問ということだろう。

まあ、令息があの程度の人間しか使えない以上、訓練された暗殺者を動員できるのはまず間違《まちが》いなく当主か、それに近い人間のみだ。この質問は、相手の心に余裕を――言いかえれば、隙を生ませるためのブラフ。本命は、この次に控《ひか》えている質問だ。

「伯爵は悪魔《あくま》との繋《つな》がりがあるな？」

「――!?」

ピクリと、男の胸が震える。驚愕と緊張《きんちょう》で、横隔膜《おうかくまく》や手足の筋に反応を示していたのだ。

この質問は想像の域を超《こ》えない――と言うより最早《もはや》妄想《もうそう》の領域にある仮説だったのだが、

この反応は見逃《みのが》せない。あの下っ端《したっぱ》の使い走りすら口封じに殺そうとしたということは、伯爵にはそれだけ踏み込まれたくない事情がある可能性が高い。

先ほど考えていた、何故伯爵令息がシュレイドの死を知っていたのかという疑問を含め、可能性の一つとして考えていたのだが――

「事実だとしたら、それは国への――いや、人類に対する裏切りだな」

「――……ッ」

俺の言葉を聞き、暗殺者が僅かに顎を動かす。その動きに、俺は僅かに嘆息してその場から後退した。含み針などの可能性も考えていたが、恐らくこれは違《ちが》うだろう。

俺が離れた直後、男は僅かに痙攣《けいれん》し――がくりと脱力《だつりょく》して、動かなくなった。体重を貫通した太刀で支えていることになり、尋常《じんじょう》ではない痛みが走るはずだが、それに対する反応はない。その様子に俺は再び嘆息して、突き刺《さ》さったままの刃を抜き取った。念のため脈も取ってみたが、結果は予想通り。やはり、今飲み込んだのは毒だったようだ。

「……厄介《やっかい》な。まさか、ここまで訓練を積んだ暗殺者を持っているとはな」

「く、クオンさん……その人、その……」

「ああ、自殺したよ。これを躊躇いなくやれる奴はそうそういないんだがな」

嘆息して、男の死体をインベントリに押し込む。

エルザは未《いま》だリリーナの両目を覆《おお》ったままだ。死体だけはさっさと片付けなければなるまい。残る二人分の死体も片づけ、とりあえずは問題ないことを確認《かくにん》して声を上げた。

「エルザ、もういいぞ」

「できれば血も片付けていただきたいのですが……」

「いくらなんでもそこまで万能《ばんのう》じゃないっての」

俺の返答に対してエルザは軽く肩《かた》を竦《すく》めると、リリーナの目を覆っていた両手を離した。ようやく視界を取り戻《もど》したリリーナは、明るさに慣れるように目を瞬《またた》かせて——血痕《けっこん》が広がるリビングの光景に息を呑《の》む。不《ふ》可抗力《かこうりょく》とはいえ、少々ショッキングだっただろう。

「こ、これ……」

「済まんな、あまり血が飛び散らない斬《き》り方《かた》にすべきだったか」

「い、いえ。守って貰《もら》ったのだし、そこまで注文をつけるつもりはないわ」

死体が無かったおかげか、リリーナの様子は幾分《いくぶん》か冷静だった。まあ、女の身なのだから、血ぐらいは見慣れているということか。

「とりあえず、何とかなりましたけど……これからどうするんですか？」

「基本は待機だな。まあ——」

雲母水母の疑問に対して、肩を竦めながら声を上げる。そのまま窓際《まどぎわ》まで移動し、少しだけカーテンを開いて外の様子をのぞき見た。こちらに視線が向いた様子もなし、とりあえず今は監視している人間はいないようだ。

まあ、こちらよりも目立つ一団が門の前までやってきているから、こちらに気づかれなくても不思議ではないだろう。

「騎士団もやって来たことだし、退屈な待ち時間はなさそうだな」

第十五章　現れる真実

　騎士団を招き入れ、捕《とら》えていた私兵たちを引き渡《わた》す。ついでに、先ほど撃退した暗殺者たちの死体も一緒《いっしょ》にだ。

　流石に騎士団長《クリストフ》は顔を出していなかったが、以前詰所《つめしょ》に行った時に顔を見た騎士《きし》は一人付いてきていた。どうやら、彼はクリストフの側近らしく、ランベルク家に対しても好意的だ。いや、元々騎士として優秀《ゆうしゅう》だったシュレイドのことは、多くの騎士たちが尊敬しているようで、今回やってきた面々もそういったメンバーで構成されているらしい。まあ、貴族出身の騎士たちには、成り上がり者と蔑《さげす》んでいた者もいるらしいが。

「ではクオン殿、ご協力ありがとうございました」

「いえ、こちらこそ。少々手に余る状況でしたから」

「こちらも手の出しづらい問題でしたから。進展するのであればこの程度、大したことはありませんよ」

　まあ、官憲である以上、表面化した犯罪でもない限りは対処しづらいだろう。

一応、伯爵家の方も今までは犯罪になるような行為は避けていたようであるし、クリストフとしては頭の痛い問題だったはずだ。とはいえ、手勢が騎士団に引っ立てられたとなれば、伯爵家もこのまま静観とはいかなくなるだろう。暗殺という強硬手段にまで出たのだ、ここから先、何も手を出してこないとは考えづらい。

となると、このまま彼らを見送るだけというのは、少々不安が残る。騎士団に実力が無いとは言わないが、目に見えない場所で事態が推移するのは避けたいのだ。であれば――

「……リリーナ、一つ提案があるのだが」

「あ、はい。何かしら？」

「お前さん、この後騎士団の方に顔を出さないか？」

「え？」

血痕を掃除《そうじ》しているエルザの様子を眺めていたリリーナは、俺の言葉に虚《きよ》を衝《つ》かれたように眼《め》を見開く。予想していなかった言葉だったのだろう。まあ、俺としても唐突《とうとつ》であることは否定できないのだが。色々と理由はあるのだが、とりあえずは建前側の理由を話しておこうと、肩を竦めて声を上げる。

「親父《おやじ》さんの顔、見ておきたいだろう？」

「っ……それは」

「倒す時に首を落としちまったのは申し訳ないが、それでも一度ぐらいは顔を合わせた方がいい。俺が言うのもどうかとは思うがな」

「……いえ。貴方《あなた》の言うとおりだわ。ずっと逃げてたら、きっと後悔するだろうから」

毅然《きぜん》とした表情で顔を上げたリリーナに、俺は笑《え》みを浮《う》かべて首肯《しゅこう》する。まあ、結局の所、葬儀《そうぎ》の時に会うことにはなるのだろうが……あらかじめ見ておいた方が覚悟《かくご》もしやすいだろう。彼女《かのじょ》の決意を受け取り、俺は護送の騎士に改めて声をかけた。

「というわけで、彼女らも一緒に行くことになりました」

「はぁ……いえ、確かに一度来た方がいいとは思いますが、大丈夫《だいじょうぶ》なんですか？」

まあ、現在進行形で問題に巻き込まれているのだから、自分の権利が主張できる敷地内から出すのは不安が残る。だが、事態はそれ以上に厄介な方向まで推移してしまっているのだ。小さく嘆息し、俺は騎士に近寄って小声で告げた。

「既に屋敷《やしき》の中にまで侵入して攻撃《こうげき》を仕掛けてきていますからね。ここはもう安全とも言い難《がた》い。安全地帯である騎士団にいてほしいというのが一つ」

「……他にも何か理由が？」

「そちらも既に警戒《けいかい》しているでしょう？　暗殺者まで動かして口封じをしようとしてきたんだ、これで襲撃《しゅうげき》が終わるとはとても思えない。俺たちも護送についていきますよ」

「しかし、それでは彼女たちに危険が……！」

「我々のメンバーのうち、四人は彼女たちにつけておきます。十分に対処は可能でしょう」

相手にもよるが、雲母水母《きららくらげ》たちが四人揃っているのであれば、格上相手でも時間稼《かせ》ぎは十分に可能だ。攻撃側《こうげきがわ》の俺としても、下手に護衛対象を気にするよりはそちらの方が戦い易《やす》い。正直な所、男爵《だんしやく》級悪魔が複数体出てきたりしない限りは何とかできる自信があった。

騎士はしばし困惑《こんわく》した様子で黙考《もっこう》していたが、やがて決心したのか、一度頷いて俺の目を見返していた。

「分かりました、やりましょう……彼女たちのこと、よろしくお願いします」

「ええ、必ず護衛を全《まっと》うしましょう」

こちらも首肯を返してリリーナの方へと向き直れば、彼女は掃除を終えたエルザに話しかけている所だった。どうやら、これから騎士団に顔を出すことを伝えているらしい。

まあ、乗り気になってくれたようで何よりだ。これで護送の様子を見送るだけにならずに済む。しかし、色々と不安が残ることも事実だ。警戒は絶やさぬようにしなければならないだろう。

「雲母水母、準備はいいか」

「はーい。リリーナさんたちの周囲を固めてればいいんですよね？」

「ああ、頼む。俺は周囲を警戒しているから、あまり余裕はないと思うが」

「いえいえ、頼《たよ》りにしてますって」

快活に笑う雲母水母の言葉に苦笑しながら、俺たちは屋敷の外へと移動する。

そのまま少し待てば、縄《なわ》で繋がれた襲撃者《しゅうげきしゃ》たちと、その周囲を固める騎士、そして後に続くリリーナとエルザが姿を現した。エルザがきちんと施錠《せじょう》しているのを横目に見つつ、俺は全体の真ん中あたり、雲母水母たちはリリーナの傍《そば》へと移動する。

「では、これより襲撃犯の護送を行う。各員、周囲への警戒を怠《おこた》るな！」

『はっ！』

「く……ッ」

悔《くや》しげに声を漏《も》らしている私兵であるが、流石にこの状況《じょうきょう》でまで騒ぎ立《た》てるつもりはないようだ。そんな様子を後ろから眺《なが》めつつ、俺たちは騎士団へと向けて出発した。隣《となり》に立っているのは、この隊の隊長らしき顔見知りの騎士だ。

ふむ……彼に対しては、一応説明しておいた方がいいかもしれない。

「隊長殿《どの》。ここだけの話にしておきたいが、一つ伝えておきたいことがあります」

「クオン殿？　何か問題が？」

「まあ、問題と言えば問題ですがね」

ただし、それが事実であるとするなら、国を巻き込む大問題になるわけなのだが、まだ確証があるわけではない。状況《じょうきょう》証拠《しょうこ》だけで、正式に話ができるというわけではないのだ。相手が貴族というだけあって、大仰《おおぎょう》に伝えるのは流石にリスクが高い。

「フェイブ伯爵家《はくしゃくけ》に、悪魔と関与《かんよ》している疑いがあります」

「な……ッ⁉　まさか、そのようなことが――」

「まだ疑いの段階ですがね。先ほどの暗殺者にカマをかけたら少し反応していたので、可能性はある、という程度ですが」

「……仮に事実だとしたら、それは由々《ゆゆ》しき問題です。ですが、流石に疑惑《ぎわく》だけでは詳《くわ》しく調査することは……」

「ええ、それは分かってますよ」

相手は貴族だ。確たる証拠が無ければ、強制捜査《そうさ》に乗り出すことはできないだろう。まあ、現状では仕方ないことではある。面倒《めんどう》だが、もっと確かな証拠を手に入れなければならない。正直な所、俺としても懐疑的《かいぎてき》な部分は残っている。

あの悪魔どもが、果たして人間と取引などを行うのか。言葉こそは通じるものの、奴らが人間に――否、生物に対して持っている敵意は並大抵《なみたいてい》のものではない。あの有様で人間と協調できるとは、とてもではないが考えられなかった。

「まあ、可能性の一つとして覚えておいてください。現状、どこまでが事実なのかは全く分かりませんから」

「……分かりました、気をつけておきます」

半信半疑ではあったようだが、騎士は俺の言葉に頷いてくれた。別に信じて貰えずとも構わない。その可能性があるということを知っておいてもらうことが重要なのだ。知識のあるなしは、土壇場《どたんば》における動揺《どうよう》の低減の効果がある。何も知らずにいるのと、多少耳にした程度であっても知っているのは、天と地ほどの差があるのだ。

思《おも》い悩《なや》んだ様子の騎士を横目に見つつ、俺は意識を周囲に広げた状態のまま歩を進める。道は先ほど通ってきたルートを逆行する形だ。既に一度通っているし、特に真新しい物があるわけではない。だからこそ、異常があれば分かりやすいということでもあるのだが、今のところそういった異常の様子はなかった。

(暗殺者の襲撃からほとんど時間は経《た》っていなかったしな。全滅《ぜんめつ》させたし、まだ報告が行っていないのか?)

であれば、この護送の間ぐらいは動きはないかもしれない。そう思いつつ大通りに差《さ》し掛《か》かったところで、街の北側からやってくる一団の姿が目に入った。此処《ここ》は南側の平民街と貴族街の境界に近い場所。となれば、北側からやってくるのは当然貴族の人間だ。

「げっ……」

あまり上品とは言えないリリーナの声が耳に入り、彼女の方へ視線を向ければ、案の定例の一団の方を見つめて顔を顰《しか》めていた。俺は隣の騎士に手で連中のことを示しながら、若干彼《じゃっかんかれ》らの方へと向かって立ち位置を移動させる。

改めて姿を観察すれば、中央に立っているのは一人の少年だった。線が細いが、身長は低くはない。全体的にひょろりとした印象を受ける人物だ。相手はこちらの姿を捉えている様子であったが、今は別に呼び止められているというわけでもない。小さく嘆息しながらもそのまま騎士団隊舎の方へと進み――そこで、その一団から声が上がった。

「待ちたまえ、騎士団の諸君！」

「……はぁ」

仕草は見えないようにしているが、あからさまに憂鬱《ゆううつ》そうな表情で溜息《ためいき》を吐《つ》く騎士。その様子を苦笑交じりに横目で見ながら、俺は一団の様相を確認した。

兵士の数は十五人。その中心に立っているのが、今声を上げた細身の少年だ。よく見れば、十五人の中には先ほど逃がした連中の姿も含《ふく》まれている。あの無様に逃げ出《だ》した連中を再度連れてきているというのは少々意外だった。よほど人員が足りていないのだろうか。

何にせよ、この世界に公務執行妨害《しっこうぼうがい》があるのかどうかは知らないが、任務中の騎士を呼び止めるとは中々いい度胸をしている。

「……何か御用《ごよう》ですかな、クライス・フェイブ殿」

「無論、用だとも。僕《ぼく》の部下を返して貰う、というね」

向き直った騎士の言葉に対し、予想していた通りの伯爵令息は偉《えら》そうにふんぞり返って声を上げる。しかしまさか、堂々と返還《へんかん》要求をしてくるとは思わなかった。ちょっと考えれば、そのような発言が通るはずもないと分かるだろうに。

「お断りします」

「そうだ、速《すみ》やかに彼らを引《ひ》き渡し——何だと？」

「お断りいたします。彼らは許可なく私有地に押し入《い》り、紛《まぎ》れもなく犯罪を起こしている。正式な手続きもなく、彼らを解放することはできませんね」

「ッ……貴様、本気で言っているのか！」

その問答を呆《あき》れた表情で眺めつつも、相手の動きを確認する。

私兵十五人の動きは、先ほどやってきた連中と大差はない。要するに雑魚《ざこ》しかいない。この程度ならば、俺一人で相手をしても十分に対処しきれるだろう。

ただ、問題は——碌《ろく》に鍛えてもいなさそうな、この伯爵令息だ。見るからに素人《しろうと》、体も鍛えられていないひ弱そうな人物。しかし、そうであるにもかかわらず、俺の勘《かん》はこの少年相手に警鐘《けいしょう》を鳴らしていた。これは、何だ。こいつはいったい何を隠している？

「異邦人《いほうじん》に騙《だま》され、攻撃されたのだぞ！　その異邦人どもを捕えない!?　騎士団の怠慢《たいまん》だ！」

「異邦人の彼らは、不法侵入して攻撃を仕掛けてきたこの者たちを迎撃したに過ぎません」

「出まかせだ！　どこの馬の骨とも知れぬ異邦人の言葉など信用できるものか！」

「信用できますとも。彼らは我らが騎士団長が認めた人物。悪魔を討《う》ち、妖精《ようせい》に認められた彼らを信用しない理由が無いのでね」

押《お》し問答《もんどう》は周囲に響《ひび》き渡っているが――今の騎士の一言で、俺の方へと視線が集中した。

正確には、俺の肩に乗っているルミナの方へ向かって、だが。妖精に認められるというのは、やはり中々の信用条件であるらしい。その都度助けになってくれることに感謝が絶えないな。いつもの妖精パワーのおかげで、周囲の支持は、今の一言と共に随分《ずいぶん》とこちらに傾《かたむ》いたようだ。

「ぐ、この……貴様！」

「おん？」

どうやら、なんとか殿は矛先《ほこさき》をこちらに向け直したらしい。まあ、それならそれで対応してやるだけなのだが、できればもう少し観察しておきたかった。未だこいつの持つ気配の正体が分かっていない。あまり大胆《だいたん》な接触《せっしょく》は避けるべきだろう。

既に名前は忘れたが、何とか伯爵令息はずかずかと俺の方へ接近し、こちらへと手を伸《の》ばしてくる。どうやら、胸《むな》ぐらを掴《つか》み上《あ》げようとしているらしい。別に簡単に避けられるのだが、近くでじっくり観察したいという思いもある。少し大人しくしておくのもいいだろうか。

「貴様のような異邦人風情《ふぜい》が、我らに楯突《たてつ》いて――づぁっ⁉」

「なっ⁉」

少年が俺の胸ぐらを掴み上げようとした、その瞬間《しゅんかん》。俺の胸元《むなもと》がばちりと光り、彼の手を強く弾《はじ》いた。一瞬何が起こったのか分からず、周囲が一時静まり返る。

俺自身、何が起こったのか分からず、何かあったかと着物の内側に手を入れ――そこにある硬《かた》い感触《かんしょく》に、思わず目を見開いた。

それは――首にかけたままになっていた、紋章《もんしょう》を象《かたど》るペンダント。

「それは、アドミナ教の聖印……？」

「……悪魔の力を退ける聖印だ。これがあったからこそ、街道《かいどう》の悪魔を斬《き》ることができたわけだが……お前さん、これに触《ふ》れられないのか」

「ぶ……無礼だぞ！　誰《だれ》に向かって口を開いている！」

「無論、分かっているとも。悪魔との繋がりが疑われるフェイブ伯爵家の、その令息様とさ」

言い放ち、俺は太刀《たち》を抜き放つ。俺の発言にざわめく周囲に緊張が走り――その中心で、目の前の相手から視線を逸《そ》らさぬまま、殺気を込めて問う。

「――答えろ。悪魔が人間の街で、いったい何を企《たくら》んでいる」

確信を込めた、その言葉。

それが響いた刹那《せつな》――少年の口が、横に裂けるように広がった。

第十六章　デーモンナイト

伯爵令息の姿が、変貌《へんぼう》する。
肌《はだ》は青白く――それこそ、人にはありえぬほどに青い肌。魔人族《ダークス》の持つ褐色《かっしょく》のそれとは異なり、どこか生理的なおぞましさを感じるものだ。纏《まと》っていた衣服は破け、内側からは黒に近い緑の、生物的な装甲《そうこう》が盛り上がる。更に、装甲のない部分はより緑の強い鱗《うろこ》が覆い、掲《かか》げた手には黒い長剣《ちょうけん》が握《にぎ》られていた。

■デーモンナイト
種別：悪魔
レベル：13
状態：正常
属性：闇《やみ》
戦闘《せんとう》位置：地上

『《識別》のスキルレベルが上昇《じょうしょう》しました』

「……正体を現したか、悪魔め」

太刀を油断なく構えつつ、俺は相手の姿を見据《みす》える。既に人間の姿からは逸脱《いつだつ》してしまっているが、元はどこからどう見ても人間にしか見えなかった。

悪魔というのは人間に擬態《ぎたい》する能力を持っているのか。まあ、思えばゲリュオンも、姿形はおおよそ人間と大差ないものであった。異形に変貌したのは、あの《化身解放《メタモルフォーゼ》》というものを使った瞬間からだ。

だが、今のこれは少々異なる。気配が突然《とつぜん》強大化したというわけではなく、元々あった気配が表面化しただけのように感じるのだ。そもそも、あの《化身解放《メタモルフォーゼ》》とやらは伯爵級でもなければ使えない代物《しろもの》だと言っていた。であれば、爵位《しゃくい》すらないこいつが使えることは到底《とうてい》考えづらい。元からそういう存在であると考えた方が無難だろう。

「馬鹿《ばか》な、デーモンナイトだと⁉　クオン殿――――」

「心配するな、こちらに任せておいてくれ」

剣《けん》を抜き前に出ようとした騎士を押し留《とど》め、周囲を示す。周りには、未だ野次馬《やじうま》をしていた住民たちの姿が残っている。デーモンナイトが姿を現したせいで一斉《いっせい》に逃《に》げ出そうとしているが、それでも一部は残っているし、混乱も発生しているのだ。

　これ以上ないほどの証拠が現れたのだから、この際私兵はどうでもいい。それよりも今は、住民たちの避難誘導《ひなんゆうどう》が必要だろう。

「異邦人《いほうじん》、異邦人、異邦ぉぉぉ人んんん？　貴様らのようなゴミがこの世界に現れたのがそもそもの間違いなのだ！　何故邪魔《なぜじゃま》をする、どこから現れたのかも分からぬ化け物の分際で！」

「悪魔に言われたくはないな、貴様らこそどこから現れたのかも分からん害虫だろう」

「否《いな》！　否否否ァァァァ！　我らこそ、悪魔こそが真にこの世界を支配すべき存在！　大いなる魔王《まおう》の下、この世界を統《す》べるべき選ばれた種族なのだ！」

　やはり四大公より上に王がいたか。内心でそんなことを考えながら、俺は周囲へと視線を走らせる。野次馬は周囲へと散っている最中だが、デーモンナイトが引き連れていた私兵たちは未だ動いていない。だが、悪魔について最初から知っていた、という風情《ふぜい》とも異なる。何故なら、彼らの目に意思の力を感じられなかったからだ。

　操《あやつ》られているのか……だとすれば面倒な相手になる。

「答えろ。貴様は、元は人間だったのか？」

「ははははっ！　確かに、僕は愚《おろ》かしくも人間だったとも！　だが、今の僕は違う！　これこそが僕の本当の姿だ！」

「ならば、誰が貴様を悪魔に変えた？」

「くふ、ふはは……何でも教えて貰えると思っているのか、異邦人？」

「さてな、別に何でもいいが」

誰の手によって悪魔に変えられたのかは分からないが、おおよその予想はできる。子息がこうなっているということは、伯爵家の主要人物は丸ごと悪魔になり果てているると見た方がいいだろう。であれば、そこに入り込んだより上位の悪魔が原因であるに違いあるまい。その正体が何者であるかと言うのは気になるが、悪魔は片っ端《かたぱし》から斬ることに変わりはないし、判別するための道具は手の中にある。

時間は十分に稼いだことだし――後は、体に聞かせて貰うとしよう。

「――薊《あざみ》！」

「【ダークキャノン】っ！」

薊の放った闇の砲撃《ほうげき》が、デーモンナイトに直撃《ちょくげき》して爆裂《ばくれつ》する。

デーモンナイトは元より闇属性、闇属性魔法の効果もあまり高くはないだろう。だが、目的は直撃した時に起こる爆発《ばくはつ》だ。その衝撃《しょうげき》によって、デーモンナイトを取り囲むように立っていた私兵たちがまとめてなぎ倒《たお》される。それを見届けた瞬間、俺は衝撃にたたらを踏《ふ》むデーモンナイトへと突撃した。

打法——討金《うちがね》。

太刀の柄《つか》を以《も》って、相手の持つ長剣を打ち据《う》《す》える。相手の手を痺《しび》れさせ、剣を落とすための業《わざ》だ。武器を奪《うば》った上で拘束《こうそく》してやろうと考えたのだが、デーモンナイトはその手を離《はな》すことなく後ろへと向かって弾《はじ》き飛《と》ばされる。ならば、とその上で肉薄《にくはく》した俺は、相手の腹へと回《まわ》し蹴《げ》りを放って更《さら》に後方へと吹《ふ》き飛ばした。

——これで、私兵どもに囲まれた場所からは抜《ぬ》け出せた。

「貴、様——！」

「まあ、何だかんだと言っていたが——所詮《しょせん》元はただの人間だろう」

斬法——柔《じゅう》の型、流水《りゅうすい》。

不安定な体勢から放たれた一閃《いっせん》を容易《たやす》く受け流し、返す刃にて相手の胴《どう》を斬りつける。硬いが、革鎧《かわよろい》程度の感触だ。この強度ならば両断とはいかずとも、十分に傷をつけることができるだろう。

装甲を貫いて斬りつけた一撃《いちげき》は、デーモンナイトの脇腹《わきばら》を浅く斬り裂く。それだけで、相手は大仰に悲鳴を上げながら脇腹を押さえ、大きく後退していた。

「ぎっ、あああああ⁉　貴様、異邦人がァッ！」

「何だ、別に装甲に神経が通ってるわけでもあるまいに」

それだったら先ほどの蹴《け》りの時点で悲鳴を上げていただろう。要するに、こいつに痛みに対する耐性《たいせい》が無いだけだ。これなら、口を割らせるぐらいは容易いかもしれないな。

軽く息を吐き出し、俺は太刀を鞘《さや》に納めてみせた。

「ぐ……何のつもりだ、貴様」

「別に、単にこちらで十分だと言うだけだが」

にやりと嘲《あざけ》るように笑い、俺は小太刀を抜く。まあ、別に太刀と小太刀で質に差があるというわけでもないし、小太刀が劣《おと》っていると言うつもりはない。尤も、数値的な威力《いりょく》自体は小太刀の方が低いのは事実であるが。とはいえ、まともに武器を握っていた様子もない若者では、その違いなどまるで理解できていないだろう。

案の定というべきか、デーモンナイトは大きく裂けた口を震《ふる》わせて怒声《どせい》を響かせていた。

「貴様ッ！　どこまで僕を侮辱《ぶじょく》するつもりだッ！」

「文句を言うなら相応の実力を身につけてから来い。尤も、ここから逃がすつもりもないがな」

後ろの私兵たちは起き上がるとともに暴れようとしていたが、既《すで》に雲母水母《きららくらげ》や騎士たちによって制圧されかかっている。であれば、こちらもあまり時間をかける必要はないだろう。こいつはゲリュオンより能力が低いというのもあるが、何より元となった人間が弱すぎる。悪魔共ももう少し人選を考えるべきだったな。

「吠《ほ》えるだけじゃ何も変わらんぞ、悪魔なんぞ所詮はその程度か」

「抜かせぇッ！」

叫《さけ》び、猛然《もうぜん》と打ちかかってくるデーモンナイト。身体能力そのものは相応に高いようで、無様としか言いようのない体捌《たいさば》きであるが、スピードはそこそこ速い。

だが、鋭《するど》い訳でもない一撃など、容易く捌ける程度のものでしかない。俺は視線を細め、若干遅れ気味《じゃっかんおくれぎみ》に横薙《よこな》ぎの一太刀《ひとたち》を振《ふ》るった。

斬法――柔の型、流水・指削《ゆびそぎ》。

柄尻《つかじり》で剣の腹を押し、その軌道《きどう》を逸らしながら小さく円を描《えが》くように刃を振るう。タイミングを合わせたその一閃は、強く握りこまれていたデーモンナイトの右親指を正確に斬り落としていた。その痛みに堪《たま》らず剣を取り落とし、デーモンナイトは絶叫《ぜっきょう》する。

「ぎゃあああああああっ⁉」

手を押さえながら背中を丸める相手に、柄尻の一撃を落とす。

背中を押される形で地面に転がったデーモンナイト。俺は落ちていた黒い長剣を遠くまで蹴り飛ばしつつ、改めて背中を踏みつけて太刀を抜きながら声を上げた。

「さて、それでは質問を続けるとしよう。ああ、使えるのかどうかは知らんが、魔法は使うなよ？　首を落とさにゃならなくなる」

「ひ……ッ⁉」

「こっちは楽でいいんだが、その様で悪魔と言い張るとは、変な方向で肝《きも》が据わっしゃがるな」

肩を竦めつつ装甲の隙間《すきま》へと切っ先を突《つ》き付《つ》け、俺は嘆息交じりに告げる。

先ほどの様子であれば、死なないようにちくちくと突き刺しているだけで色々と話してくれることだろう。

「では尋《たず》ねるが、伯爵家に取り入った悪魔は何者だ？」

「ふ、ふん。聞きたいと言うならば――ぎぃぃっ⁉」

「余計な発言を認めた覚えはない」

解放しろとでも言いたげな様子に半眼を浮かべ、切っ先を突き刺す。途端《とたん》に悲鳴が上がるが、無論抜いてやるつもりは毛頭ない。むしろジワリジワリと刃《やいば》を捻《ひね》りつつ、笑みと共に告げた。

「端的《たんてき》に答えろ。そうすれば手は止めてやろう」

「し、知らないっ！　女の悪魔だ、それだけしか知らない！」

「……赤い髪《かみ》の女悪魔か？」

「そ、そうだ！　だが、名前も力も知らない、一方的に通達してくるだけだ！」

俺《おれ》の想像が正しければ、これはかなりの確率でロムペリアだろう。それが本体なのか幻《げん》影《えい》なのかは知らないが、この国で暗躍《あんやく》していることは間違いなさそうだ。

しかし、あの力ある悪魔にしては回りくどい手だ。一体何を企んでいるのやら。

「ならば、奴《やつ》らの目的は何だ」

「それは――ぎっ⁉」

ぼこり、と――デーモンナイトの背中に乗せていた足が持ち上がる。一瞬無理矢理《いっしゅんむりやり》抵抗《ていこう》してきたかと思ったのだが、これは違う。踏みつけている相手の体が、不自然に膨《ふく》れ上がっているのだ。

「がっ、ぎぎぎぎぎぎぎぎ――――」

「ちっ！」

まるで昆虫《こんちゅう》のような悲鳴を上げながら暴れるデーモンナイトの様子に、俺は舌打ちしてその場から距離《きょり》を取る。ぼこぼこと、まるで沸騰《ふっとう》するように膨れ上がる悪魔の体。その異様な光景に、俺は思わず絶句し――次の瞬間、風船のような破裂音《はれつおん》を発して、粉々に砕《くだ》け散《ち》っていた。緑色の血肉が降り注ぐ場所から退避《たいひ》して、思わず嘆息する。

伯爵家が悪魔と繋がっているという証拠を得られたのは大きいが……それ以上に大きな問題とぶつかった気がするな。

「……他にも色々と聞いておきたかったんだが、まさかこんな口封《くちふう》じを仕掛《しか》けているとは」

嘆息《たんそく》しつつ、血振りをして太刀を納める。もう少し別方面から話を聞いてから核心《かくしん》に迫《せま》るべきだったか。あまり時間をかけていると邪魔《じゃま》が入るかもしれないと警戒していたのだが、それが裏目に出た形になってしまった。

がりがりと頭を掻《か》きつつ、どよめいている騎士たちの方へと戻る。

「すみません、確保に失敗してしまって」

「い、いや……クオン殿のおかげで混乱を最小限に止《とど》めることができましたから。助かりました」

「……まあ、完全に道が途切《とぎ》れたわけでもないですしね。とりあえず、この後はどうします？」

「二人ほどこの場に残し、状態を維持《いじ》させましょう。我々は護送を行った後、騎士団長《きしだんちょう》に報告します」

「ふむ、それがいいでしょうね」

少なくとも、フェイブ伯爵家が悪魔《あくま》と関《かか》わっているという確たる証拠は手に入れることができたのだ。件《くだん》の伯爵家に踏み込む理由には十分すぎる。しかも、ことが悪魔に関する内容となれば、騎士団も本腰《ほんごし》を上げて捜査に乗り出すことができるだろう。

道が途絶《とだ》えたわけではない。あえて危険に飛び込む必要性は出てきたが——その分、リターンは大きいだろう。ま、方針を決めるのは騎士団長だ。俺たちも参加させてほしいところだが。

「それじゃあ、さっさと騎士団まで戻りましょうか」

「ええ——再度出発する！　周囲への警戒を怠るな！」

悪魔が出てきたとなれば油断できるはずもなく、先ほどよりも緊張感《きんちょう》を高めた騎士たちが再度足を進め始める。引っ立てられた私兵たちの数は大幅《おおはば》に増えることになったが、周囲からは特に異様な敵意を向けられている気配はない。とりあえず、しばらくは問題ないだろう。

「……私、悪魔にされてたかもしれないってこと？」

歩き出す寸前に聞こえたリリーナの呟《つぶや》きに、それも聞いておくべきだったかと、俺は内心で嘆息を零《こぼ》していた。

伯爵家の私兵たち、およびリリーナたちを騎士団まで送り届けた所、あらかじめ事情を聞き取っていたらしい騎士団長《クリストフ》からは大仰なまでの歓迎《かんげい》を受けていた。

まあ、リリーナの件どころか、伯爵家に関する調査まで大幅に進むことになったのだ、苦労していた側からすれば嬉《うれ》しい知らせだろう。どうやら、リリーナにちょっかいをかけていたことから端《たん》を発して、秘密裏《ひみつり》に伯爵家のことを調べていたらしい。

まあ、悪魔が関わるとなれば不自然な人の流入もあっただろう。マークするのも納得《なっとく》はできる。それでも中々尻尾《しっぽ》を掴めなかったらしいのだが、今回の件は言《い》い逃《のが》れはできまい。騎士団はようやっと大義名分を得ることができたのだ。尤《もっと》も、話の内容が内容なだけに、素直《すなお》に喜ぶことは不可能なようだったが。

「なんか、話がとんとん拍子《びょうし》に進んじゃって、状況がよく分からないんですけど……」

「今はゆっくりと時間をかけている暇《ひま》はないからな。事態が突発的《とっぱってき》なだけに、スピード勝負だ」

そして現在、俺たちは騎士小隊と共に、伯爵家へと向かって疾走《しっそう》していた。

急ぎ準備をしている騎士団長は現在、部隊の編制を進めている。俺たちの仕事は、団長殿が到着《とうちゃく》するまで時間を稼ぐことだ。いいように使われているというのは間違《まちが》いないが、死んでも復活する異邦人をこういう場に組み込みたいのは理解できるし、俺たちとしても先が気になるので否はない。騎士団に残してきたリリーナたちのことが若干《じゃっかん》気になるが、まあ自宅に置いておくよりは遥《はる》かに安全だ。クリストフもいるし、悪いようにはすまい。

「証拠は挙がってるんだ、踏み込む理由は十分にある。こっちは要するに、相手が逃げないように注意を惹《ひ》きつければいい」

「こっちから行ったら逃げちゃわないんですか？」

「本拠点《ほんきょ》をそう易々《やすやす》と手放せるとは思えんが……まあ、逃げたら逃げたで隠れ家《かくが》を判明させられるだけだ。裏は固めてあるんだろ？」

「……あまり答えづらい質問はしないでいただきたいのですが」

並んで走っているのは、護送の際も一緒になった小隊長殿だ。既にこちらの動きを知っているから合わせやすいだろうということで抜擢《ばってき》されたのだが、このような貧乏籤《びんぼうくじ》の仕事にまで積極的に参加してきたのには驚《おどろ》かされた。どうやら、クリストフのカリスマは俺の想像していた以上のものだったらしい。

まあ、騎士団の名代を名乗れるとはいえ、俺たちだけで足止めというのも難しいし、正当性の主張も困難だ。そういう意味では、非常に助かる人選であったことは間違いない。

ある程度の距離まで近づいた所で徒歩に移行し、呼吸を整えながら伯爵家へと向かう。俺は別に息が切れているわけでもなかったが、体力の少ないリノや薊《あざみ》、そして鎧《よろい》を着たまま走っていた騎士団は別だ。今のままでは奇襲《きしゅう》への対応も難しいので、きちんと陣形《じんけい》を整えながら目的地へと向かう。

そうしている間に見えてきた建物を見上げ、くーがしみじみと呟きを発した。

「でっかいなー……」

「貴族の家ってのはこんなもんなんじゃないのか？」

「王都の邸宅《ていたく》ですからね。本拠とも言える場所はそれだけ立派にもなります」

要するに、別荘《べっそう》ではなく本邸《ほんてい》が集まっているということだろう。それはつまり、この家こそが伯爵《はくしゃく》の本拠地であり、この屋敷で悪魔が生み出された可能性が高いということだ。今更証拠《いまさらしょうこ》を探す必要性も薄《うす》いのだが、色々と残されている可能性は高い。今後の対策のためにも、資料は確保しておくべきだろう。

「見た目は普通《ふつう》なんですね」

「派手だったら悪目立ちするからな。隠れて行動するなら、普通を装うのは当然だ」

「ああ、まあおどろおどろしい雰囲気《ふんいき》してたら、そりゃ怪《あや》しみもしますよね」

雲母水母《きららくらげ》の言葉に苦笑《くしよう》しつつ、俺は行き先である屋敷を見上げる。

建物の規模は、この区画に並んでいる屋敷のそれとあまり大差はない。他に比べて若干庭が広いようにも見えるが、まあ誤差の範囲内《はんいない》だろう。その庭へと続く正門の前には、両脇《りようわき》に一人ずつ、二人の門番が立っている。まあ、門番の存在があるのは他の家も同じであるため、それがおかしいということはない。強《し》いて問題を挙げるならば、その連中がこちらに敵意を向けてきているということか。

「何者だ！」

「ここはフェイブ伯爵家の邸宅である。許可なく入ることは許さん！」

だそうだが、と小隊長をちらりと見つめれば、彼《かれ》は表情を引き締《し》めて前に出ていた。そこで門番たちへと示すのは、鎧の胸に付いている騎士団の紋章だ。

「我らは王国騎士団団長、クリストフ・ストーナーが名代である！　フェイブ伯爵には悪魔との関与が確認《かくにん》された！　隠《かく》し立《だ》てすることは、騎士団に対する、ひいては国家に対する反逆であると思え！」

「ッ、何を根拠《こんきよ》に言っている！」

「クライス・フェイブが悪魔に変じ、人々を襲《おそ》ったことは多くの住人が目撃《もくげき》している。言い逃れはできんぞ！」

まあ、あれだけ派手にやってしまったんだ、言い逃れなどできるはずもない。しかもあの子息殿の発言から、この家に悪魔が出入りしていたことは確定しているのだ。世が世なら、捜査どころかそのまま極刑《きょっけい》になっていてもおかしくはないだろう。しかし、それでもなおゴネる門番たちの様子に、埒《らち》が明かないと判断した俺は一歩前へと踏み出した。

「何だ、きさ――ごッ⁉」

「もういい、公務執行妨害だ」

この世界にそんな罪状があるのかどうかは知らんが、とりあえずここで無駄《むだ》に時間を食っていても仕方ない。即座《そくざ》に加速して接近した俺は、門番の一人の顔面を掴み、その頭を後ろにある門柱へと叩《たた》きつけた。一応殺さないように手加減はしたが、男は頭部への衝撃に為《な》す術《すべ》なく気絶する。

そのままじろりともう一人の方を睥睨《へいげい》すれば、状況を把握《はあく》できていなかった様子の男は、俺の視線に竦《すく》み上がって身を硬直《こうちょく》させる。無論そんな隙《すき》を逃がす筈もなく、俺の拳《こぶし》が相手の顔面に突き刺《さ》さっていた。

「よし、これで文句を言う奴はいないな」

「ク、クオン殿⁉　貴殿《きでん》は――」

「緊急事態《きんきゆう》なんだから、面倒なことは言いっこなしだ。ほれ、さっさと行くぞ」

官憲が味方に付いているのだから、犯罪的な意味で恐《おそ》れることなど何もない。まあ流石《さすが》にやりすぎは拙《まず》いだろうが、今は緊急事態だ。多少は目を瞑《つぶ》って貰《もら》えるだろう。

にやりと笑い、俺は鉄柵《てつさく》の門へと蹴りを放つ。内側で門を塞《ふさ》いでいた鍵《かぎ》はへし折れ、両開きに勢い良く開かれる。その奥《おく》へと足を踏み入れ——俺は、正面にある建物の二階、そのテラスからこちらを見下ろす人物へと視線を向けた。そこにいるのは壮年《そうねん》の男。服の上からでも鍛《きた》えられている様が見て取れる、人生経験に裏打ちされた自信を感じさせる佇《たたず》まい。だが——その瞳《ひとみ》の奥には、以前にも感じたことのある、底知れぬ敵意と憎悪《ぞうお》の感情が宿っていた。

「随分と礼儀《れいぎ》知らずな訪問者だな。よほど道理を知らんと見える」

「悪魔に対して道も理もあるまい。それとも、今更《いまさら》人間の振りでもするつもりか？」

鯉口《こいぐち》を鳴らして挑発的《ちょうはつてき》に告げれば、男はふんと鼻を鳴らして視線を細める。表面的にすら取《と》り繕《つくろ》わないということは、既に状況は察しているのだろう。テラスに立った男は、その瞳の中の憎悪を隠すこともなく、こちらのことを睥睨していた。

それに対するは、俺の隣に並んだ小隊長の通告だ。

「フェイブ伯爵！　貴方《あなた》には悪魔との関与が報告されている！　大人しく騎士団までご同

行願おう！」

「ふ、ははは……お優《やさ》しいことだな、騎士団。同行などとは、随分と生温《なまぬる》いことを言う」

顔を押《お》さえ、伯爵は笑い声を零す。

それは、紛れもなく嘲笑《ちょうしょう》だった。小隊長への、そして俺まで含めたこの場にいる全《すべ》ての人間に対する。その姿に、俺は警戒《けいかい》の段階を一段階上昇させる。あの様子は最早《もはや》、話し合いだの交渉《こうしょう》だのの領域ではない――殺し合いの領域だ。

「――【フリーズランス】」

「《斬魔の剣》」

伯爵の掲げた手から、氷の魔法《まほう》が放たれる。対し、一歩前に出た俺は、スキルを発動させながら居合の要領で太刀を抜き放ち、放たれた氷の槍《やり》を迎撃《げいげき》した。砕け散りながら消滅《しょうめつ》する氷の破片《はへん》の中、改めて太刀を構えた俺は、にやりと笑《え》みを浮《う》かべつつ伯爵へと告げる。

「隠し合いの必要もない、本気で語り合おうじゃないか、伯爵殿《はくしゃくどの》？　そんなに俺が憎《にく》いか？」

「くく……ああ憎いとも、悪魔の敵対者たる異邦人。しかも、私の手駒《てごま》を潰《つぶ》してくれた相手だ。憎くて憎くて――縊《くび》り殺したくなってしまうよ」

伯爵の声音《こわね》が、凍《こお》りついたように冷たいものへと変化する。冷たい本物の殺意を全身に浴び、それを心地《ここち》よく感じながらも、俺は伯爵へ刃と言葉を向ける。

「はっ、そんなに息子《むすこ》を殺されたことが気に食わんかね。悪魔のくせに、感傷的なことだ」

「ああ、気に入らんな。あれはまだ強化途中《とちゅう》だった。不出来な駒《こま》ではあったが、それでも使い道はあったからな」

「ほう？　なら前言は撤回《てっかい》しておこう。貴様は薄汚《うすぎたな》い悪魔そのものだ。胸を張っていいぞ、害虫」

「お褒《ほ》めの言葉、感謝するとしよう。女神《めがみ》の加護とやらで世界にしがみついている寄生虫風情が」

笑顔《えがお》で言葉を交《か》わし合ってはいるが、そこに込められた殺意は一言ごとに高まってゆく。もうまどろっこしいことは無しでいいだろう――ここから先は、加減など無い殺し合いだ。

まずは、その見下ろしている位置から引きずり降ろす必要があるだろう。未《いま》だ俺に遠距《えんきょ》離攻撃《りこうげき》手段は少ない。であれば、ここ最近の手順に従っておくべきだ。

「雲母水母、やれ」

「はいはーい――【ファイアボール】！」

「……【ダークキャノン】」

「【ホーリースマイト】！」

「【ウィンドカッター】っ！」

「――――っ！」

――雲母水母たちに準備させておいた魔法を、テラスへと向けて一斉に放つ。ルミナも一緒《いっしょ》になって放った魔法は、合わせて五つ。それらは全て、狙《ねら》い違《たが》えることなく伯爵の立っていたテラスへと直撃し、爆炎《ばくえん》と共にテラスを粉々に吹き飛ばしていた。

煙《けむり》に包まれたテラス、その中で蠢《うごめ》く気配を感じ取り、俺は即座に刃を動かす。

「【アイアンエッジ】」

「――シィッ！」

斬法――柔の型、流水。

レベルアップした《強化魔法》で使えるようになった魔法を使いつつ、煙の中から飛び出し突進《とっしん》してきた相手の攻撃《こうげき》を、横に回避《かいひ》しながら受け流す。上手《うま》いこと人のいない場所へと着地させせつつ刃を横薙ぎに振るえば、俺の一撃は構えられた黒い長剣に受け止められていた。いつか見たものと同じ武器を構えているそれは、黒緑の装甲に身を包んだ人型の怪物《かいぶつ》。先ほど見たものよりもさらに人間から離れた姿へと変貌しているそれは、俺の刃を受け止めて裂《さ》けた口を笑みに歪《ゆが》めた。

「おっと、男爵《だんしゃく》殿を斬ったというだけはあるか」

「それで不意打ちのつもりか？　もっと真面目《まじめ》にやれよ、デーモンナイト」

互《たが》いに武器を弾きながら距離をとり、殺意に歪んだ笑みを浮かべる。相手はデーモンナイト、爵位持ちの悪魔よりも格下の存在だ。だがそれでも、発せられる殺気は明らかにゲリュオンよりも上だった。これはおそらく、ゲリュオンが研究者としての性質を持っている悪魔だったからだろう。奴は爵位持ちであり、強力な魔法を操る力を持っていたが、戦闘に向いた性質というわけではない。だが逆に、フェイブ伯爵は元から鍛えられた戦士であり、それがデーモンナイトとなってさらに強化されている。

果たしてどちらが強いのか——それを即座に判断することは難しかった。

【アイアンスキン】……少しは楽しめそうで何よりだ。簡単に死んでくれるなよ」

「はははは っ！　それはこちらの台詞《せりふ》だとも！」

伯爵が哄笑《こうしょう》したその瞬間、周囲の建物からいくつもの気配が生じる。自らの立ち位置を動かしつつ確認すれば、建物の中から幾人《いくにん》もの人影《ひとかげ》が現れているのが見て取れた。それは執事《しつじ》やメイドといった使用人、武装した私兵たちだったが——いずれも、瞳から意思の光を失い、茫洋《ぼうよう》とした視線でこちらのことを見つめていた。

先ほどデーモンナイトを倒した時にも見た、人間を操る術だろう。面倒《めんどう》な状況《じょうきょう》に舌打ちし、他の面々へと向けて声を上げる。

「俺はこいつに集中する！　他の連中のことは任せた！」

「またですか⁉　いえ、適材適所ですけど！」

「文句を言ってる暇はない、ぞ！」

抗議《こうぎ》の声を上げる雲母水母に一方的に告げて、駆《か》ける。

数の上では不利、悪魔のくせに――いや、元人間だからこその戦い方に、思わず古打ちする。様子見など無く本気で斬ることを決意し、俺はデーモンナイトへと向けて突撃《とつげき》した。

第十八章　野望を斬り裂く刃

地を蹴り、デーモンナイトへと打ちかかる。振り降ろす刃は袈裟《けさ》懸《が》けに肩《かた》を狙い——しかしその一撃は、掲げられた黒い長剣に受け止められていた。素人相手《しろうとあいて》であれば反応も許さぬほどの速度であるはずだが、この程度ならば悠々《ゆうゆう》と対応できるらしい。数瞬《すうしゅん》の鍔迫《つばぜ》り合《あ》いののち、こちらの太刀を弾いたデーモンナイトは、その刃で横薙ぎの一閃を放つ。

「シャアッ！」

「甘《あま》い」

弾かれた勢いに逆らわずにそのまま後方へと跳《と》んで攻撃を回避し、正眼の構えから正中線を狙って斬撃を放つ。たまらず横へと回避した相手を狙い、返す刃で下段から駆け上がる横薙ぎを放てば、その一撃は長剣によって受け止められていた。

いい反応だが——これは所詮牽制《しょせんけんせい》に過ぎない。

斬法——柔の型、刃霞《はがすみ》。

手首の動きだけで翻《ひるがえ》った刃が、一瞬《いっしゅん》で方向を変えてデーモンナイトへと襲い掛《か》かる。顔面まで変異しているためその表情は分かりづらかったが、伯爵は一瞬こちらの剣を見失ったのだろう。当然反応は遅《おく》れ、俺の攻撃は狙い違わず相手の脇腹を捉《とら》えた。

だが――その一撃は、デーモンナイトの装甲に僅《わず》かに傷をつけるだけに終わっていた。

「ははは っ、そちらの攻撃は温《ぬる》いな！」

「チッ――《斬魔の剣》」

こちらを振り払《はら》うような一閃は後退して回避し、続け様に放たれた氷の槍は《斬魔の剣》で斬《き》り裂く。どうやら、こちらは息子の方とは違い、体自体もかなり頑丈《がんじょう》なようだ。

■デーモンナイト
種別：悪魔
レベル：20
状態：正常
属性：闇・氷
戦闘位置：地上

《識別》してみれば、成程《なるほど》確かにレベルが高い。それ相応にステータスも高いのだろうし、普通に攻《せ》めただけで仕留めるのは困難だろう。まあ、方法はいくらでもある。純粋《じゅんすい》に腕《うで》の立つ相手であるが――俺にとっては、結局の所ただそれだけでしかないのだ。

歩法――縮地《しゅくち》。

スライドするように摺《す》り足《あし》で移動し、一閃を放つ。突然目の前に出現した俺の姿に驚いたのだろう、デーモンナイトの動きが僅かに硬直する。ほんの僅かであれど、俺にとっては十分すぎる。俺はその瞬間《しゅんかん》に、スキルを乗せて刃を放った。

「――《生命の剣》！」

「ッ――があっ⁉」

斬法――剛《ごう》の型、竹別《たけわかち》。

一撃の威力を高めた上で、蜻蛉《とんぼ》の構えから撃《う》ち落《お》とすように放たれた一閃は、辛《かろ》うじて構えられた防御《ぼうぎょ》のための長剣を押し切《き》りつつ、デーモンナイトの体を斬り裂いていた。袈裟懸けに斬り裂いた一閃によって緑の血が飛び散り、デーモンナイトが苦痛の声を上げる。が、致命傷《ちめいしょう》と呼ぶには浅い。体の表面を裂いた程度だろう。どうやら、直撃する寸前に辛うじて後退していたようだ。受け止めきれないと察知してからの対処の速さは、素直に称賛《しょうさん》できるレベルだろう。無論、それを口に出すことはないが。

フラフラと後退するデーモンナイトにあえて追撃《ついげき》はせず、俺は周囲の状況を確認する。

雲母水母《きららくらげ》たちの方は半ば混戦模様となっている。厄介《やっかい》なのは、相手が悪魔ではなく、操られた人間であるという点だろう。先ほど通りで戦ったデーモンナイトの件からも、操られた人間は元に戻《もど》せることが分かっている。そのため、騎士《きし》たちもあまり積極的に傷つけることができず、確保して動きを封《ふう》じる方面で戦っているのだ。

「チッ、手が足りんな……」

「く、くく。それなら、手助けに行ったらどうかね？」

「さっさと貴様を殺した方が手っ取り早い。御託《ごたく》は要《い》らんからとっとと死ね」

再び斬りかかろうとして、舌打ちする。

見れば、デーモンナイトの体から細く煙が上がっていたのだ。その発生源は奴の胸に付いた傷口であり、傷が徐々《じょじょ》に塞がってきている様子が見て取れる。どうやら、《HP自動回復》に似た再生能力を持っているようだ。面倒な手合いではあるが、再生速度はそこまで速いというわけでもない。ダメージを与《あた》え続ければ押し切れるだろう。そう判断して刃を構え直し――そこに、デーモンナイトが猛然と打ちかかってきた。

「おおおおおッ！」

「……っ！」

斬法――柔の型、流水。

デーモンナイトの攻撃のベクトルを横に流し、反撃《はんげき》の一閃を放つ。だが、さすがに《生命の剣《つるぎ》》を乗せていない攻撃ではそれほどダメージを与えられるわけではない。

問題は、雲母水母たちが操られた人間の対処に追われており、こちらに回復を飛ばす余《よ》裕《ゆう》が無いことだ。あまり《生命の剣》を多用しすぎれば、いずれはこちらの方が不利になってしまう。しかし、俺の回復手段である《収奪《しゅうだつ》の剣》では、あまり有効的なダメージを与えることも難しい。弱点を攻撃できれば流石に違うだろうが、そこに当てられるならば《生命の剣》を使って止《とど》めを刺した方が早いだろう。

(さて、どうしたもんかな)

横薙ぎに放たれた一閃を後退して回避し、再び接近。そのまま斬りつければ、俺の太刀《たち》はデーモンナイトの肩に軽く傷をつけていた。相手が動きを切り返すタイミングは掴《つか》めてきたため、その瞬間を読み取れば攻撃を当てることは難しくない。だが、流石に致命傷を与えられるような場所に当てるには短すぎる隙だ。

奥《おく》の手《て》を使えば何とかできないこともないが――あまり余裕もない状況だ、この程度の相手には惜《お》しい業だが、やってやるしかないだろう。そう考えて整息し――

「ッ!?」

感じた悪寒《おかん》に反応して、俺はその場から跳び離れた。直後、俺の立っていた場所に、一本の矢が突き刺さる。方向が分かれば、いちいち確認するまでもない。どうやら、屋敷《やしき》の二階にある窓から弓でこちらを狙ってきたようだ。厄介なのは、窓という窓からまとめてこちらを狙ってきていることだろう。

あの位置から動かないのであれば、こちらからは対処のしようが無い。つまり、一方的に狙い放題であるということだ。

「ちっ――クソ、が！」

「はははは っ！　私を無視してくれるなよ、異邦人《いほうじん》！」

「黙《だま》ってろ木《こ》っ端《ぱ》悪魔《あくま》が！」

放たれた矢を太刀で弾《はじ》きながら走り出すが、それを追いすがるようにデーモンナイトが向かってくる。足を止めれば狙い撃ちだ。下手に対応するわけにはいかない。だが、放置することもまたできないだろう。二階から飛んでくる矢は、騎士たちの方にもいくつかが飛んでいっている。

今は対処できているようであるが、元から数に押されていた状況だ、遠からず押し切られるだろう。それでもすぐに崩《くず》されることが無かったのは、矢の内の大半がこちらに向かってきているからだ。どうやらこのデーモンナイト、何が何でも俺のことを殺したいらしい。その猛攻《もうこう》の中で――

「っ……は、はは」

——俺の口元に浮かんでいたのは、紛《まぎ》れもなく喜悦《きえつ》の笑みだった。本当に死ぬわけではないが、これほどまでに『死』が近い戦場はどれくらいぶりだっただろうか。

意識が先鋭化《せんえいか》する。余分な景色の色が消え、飛来する矢と突っ込んでくるデーモンナイトだけが視界に残る。切っ先にて矢を弾き、他の矢に衝突《しょうとつ》させて撃ち落とし、僅かな時間を稼《かせ》ぐ。そしてそのまま反転し、脇構《わきがま》えの体勢から手甲《てっこう》を蹴り上《あ》げた。

斬法——剛の型、鐘楼《しょうろう》。

突然反撃《とつぜんはんげき》に転じるなど考えてもいなかったのだろう、デーモンナイトの動きが僅かに遅れる。顔面に向かった太刀の一閃は、その狙いを違えることなく左目を斬り裂いていた。頭蓋《ずがい》を穿《うが》てるほどの威力ではなかったが、それでも視界を半分潰せたはずだ。

デーモンナイトは突然の反撃にバランスを崩しかけるが、そのまま前に飛び込むようにして俺の追撃を回避する。失墜《しっつい》まで繋《つな》げられていれば《生命の剣》を交えて殺し切ることができただろうが、贅沢《ぜいたく》は言うまい。

俺も飛来した矢を手甲で弾きつつ再びその場から走り出し——結果として、デーモンナイトとは交錯《こうさく》した形で移動を再開することになった。

「ぐ……今の、動きは……!?」

「久遠神通流《くどうじんつうりゅう》の真髄《しんずい》、その片鱗《へんりん》だ。しっかりと見ていくといい……と、言いたいところだが」

〝広がった〟感覚は、普段《ふだん》の知覚領域よりもさらに広い情報を知覚させてくれる。その俺の感覚が、こちらに近づいてくる集団の気配を捉えていた。やってきた方向、その数、そしてその統制された動き――いずれを見ても、それらが何者であるかは明白だ。

にやりと笑い、俺はその事実を告げる。

「ヒーローが遅れて登場したようだぞ？」

俺の言葉と同時、門から姿を現したのは、騎士団を率いたクリストフだった。輝《かがや》かしく、だが機能性も重視された鎧を身に纏《まと》い、剣を抜《ぬ》いた騎士団長は、素早《すばや》く状況を確認して声を上げる。

「総員、前進！　友を援護《えんご》せよ！」

「団長殿《どの》！　こいつ以外は操《あやつ》られているだけのようだぞ！」

「わかっている！　下手に傷つけずに確保せよ！」

俺の言葉に不敵な笑みで答えたクリストフは、騎士団の面々へ突撃を命じる。これで、数の上でも上回った。状況的《じょうきょうてき》不利は二階の射手だけだが、それも時間の問題だろう。矢の多くも騎士団の方に向かっているが、大した効果は挙がっていない。状況は、一気にこちらに傾《かたむ》いたと言えるだろう。

「さて、どうするデーモンナイト？　大人しく降伏《こうふく》するか？」

「そのようなことは微塵《みじん》も望んでいないくせに、よく言うものだ」

俺の言葉に対し、デーモンナイトは苦々しげな口調でそう答える。

奴の言葉に間違いはない。このまま戦闘《せんとう》を終えるなど、興醒《きょうざ》めもいい所だ。折角《せっかく》、久しぶりにノってきたというのに──

「──終わっちまっちゃ、面白《おもしろ》くないだろう？」

「私より、よほど悪魔じみているよ、貴様は！」

「はっ、馬鹿《ばか》言うなよ」

太刀を構える。脇構えで構えられた太刀は、相手からそのリーチを隠すことができる。その構えのまま、俺はデーモンナイトへと肉薄《にくはく》した。こちらの姿を捉えている伯爵は、それに合わせて長剣《ちょうけん》を振り降ろし──

「──せめて、呼ぶなら修羅《しゅら》と呼べってんだ」

斬法──柔《じゅう》の型、流水・逆咬《さかがみ》。

振り上げた刃が接触《せっしょく》した瞬間、俺は天を向いていた切っ先を捻り再度上へと向ける。相手の剣を搦《から》め取った俺の太刀はぐるりと回転し、黒い長剣を跳《は》ね上げて弾《はじ》き飛《と》ばしていた。

回転しながら宙を舞《ま》う長剣に、デーモンナイトは驚愕《きょうがく》の吐息《といき》を零す。だが、それ以上の反応を許すことはない。

「《生命の剣》」

そして、大上段へと持ち上げた太刀を、黄金の光を纏いながら振《ふ》り降ろす。威力《いりょく》を増幅《ぞうふく》された刃はデーモンナイトを袈裟懸けに深く斬り裂き——その体は、緑の血を噴《ふ》き上げながら仰向《あおむ》けに倒《たお》れていた。

やろうと思えば、剛の型の業次第《わざしだい》では袈裟懸けに両断することもできただろう。だが、そうすればすぐに絶命してしまう。この状態でも長くはないだろうが、多少の話を聞くことはできるだろう。小さく息を吐《は》き——俺は倒れた悪魔の首に刃を突き付け、殺意を研《と》ぎ澄《す》ませて声を上げた。

「さあ、答えろ悪魔。人に紛れ込んで、何を企《たくら》んでいた？」

「く、くく……私が答えると思っているのかね、貴様は……？」

「…………」

まあ、答える義理はないだろう。だがそれが少なくとも、人類に対する敵対行動であることは間違いあるまい。その具体的な方策までは分からないが、ある程度の想像はできる。

「あの女の——ロムペリアの、ひいては悪魔全体の目的は、人類の滅亡《めつぼう》だ。その流れで行くならば、間接的な到達目標《とうたつ》は国の滅亡だろう」

「…………」

高い組織力と戦力を持つ、国という人類の集合体。人類を滅《ほろ》ぼそうとしている以上、障害となるのは間違いなく国家だ。わざわざ人間の中に紛れ込んでまで何かをしようとしていたのは、国に対する攻撃である可能性が高い。

「内側から崩そうとしたか？　残念だったな、お前たちの手口が露見《ろけん》した以上、対策を取るのは容易《たやす》い」

「ごほっ……ああ、確かに……貴様の言うとおりだろう」

俺の言葉に、デーモンナイトはそう答え——口元に笑みを浮かべる。こちらに対する、嘲笑を。

「聡《さと》い人間よ……いや、獣《けもの》の本能か？　まあ何にせよ……手を潰された悪魔がどのような行動に出るか、想像はつくだろう？」

「ッ……貴様」

「私は地獄《じごく》で、貴様らが蹂躙《じゅうりん》される様を眺《なが》めているとしよう——さらばだ」

悪魔の体が、ぼこりと膨れ上がる。その様を見た瞬間、俺《おれ》は舌打ちしながらその場から距離を取った。そして予想通り、ぼこぼこと膨れ上がった悪魔の体は、次の瞬間には気泡《きほう》

が弾けるように砕《くだ》け散《ち》っていた。

緑色の血肉がまき散らす臭気《しゅうき》に顔を顰《しか》めつつ、俺は嘆息して刃《やいば》を降ろす。ある程度は情報を得られたが、やはりこの手合いから情報を引き出すのは難しいか。

『レベルが上昇《じょうしょう》しました。ステータスポイントを割《わ》り振ってください』

『《刀》のスキルレベルが上昇しました』

『《強化魔法》のスキルレベルが上昇しました』

『《HP自動回復》のスキルレベルが上昇しました』

『《識別》のスキルレベルが上昇しました』

『テイムモンスター《ルミナ》のレベルが上昇しました』

どうやら、デーモンナイトが倒れたことで、操られていた人々も動きを止めたようだ。

糸の切れた人形のように倒れている彼らを確認して、俺はようやく太刀を血振りして納める。とりあえず、騎士団長殿に報告しなければならないだろう——

『ログイン中の全プレイヤーの皆様《みなさま》に、ワールドクエストのアナウンスを開始します』

——その声が世界に響《ひび》き渡《わた》ったのは、俺が歩き出そうとしたその瞬間だった。

第十九章 ワールドクエスト予告

「……は？」

唐突《とうとつ》に響いた音声に、俺は目を剥《む》いて足を止める。

まるで、唐突に現実に引《ひ》き戻されたかのような感覚。思わず背筋が寒くなるようなそれに、茫然《ぼうぜん》と中空を見上げた。移動しようとしていた先の雲母水母《きららくらげ》たちに関しても、反応は似たようなものだった。唐突に響いたアナウンスに、唖然《あぜん》とした表情を浮かべていたのだ。

普通に動いているのは騎士たちだけだ。どうやら、彼らにはこの音声が聞こえていないらしい。

『ワールドクエストの開始条件が達成されました』

『規定日数の経過ののち、ワールドクエスト《悪魔《あくま》の侵攻《しんこう》》が開始されます』

『ワールドクエストの詳細《しょうさい》に関しては、公式サイトにて逐次《ちくじ》情報が公開されます』

次々と流れるアナウンス。その情報を何とか飲み込みつつ、俺は思わず表情を顰めた。

タイミングから見て、このデーモンナイト潜入《せんにゅう》事件の解決がトリガーだという可能性が高い。だが、だとすると、これはちょっと拙いかもしれない。あまりに早いタイミングで侵攻が始まってしまうと、迎撃するプレイヤーの数が足りなくなってしまうかもしれないのだ。そんなことを色々考えていたが――アナウンスの最後に付け加えられた言葉で、その思考も停止していた。

『ワールドクエストの進行中、現地人は復活しなくなります。ご注意ください』

「な……!? おい、それは――」

『アナウンスを終了《しゅうりょう》します。引き続き、Magica Technicaをお楽しみください』

俺の抗議の声が聞こえるはずもなく、ワールドクエストアナウンスは終了する。

俺たちの様子に疑問符《ぎもんふ》を浮かべた騎士たちが声をかけてくるが、それにはおざなりな対応しか返すことができなかった。現地人が復活しなくなるということは、その悪魔による侵攻が街まで到達すれば、大勢の現地人が言葉の通り死ぬことになるというわけか。

これは、想像以上に厄介なことになる可能性が高い。眉根《まゆね》を寄せた俺は、うろたえる雲母水母たちに合図を送りつつ、クリストフの傍《そば》まで近づいていた。

「団長殿、少しよろしいか？」

「うん？ ああ、どうした、クオン？ あの悪魔についてなら、気にせんでもいいぞ。流石に、あの爆発《ばくはつ》する相手を尋問《じんもん》するのは難しいからな」

「ええ、まあ……それはそうなのですが、奴《やつ》が一つ情報を残しました」

「ほう？」

すっと、クリストフの視線が細められる。

まあ、本当はアナウンスから得られた情報なのだが、それを説明するのも難しい。あのデーモンナイトから聞き出したことにした方が簡単だろう。

「どうやら、悪魔が大規模な侵攻を計画しているらしい。今回の内通は、その下準備であると」

「何だと？　まさか……確かなのか？」

「出まかせとは考えづらいですね」

なにしろ、公式アナウンスからの発表なのだから。

とにかく、この情報は王国側に伝えなくてはならない。今現在では正式な開始時刻は分かっていないが、対策には必ず時間が必要だ。少なくとも今すぐであるとは考えたくないが……まあ、他のプレイヤーがいない状況で襲撃《しゅうげき》など流石に無いだろう。いくらなんでも、それは無理が過ぎるというものだ。

「元より、奴らの目的は人類の滅亡です。秘密裏《ひみつり》に国を侵食《しんしょく》しようとしていたようですが、それが失敗すれば――」

「力押しによる攻撃か。短絡的《たんらくてき》ではあるが、奴らの力を考えれば無理な作戦というわけでもない、か……」

俺の言葉はきちんと受け取って貰えたのだろう、クリストフは深刻そうな表情で思案する。悪魔の侵攻となれば、決して冗談《じょうだん》では済まない事態だ。規模が大きすぎるだけに、安易に動くこともできない。だが、楽観視して座して待つことだけは避《さ》けなければならない。

そんな俺の真剣《しんけん》さは伝わったのだろう、瞳の中に鋭《するど》い光を湛《たた》えたクリストフは、そのピリピリする空気を纏ったまま首肯《しゅこう》していた。

「分かった、こちらの方で対応しよう。お前たちは――」

「異邦人全体に呼びかけます。喜び勇んで参戦してくることでしょう」

現地人の死に関しては色々と考えさせられるが、それでも異邦人《プレイヤー》たちにとっては大規模なイベントでしかない。どのプレイヤーたちも、お祭りだとばかりに王都に殺到《さっとう》してくることだろう。深刻さは足りないが、それでも戦力には変わりない。それも、防衛戦における最大戦力になるのは間違《まちが》いないはずだ。

とりあえず、今は情報が足りない。公式サイトの情報とやらをチェックしたい所だ。

「こちらも、何か分かったらご連絡《れんらく》します」

「助かる。私は陛下に事態をご報告しよう……まさか、このような事態になろうとはな」

「やってやるしか無いでしょう。俺も……久しぶりに本気が出せそうだ」

「ははは！　成程、頼《たの》もしいな。是非《ぜひ》、頼《たよ》りにさせて貰おう」

少しだけ緊張《きんちょう》を和《やわ》らげたクリストフは、少しだけ笑みを浮かべて首肯する。

冗談だと思ったのだろうが、俺が口にしたことは全て本気だ。軍勢相手となれば、流石に俺も本気で戦わざるを得ない。まあ、別に普段敵を舐《な》めているというわけではないが、力量を見たうえで本気で戦わなければならないほどの相手は今までに相対したことが無かった。だが、今回こそは死力を尽《つ》くす必要があるだろう――ああ、楽しみで仕方が無い。

「とりあえず、ここは我々に任せて貰っていい。お前たちは……そうだな、リリーリたちを家まで連れ帰って貰えるか？」

「構いませんよ。報告も必要でしょうからね」

「ああ。では、頼む」

クリストフからの依頼《いらい》に首肯を返し、一礼して彼の前を辞去する。

何はともあれ、まずは全てが解決したと、シュレイドの娘《むすめ》に話をするとしよう。そろそろログアウトすべき時間も近い。見送りは手早く済ませるべきだろう。

俺も、さっさとイベントの情報について調べたい所だしな。

＊＊＊＊＊

色々と厄介な出来事はあったものの、何だかんだでリリーナたちの安全を確保することはできた。デーモンナイトの潜入事件を片付けた俺たちは、一度騎士団《きしだん》へと戻り、そこで保護されていたリリーナたちを連れてランベルク邸《てい》へと戻ってきていた。

何だかんだあったが、とりあえず諸悪の根源であるフェイブ伯爵家《はくしゃくけ》が無くなったのだから、リリーナたちはもう安全だろう。色々とあったリビングまで戻ってきて、ようやく緊張が解《ほぐ》れたらしいリリーナは、深く息を吐いてから俺たちの方に頭を下げてきた。

「ありがとうございました、皆《みな》さん。皆さんのお陰《かげ》で悪魔の手から逃《のが》れられただけでなく、父に一目会うことができました。本当に……感謝してもしきれません」

微《かす》かに震《ふる》えるリリーナの声に、俺たちは顔を見合わせて苦笑《くしよう》を浮かべる。俺たちは揃《そろ》って、礼を言われるようなことはしていないという認識《にんしき》なのだ。

結局の所、この事件に首を突っ込んだのは好奇心《こうきしん》であり、ゲームのイベントをこなそうと言う自分たちの都合でしかない。だからこそ、それに礼を言われるのは少々こそばゆかったのだ。だがまぁ、礼を受け取らなければ彼女《かのじょ》も納得《なっとく》はできないだろう。苦笑は引っ込め、彼女に対して声をかける。

「どういたしまして、お前さんの礼は受け取っておくよ。だがまあ、俺たちには俺たちなりのメリットがあったんだ、あまり気にしないでくれ」

「……そう言って貰えると助かるわ」

頭を上げたリリーナの顔には、俺たちと同じような苦笑の表情が浮かべられている。彼女も、俺たちの性質については多少理解できていたようだ。あまりに畏《かしこ》まった態度も邪魔《じゃま》になるだけだと判断したのか、笑みを浮かべた彼女はそのまま口を開く。

「とにかく、感謝してるわ。できれば、何かお返しができればいいのだけど……」

「と言っても、女二人であまり余裕があるわけじゃないんだろう？　騎士団から遺族補償《ほしょう》みたいなのは出てるだろうが」

彼女たちに個人的な収入があるのかどうかは謎《なぞ》だが、この屋敷を維持《いじ》するのは中々に難しいだろう。土地ごと所有していることは間違いなさそうだが、どちらにせよあまり無駄《むだ》遣《づか》いする余裕はない。リリーナもそこの所はちゃんと弁《わきま》えているからこそ、こうして頭を悩《なや》ませているのだろう。

そんな彼女へと助け船を出したのは、いつもどおりに彼女のメイドだった。

「では、お嬢様《じょうさま》。彼《かれ》らに、この屋敷を貸し出すというのはどうでしょう？」

「え？　どういうこと？」

「通常、貸家はかなりの料金を求められるものになりますが、今回の報酬《ほうしゅう》として、この屋敷を格安で貸し出すのです。クオン様たちは拠点《きょてん》が手に入り、お嬢様は家賃が手に入る。正に両者に損のない関係ですね」

その言葉に、リリーナはきょとんと眼を見開き――次の瞬間、俺たちの眼前にはシステムウィンドウが表示されていた。まるで図《はか》ったかのようなタイミングに面食らいながら、その内容に目を通し――思わず、驚愕する。

『特殊《とくしゅ》限定イベント《忘れ形見と王都の影《かげ》》を達成しました。報酬が配付されます』

『イベント報酬：クランハウス【ランベルク邸】賃貸購入権《ちんたいこうにゅうけん》』

クランハウス――クランを組んだプレイヤーが拠点として使える家のことを指す単語らしい。曰《いわ》く、どんなに小さな物件でも最低月十万以上。これはゲーム内時間であるため、現実の時間で換算《かんさん》すれば十日で十万ずつ徴収《ちょうしゅう》される計算だ。まあ、その程度の金額であれば、ここまで進んできているプレイヤーなら払えなくもないだろう。

だが、屋敷ともなれば話は別だ。たとえ安かったとしても、値段は十倍近くまで跳ね上がる。だというのに――

「うっそ、月二十万⁉　この大きさの屋敷で⁉」

「しかも個人ではなくてクラン払いですよ……私たち四人でもかなり余裕です」

驚愕を隠《かく》せずに目を丸くしながら詳細を閲覧《えつらん》する雲母水母たち。その表情の中には、抑《おさ》えきれない興奮が浮《う》かべられていた。彼女たちもクランを組もうとしていたのだろうし、クランハウスが格安で手に入るとなれば飛びつかない手はないのだろう。

まあ、普通《ふつう》であれば詐欺《さぎ》や事故物件を疑うレベルの値段だが、今回は信頼《しんらい》できる相手からのイベント報酬だ、まず間違いはないだろう。

「私たちも住んでおりますので、共同生活という形になりますが……それでもよろしければ、お安く場所を提供いたします」

「わっ、わかりました！　是非、是非とも！」

「と言っても、お前らまだクラン組んでないだろ？」

「勿論《もちろん》この後結成しに行きますよ！　こんな願ってもないチャンス、見逃《みのが》す訳ないじゃないですか！」

「そうかい」

ハイテンションで騒《さわ》ぐ雲母水母の様子に苦笑して、俺は軽く肩を竦《すく》める。

まあ、リリーナにとっても、気心の知れた連中と頻繁《ひんぱん》に会えるのは悪くない話だろう。

定期的に金も入ってくるわけであるし、エルザの言う通り、どちらにとっても利のある話だ。とはいえ――

「出して貰《もら》った所悪いが、俺は辞退させて貰おうかね」

「クオンさん？　それは――」

「俺はお前らのクランに参加するわけじゃないからな。ここを借りる理由も無い」

俺の言葉に、雲母水母は僅かに眉根を寄せながらも苦笑を浮かべる。

できれば仲間になってほしかった、といったところだろう。とはいえ、ここまでの戦いが俺におんぶにだっこな状態だったことも自覚があるようだ。こいつらの連携《れんけい》は確かに悪くないが――まあ、俺と肩を並べるには、まだまだ未熟だろう。

「おや……てっきり、クオン様も同じクランなのかと思っておりましたが」

「俺がこの世界で肩を並べることを認めているのは一人だけだ。そのレベルでもなけりゃ、流石《さすが》にクランを組むとは言いたくないいな」

「緋真《ひさな》さんですよね……ホント、レベルが違うわ」

乾《かわ》いた笑《え》みで嘆息《たんそく》する雲母水母の言葉には、苦笑を零《こぼ》さざるを得ない。

今の所、俺が実力を認めているのは緋真だけだ。まあ、あいつもまだまだ未熟ではあるのだが、あいつの持つ才覚そのものは非常に高い。修行《しゅぎょう》を続けていれば、いずれは俺の領域まで届く確信がある。あいつと共に、という条件であるならば、俺もクランを組むことはやぶさかではない。

「というわけで、俺のことは気にせず、雲母水母たちを受け入れてやってくれ。ま、男一人いるよりは、女で固まってた方が楽しく過ごせるだろ?」

「……承知いたしました。お気遣《きづか》いありがとうございます、クオン様」

「さてな。まあ、招待を受けることがあれば顔ぐらいは出すさ」

恭《うやうや》しく頭を下げるエルザに、俺はひらひらと手を振ってそう答える。まあ正直、こんな女だらけの場所に男一人では落ち着かないというのは事実だ。クランやら拠点やらについては……まあ、今は気にする必要もないだろう。

いずれ必要になれば、その時に考えればいい話だ。

「さて……それじゃあ、俺はそろそろお暇《いとま》するとしよう。世話になったな」

「それはこちらの台詞よ。お父様のこと、本当にありがとう」

「私たちも、偶然《ぐうぜん》イベントを見つけただけなのにここまで連れてきてもらって……本当にお世話になりました! お世話になりっ放しで……何かお手伝いできることがあれば、遠《えん》慮《りょ》なく呼び出してください」

「あいよ……ルミナ、そろそろ行くぞ」

くーの獣耳と戯《たわむ》れていたルミナを呼び寄せ、その場の面々には目礼する。そのままにやりと笑って踵《きびす》を返し、俺はランベルク邸を後にしてログアウトしたのだった。

第二十章　一方その頃　その三

「ようやく……ようやくここを通《とお》り越《こ》せる……」

「よろー」

「お、おう……よろしくお願いします……」

「対策が済んでる以上、俺と緋《ひ》真《さな》さんならここを通り抜けるなんて余裕だ。楽勝だよ、シュレン」

「よし馬鹿、お前ちょっと黙ってろ」

リブルムの北にあるボスエリア。順番待ちしているプレイヤーたちの中に、緋真の姿はあった。ボスの攻略法《こうりゃくほう》が公開されるとほぼ同時、エレノアは生産職を募《つの》って聖印を取得、聖印持ちのプレイヤーを貸し出すという行動に打って出たのだ。

聖印の取得には、現地人からの信用を得ている必要がある。現地人と交渉《こうしょう》し、素材や土地を得ている生産職にとっては、幾分《いくぶん》か達成しやすい条件であったのだ。尤《もっと》も、聖印の存在を知ったからこそ交渉できていることも事実であるのだが。

ともあれ、聖印を持ったプレイヤーが一人でもいれば、後はダンジョンで手に入るお守りでデバフを防ぐことができる。実際、緋真たちの前に挑《いど》んでいるプレイヤーたちの多くがボスの討伐《とうばつ》に成功している状況《じょうきょう》だった。

現在、ここにいるのはシュレンの固定パーティに、緋真とフィノを加えた六名だ。正直な所、緋真としてはフリードとパーティを共にすることなど願い下げであったのだが、フィノが見つけてきたパーティが彼らだったのである。依頼元《いらいもと》がフィノとエレノアである以上は文句も言っていられず、渋々《しぶしぶ》ながらこうして共同戦線を張ることになったわけだ。

「はぁ……もういい、速攻《そっこう》で終わらせる」

宣言するように、緋真は呟《つぶや》く。彼女は延々と話しかけてくるフリードを無視しながらボスエリアへと足を踏《ふ》み出《だ》し——その視界に、六体の敵の姿が現れた。アンデッドナイトとアンデッドナイト・リーダー——悪魔ゲリュオンと戦った頃とほぼ変わらない顔ぶれであるが、数だけは若干《じゃっかん》増えていた。

（……顔が若干変わってる？）

アンデッドナイトたちの顔ぶれを見て、緋真はそう疑問を抱《いだ》き首を傾《かし》げる。以前に戦った時と比べ、若干ながら印象が異なるように感じたのだ。しかし、あまり具体的に覚えていたわけでもなく、単に気のせいであろうと判断し、緋真は一歩前へと足を踏み出す。それと共に左手から放ったのは、燃え盛る炎《ほのお》の玉だ。

「《スペルチャージ》、【ファイアボール】！」

その魔《ま》法《ほう》を撃ち出すと共に、緋真は駆《か》ける。地面に広がる黒い魔《ま》法《ほう》陣《じん》は無視し、爆《は》ぜた炎の中を潜《くぐ》り抜けるように相手へと肉薄した。

歩法——烈《れっ》震《しん》。

突《つ》き出した刃が仰《の》け反《ぞ》っていたアンデッドナイトの喉《のど》笛《ぶえ》を貫《つらぬ》き、払《はら》いの一《いっ》閃《せん》が首を半ばまで断《た》ち斬《き》る。しかし、首を半ばまで断たれながらも、アンデッドナイトはまだ動きを止めていない。アンデッドらしからぬ鋭い動きで剣を振るい——それよりも早く、翻《ひるがえ》った緋真の足がアンデッドナイトの顎《あご》を蹴《け》り抜いていた。

打法——柱《ちゅう》衝《しょう》。

地面から伸《の》びあがるように放たれた蹴りは、半ばまで断たれていたアンデッドナイトの首をへし折り、そのまま仰向けに転《てん》倒《とう》させる。それだけでＨＰが尽きることはなかったが、それでもすぐに行動することはできない。一時的に無力化したと判断し、緋真はすぐさま後方より振り下《お》ろされた一《いち》撃《げき》を半身になって躱《かわ》した。

「追撃が遅《おそ》い」

打法——流《る》転《てん》。

回避《かいひ》と同時に腕《うで》を掴み、体を滑《すべ》りこませて足を払う。その瞬間《しゅんかん》、アンデッドナイトの体はぐるりと回転し、そのまま転倒していた一体の上に叩《たた》き付《つ》けられた。

「し……ッ！」

斬法――柔の型、流水。

更《さら》に、振り下ろされた剣の一閃を受け流し、返す刃で転倒したアンデッドナイトの首を断ち斬った。緋真は首を断ち斬ったアンデッドナイトの体力が尽きたことを確認《かくにん》し、攻撃《こうげき》を受け流されて体勢を崩したアンデッドナイトへと刃を翻した。

斬法――剛《ごう》の型、輪旋《りんせん》。

大きく翻した一閃が、体勢を崩しつつんのめっていたアンデッドナイトの首を、一刀の下に断ち斬る。そして、残心と共に迫《せま》りくる二体のアンデッドナイトへと左手を向けた。

「《スペルチャージ》、【ファイアボール】！」

発生した火球は真《ま》っ直《す》ぐに飛翔《ひしょう》し、直進していたアンデッドナイトの盾《たて》に激突《げきとつ》して爆炎を上げる。魔法であるため完全に防ぐことはできないが、それでも一撃で倒し切ることはできない。しかしながら、大きく仰け反ったアンデッドナイトに対し、緋真は即座《そくざ》に距離《きょり》を詰《つ》めて密着した。

打法――破山《はざん》。

密着した体勢から強く足を踏み込み、発した衝撃《しょうげき》を仰け反ったアンデッドナイトへと叩き付ける。その一撃で、アンデッドナイトは後方へと向けて弾き飛ばされ、背後にいたアンデッドナイト・リーダーへと激突することとなった。

「──【焔一閃《ほむらいっせん》】」

その様子を眺めながら魔導戦技《マギカ・テクニカ》を発動、脇構えの体勢から、緋真の体は一気に加速する。中空に炎の紅《あか》い軌跡《きせき》を描《えが》き突進《とっしん》した緋真の一撃は、怯《ひる》んだアンデッドナイト・リーダーの脇腹《わきばら》に命中してその体勢を崩す。僅《わず》かな硬直《こうちょく》の後、再度動き出した緋真は即座に反転、体勢を立て直そうとしているアンデッドナイト・リーダーへと肉薄し──背後からその首を貫いた。

「【剛炎斬《ごうえんざん》】ッ！」

そしてその体勢のまま、緋真は次なる魔導戦技《マギカ・テクニカ》を発動、燃え上がる炎を纏った刀を、そのまま強引《ごういん》に振り下ろした。口から炎を噴き上げ、アンデッドナイト・リーダーはその場にぐらりと倒れ伏《ふ》す。その姿を見据《みす》え、緋真は嘆息と共に呆然《ぼうぜん》と立《た》ち尽くしているパーティメンバーへと告げたのだった。

「……残り、さっさと片付けますよ」

【2ボス攻略】MT雑談スレPart.121[sage進行]【弱体化】

001：MiTuRu
ここはMTに関する雑談スレです。
まったり進行＆sage推奨。
次スレは>>950踏んだ人にお願いします。

前スレ
【師匠】MT雑談スレPart.120[sage進行]【どこ行った】

=====================（略）=====================

142：APP
ボス前混みすぎワロタ
あのクソ悪魔が居なくなったのは楽でいいけど、
戦うまで時間かかりすぎだわ

143：蘇芳
この混雑ぶりは到達当時を思い出すなぁ
聖堂もカオスなことになってるだろ

144：ルーシェ
ここぞとばかりに生産職の貸し出しを行ってる
商会長は流石としか言えんわ

145：ミック
　ボス待ち中は掲示板盛り上がりますわぁ
　けど、あの悪魔だけ復活しないのは何でかな

146：朝夷衣
　対策スレの方は炎上気味だけどな
　悪魔さえいなけりゃアンデッドナイトが増えようが大差ないだろうに

147：ruru
　>>144
　あの人、師匠をリブルムに送り込んだ直後から動いてたらしいぞ

148：シュレン
　倒し終わったんだがPT共にした緋真さんがすげぇ顔してる誰か助けて

149：ミック
　>>144
　別に金を取られてるわけじゃないし、こっちも助かってはいるんだが、
　何か納得がいかない不思議
　いやまぁ、きちんと戦闘できる系の生産職を選抜してくれてるし、
　アイテムも惜しまず使ってくれてるから文句は無いんだけどな

150：蘇芳
>>146
　悪魔対策が無駄に終わったからってなぁ
　いい加減手詰まりなのも飽きてたし、ドロップ狙えないのも仕方ないだろうに

151：えりりん
　>>148
　やぁ保護者
　剣姫がすげぇ顔って、やっぱり師匠関連か
　それともストーカーの件か？

152：アイゼンブルグ
　保護者乙
　またストーカーが絡んだか

153：シュレン
　>>151
　あいつは最近GMに注意を受けたので大人しくしてる
　緋真さんの反応はどっちかと言うとクオンさんの件だろう

154：まにまに
　>>148
　あー、確かに据わった眼でぶつぶつ呟いてたなぁ

155：蘇芳
師匠、野良ＰＴでボス攻略したんだっけか
あの人の場合、剣姫ならむしろ喜んでＰＴ組むだろうに
商会長も一緒のボス討伐狙ってたんじゃないのかね

156：ミック
剣姫的には師匠と一緒に討伐したかったのか

157：シュレン
お察しの通り、クオンさんに置いていかれたことが納得いかないようでな
ボス戦が終わった後もクオンさんに対する文句をぶつぶつ呟いてた
一人でアンデッドナイト三体片付けてたぞ

158：ゼフィール
寄生じゃねーのあの四人

159：朝夷衣
>>155
まさか到着して速攻攻略するとは商会長も考えてなかっただろうよ

160：蘇芳

>>158

師匠の方から誘ってんのに寄生はねーよ

161：ruru

>>157

うーん、それだけでも十分あり得ないと思うんだが、

ボス戦動画を見ると普通に思えてくるな

162：(´・ω・`)

(´・ω・`)倒したわよー

163：えりりん

>>161

現実でも同じことができるんだと思うと、

あの人本当に人間なのかと思いたくなってくるわぁ……

164：朝夷衣

>>162

出荷よー

165：蘇芳

>>162

乙、だが出荷よー

166：ミック
>>162
相変わらず意味不明に上手かったな
見てて面白かったけど出荷よー

167：(´・ω・`)
(´・ω・`)そんなー

168：まにまに
しゅｋｋ

169：蘇芳
は？

170：シュレン
アナウンス？
ワールドクエスト!?

171：ミック
おいおいおいおい、これ師匠が軟化しただろ!?

172：ruru
ちょっと!?　王都とかまだ着けそうにないんですけど！

173：アイゼンブルグ
これ他の街でも起きるんじゃないのか？
最近始めたプレイヤーも参加はできるのか
ってはぁ!?

174：まにまに
ＮＰＣ死ぬ？
重要施設のが死んだらどうするんだよ!?

175：ミック
こりゃボスで手こずってる場合じゃねぇな

176：(´・ω・｀)
(´・ω・｀)……

(´・ω・｀)王都まで出荷よー

【師匠】スキル相談スレ63【意味わからん】

001：カリオン
各種スキルの情報交換を行うスレ
スキル評価や組み合わせについて相談しましょう

スキル一覧についてはwikiまとめでお願いします

次スレは>>950

前スレ
【魔導戦技】スキル相談スレ62【不要説】

=====================（略）=====================

656：レーヴェン
師匠が使ってる魔法を斬るスキル欲しいんだけど、
どこ行ったら手に入るんだ？

657：淳
>>656
ファウスカッツェの道場らしいが、
誰も取得に成功してないんだよなぁ

658：ほっしー
>>657
と言うか、それ取得して使いこなせるの？

659：Lay-Ray
HP削ってダメージ上げるスキルの方が使い勝手よさそうだけどな
ぁ

660：レーヴェン
>>658
何がだよ？
単に魔法を攻撃すればいいだけだろ

661：キノラ
>>660
お前プロ野球のバッターか何か？
高速で飛んでくる魔法を正確に撃ち落とせると？

662：淳
あれは明らかに師匠がおかしい
目の前で起こった爆発を一瞬で反応して斬ってたぞ

663：鬼霧
相手の防御魔法を切り崩すぐらいなら誰でもできそうなんだが、
向かってくる魔法を切るのは怖いわ
まあ、防御魔法崩せるだけでもかなり便利なのは確かだけど

664：SASAKI
まあ師匠以外は取得できてないから意味のない議論だけどなぁ
一応教えてもらえるらしいことは直接師範代に聞いたんだが、
実力を認めて貰えないと駄目らしいし

665：ゾヌ
師匠って狼倒す前にはあのスキル持ってたよな
どうやって実力を認めさせたんだ？

666：ほっしー
安定のリアルスキル

667：淳
生まれてくる時代間違えてますわぁ

668：レビント
そっちも気になるけど、《死霊魔法》の使用感はどうなのかね
新魔法判明はかなり久しぶりだ

669：キノラ
>>668
扱いは《召喚魔法》と同じ、出せるのがアンデッドだけって話だったか
むしろ扱いづらくないかね？
昼間はペナルティ受けるだろ、アンデッドって

670：蓟
>>669
正しくその通り

ＰＴ枠を使ってモンスターを召喚して、育成できるシステム
初期で出せるのはスケルトンとゴーストとゾンビだった
昼間に出すとゴーストなんかはダメージ受けるので使いづらい

671：ほっしー
>>670
ほーん
やっぱり仕様は《召喚魔法》と一緒なんだ
アンデッドも何だかんだでロマンあるわな

672：カズヒコ
しばらくはネクロマンサー志望たちが煩そうだな
弱体化したボスからもドロップすればいいんだが

673：TKM
泥報告はよ、はよ

【うちの子が】サモナーの集い１１回目【一番かわいい】

001：Free
ここはメイン､或いはサブに《召喚魔法》をセットしたプレイヤー、
通称サモナー専用のスレです。
スクショ大歓迎、うちの子自慢でも構いません！

>>2までテンプレ

次スレは>>980でお願いします。

前スレ
【狼派】サモナーの集い１０回目【虎派】

002：Free

○サモナーの基本は？
召喚モンスターをＰＴに加えて戦闘します。
ＰＴ枠を埋めることは他のプレイヤーと相談しましょう。
召喚したモンスターを育成して戦うのがサモナーの基本です。

○どうやって召喚するの？
魔法店で召喚スクロールを購入しましょう。
最初の召喚なら無料で一つ貰えます。
狼、虎、鷹、猫、蛇、羊から選べます。
一度召喚したモンスターは何度でも召喚できますが、
保有枠はレベルが上がらないと増えないのでご注意を。

○何を召喚すればいいの？
汎用性なら狼、前衛型なら虎、魔法補助なら猫。
この辺りが基本ですが、どれでも困りはしません。

○ＰＴ組ませて貰えないんだけど
サモナー同士で組むと軋轢が無くて楽です。
ＰＴ希望はこのスレで出しましょう。

====================（略）====================

473：ミルル
まさかネクロマンサー系が別の魔法として出るとは思わなかった
うーん、ヴァンパイアとか従えるのちょっと憧れてたんだけど

474：リオネル
>>473
まあ、幸いスキルオーブだったみたいだし、
まだドロップするならワンチャン……

475：雫
正直あってもあんまり使わないと思うから、微妙と言えば微妙
日頃から骨とか従えてたらちょっと怖いわ

476：薊
実際、現地の人には驚かれた……騎士団とは面識があったから捕まりはしなかったけど

477：ミルル
>>476
お、噂のネクロマンサーちゃん
使い心地はどうよ？

478：ベディ
>>476
もう召喚してみました？

479：薊
前も書いたけど、初期で購入できるのはスケルトン、ゴースト、ゾンビ
スケルトンは汎用型、装備は渡せば何でも使える
ゴーストは魔法型で、物理攻撃は無効、ただ光にめっちゃ弱い
ゾンビは耐久型でひたすらタフ、ただ足が遅いのと臭いのが難点
召喚できる種類以外については《召喚魔法》と一緒

480：KZ
>>479
ふむふむ
2ボスの件でアンデッドは強いってイメージがあるし、
中々使えそうではあるけど、制約も多そうだね
今の所あんまり可愛いのはいないけど

481：ミルル
何かスケルトンって不思議なロマンを感じるわ
ゾンビはちょっとごめんだが

482：薊
ゾンビは進化してレヴナント辺りになってくれることを期待
とりあえず臭いだけでも何とかしてほしい

483：リオネル
>>482
そんなニッチなアンデッドを知ってる辺り、通ですな
もしかして最初からネクロマンサー志望だったり？

484：冬海坂

【速報】アンデッドナイトからスキルオーブ泥確認

485：薊

>>483

割と

486：ミルル

>>484

マジで!?

487：KZ

笹食ってる場合じゃねぇ !!（ＡＡ略）

488：リオネル

ふおおおおおおおおおおおおおおおおおおおお!!

489：雫

>>487

おっ、掌回転速度速いな

第二十二章　王都の周囲

一晩明けて、いつも通りの午後にログインする。

稽古《けいこ》をつけている午前はともかく、午後はひたすら暇《ひま》なのだが、こうして実戦に出られるならば暇なのも悪くない。まあ、今日はログイン前にイベントの情報について調べていたので、いつもよりは少し遅いのだが。

ワールドクエスト《悪魔《あくま》の侵攻《しんこう》》。発生時期は、今度の週末である。これはその名の通り、悪魔の軍勢によって国が襲撃《しゅうげき》されるというイベントになるらしい。しかもそれが、このゲーム世界の全世界規模で発生するようだ。ちなみに、今俺《おれ》たちがいるこの国、アルファシア王国は、世界地図全体から見ると南西の方の端《はし》っこにある半島を国土としているらしい。他の国の国土と比較《ひかく》すると、かなりの小国であると言えるだろう。

まあ、だからこそゲームの開始地点とされているのかもしれないが。

（つまるところ――悪魔からの襲撃対策に俺たちが参加できるのは、この国だけってことか）

未《いま》だ、他の国への移動手段は判明していない。つまり、俺たちは今のところこのアルフアシア王国に閉じ込められている状態であり、他の国の悪魔対策には参加できないのだ。

まあ流石《さすが》に、参加できないからと言って、いきなりこの国以外の世界が滅《ほろ》びるなんてことはないだろうが……今後のワールドクエストに関《かか》わってくる可能性は高いだろう。

「……気にするだけ無駄《むだ》ではあるが、ままならないもんだな」

軽く嘆息《たんそく》しつつ、俺は大通りの方から街の外へと向けて足を進める。

気にかかっているのは、他の国の現地人も復活できないということだ。ワールドクエストの範囲《はんい》が世界全体と発表されている以上、その結果は避《さ》けられないだろう。

見ず知らずの人間が死んだからといってどうこう考えるわけではないのだが、全く手の届かない場所で事態が推移するのが気に入らない。目の前にいたら斬《き》り刻んでやることは間違いないのだが、流石に遠く離《はな》れた場所の相手はどうしようもないのだ。

「ま……なるようになるか」

「――――？」

俺の呟《つぶや》きに首を傾《かし》げるルミナに苦笑《くしょう》しつつ、俺は通りに在った屋台に寄り道した。満腹度はそこそこ減っているし、この辺りのことを聞くついでに食べ物でも買っていくとしよう。見た所、サンドイッチの屋台であるようだし、携帯性《けいたいせい》も十分だろうしな。

「やあ、お姉さん。二人前、包んで貰えるか？」

「お買い上げありがとうございまーす！　って、やだ、この前の剣士様《けんし》じゃないですか！」

「おん？　……済まん、顔を合わせたことがあったか？」

三角巾《さんかくきん》を被《かぶ》った金髪《きんぱつ》の女性は、俺の顔を見て驚いた表情を浮《う》かべている。だが生憎《あいにく》と、俺の方は彼女《かのじょ》の顔に見覚えはなかった。元々、あまり他人の顔を覚えるのが得意なタイプではないのだが、それでも見覚えすらないというのはあまりない。

しかし俺の言葉に対し、店員の女性はパタパタと手を振《ふ》って笑《え》みを浮かべて声を上げた。

「いえいえ、お話ししたことはありませんよ。ほら、この間、通りで悪魔を倒《たお》してらしたでしょう？」

「ああ……あれを見ていたのか」

「ええ、ええ！　あの鮮《あざ》やかな剣技《けんぎ》！　見惚《みと》れてしまいましたよ！」

「はは、そう絶賛されるようなものでもないんだがな」

実際、あいつ相手には全く本気など出していなかったわけだし。あの程度で鮮やかなどと言われてしまうのは少々不本意だ。まあ、その辺を説明しても仕方ないわけだし、ここは大人しく称賛《しょうさん》を受け取っておくことにする。

サンドイッチを選んで包んでくれているが、どうやらいくつかおまけをつけてくれているようだ。やはり恩は売っておくものということか。

「悪魔を倒してくれて、ありがとうございます。ちょっとサービスしておきましたよ」

「ああ、ありがたい。ところで、少し聞きたいことがあるんだが、構わないか？」

「ええ、ええ、他でもない剣士様の質問ですもの！　勿論《もちろん》構いませんよ」

何だか、やたらと俺に対する信頼度《しんらいど》が高いような気がするのだが……ルミナの補正を考えてもちょっと信頼されすぎではなかろうか。

まあ、それだけ悪魔が嫌《きら》われているということなのだろうが。ともあれ、信頼されているならばそれに越《こ》したことはない。遠慮《えんりょ》なく、質問させて貰うとしよう。

「俺は異邦人《いほうじん》なんだが、お陰《かげ》でこの辺りの地理にはあまり詳《くわ》しくないんだ。この辺りに何があるのかについて教えて貰いたいんだが」

「あら、異邦人の方だったんですか。ええ、勿論構いませんよ。まず――」

話を聞けば、この周囲にはいくつかの拠点《きょてん》があるらしい。あればあるだけ守るのが面倒《めんどう》になるので、正直勘弁《かんべん》してほしい所ではあるのだが。

まず、西にあるのが港町フィーライア。この国は半島にあるわけだから、漁業が盛んなのは当然だろう。そして北東には砦《とりで》が、その近くには隣国《りんごく》と面する関所があるらしい。

まあ、隣国との行き来を見張ることを目的とした砦だろう。戦闘を前提にした造りの建物であれば悪魔とも戦えるかもしれない――が、分割《ぶんかつ》して守るメリットも少ないし、詰《つ》めている人員には王都に戻《もど》ってきてもらった方が有用だろう。

「後は……ああ！　異邦人さんなら、聖火の塔《とう》はご存じないですよね？」

「聖火の塔？　ああ、初耳だが……」

「やっぱり！　あれは一度見てみることをお勧《すす》めしますよ。魔物払《まものはら》いの、そして悪魔払《あくまはら》いの聖なる火を灯《とも》す灯台です」

「へぇ、そんな物があるのか」

「ええ、聖火の塔は各国にありますけど、この国は国土が狭《せま》いですから、その分だけ塔の密度が高いんです。おかげで、魔物も弱くて平和な国ですよ。まあ、悪魔が現れ始めましたが……」

つまるところ、その聖火の塔の影響範囲《えいきょうはんい》の中では、魔物や悪魔が弱体化するということだろう。俺にとっては少々都合の悪い存在だが、人間が暮らしていく上では必要なものだろう。まあ、近寄るだけ魔物が弱くなるというのであれば、俺から近付く理由もない。そのうち観光で見に行くかどうか、といった程度だろうな。

「聖火の塔は、この王都から北と南東にありますね。あ、ちなみにここから少し離れますけど、ファウスカッツェの南にもあるんですよ」

「へぇ。まあ、あの辺りも魔物は弱いしな。リブルムの辺りはどうなんだ？」

「あの辺りは、聖堂などを造って対処してますね。聖堂でも聖火を灯せば似たような効果がありますから」

どうやら、あの聖堂にも聖火とやらが置いてあったらしい。とはいえ、聖火の塔ほどの効果はないのだろう。ゲリュオンの奴《やつ》もいたわけだしな。しかし、北と南東か。できるだけそちらからは離れたいし、南西の方に行けば敵が強くなるのか？

「ちなみに、南西の方には何が？」

「向こうですか？　ちょっと深い森がある程度ですけど……あまり近づかない方がいいですよ。現れる魔物は強いですから」

「成程《なるほど》……参考になった。また寄らせて貰うよ」

「はーい、今後とも御《ご》贔屓《ひいき》に！」

笑顔で手を振る彼女に軽く頭を下げ、取りだしたサンドイッチを頬張《ほおば》りながら南へと進む。まず、行くべきは南西だ。向こうならば多少は鍛《きた》えられるだろう。そして、その後に西の港町へと向かう。特に用事があるわけではないが、海産物が食えるかもしれんし、防衛に際しても様子を見ておきたい。その場で防衛するのか、放棄《ほうき》して避難《ひなん》するのか、どうなるかはその土地と戦力次第《しだい》だ。

まあ、到着《とうちゃく》するにはしばらく時間がかかる予定であるし、今から港町のことを気にしていても仕方ないが。

「まあ、まずは南西の森からだな。行くぞ、ルミナ」

「――――！」

俺の言葉に、ルミナはやる気に満《み》ち溢《あふ》れた様子で拳《こぶし》を突《つ》き上《あ》げる。その姿に苦笑しつつ、俺は王都の外へと足を向けた。

＊　＊　＊　＊　＊

面倒なだけで特に強くもない平原の魔物は無視しつつ、森へと向かう。

辿《たど》りついた森は、ファウスカッツェで伊織《いおり》と共に入った森と比べるとかなり鬱蒼《うっそう》としている。と言うか、あちらが雑木林程度の密度しかなかっただけであって、こっちは森としては普通《ふつう》というレベルなのだが。樹海と言うほどのレベルではないが、それでも中々に深い森だ。ここからは未知の領域、気をつけて進むべきだろう。

「ルミナ、ここからは油断できんぞ。俺から離れず、援護《えんご》に専念してくれ」

「────！」

こくこくと首肯《しゅこう》するルミナに満足しつつ、俺は森の中へと足を踏《ふ》み入《い》れる。太刀《たち》は抜《ぬ》いたまま、動きが邪魔《じゃま》されぬ位置取りを意識しつつ、深い森の中へ。

木々は高く、葉が広いためか、この中まではあまり日光が入ってきていない。お陰で随《ずい》分《ぶん》と薄暗《うすぐら》いが、そのおかげか木々よりも低い草木はあまり育ってはいないようだ。そのため、歩きづらいというほどではない状態だ。修行《しゅぎょう》には中々いい環境《かんきょう》かもしれない。

「ふぅむ。緋真《ひさな》の奴を連れてきてやってもいいかもな」

自然環境の中に放《ほう》り込む修行については、まだあいつに課したことはなかったはずだ。まあ、あのクソジジイのような殺意溢れる企画《きかく》にさえならなければ問題ないだろう。少なくとも身一つで雪山に放り込むような真似《まね》はしないつもりだ。

と──その刹那《せつな》、こちらへと向けられる殺気を察知し、反射的に刃《やいば》を振るった。

「ッ……頭上とは、いきなりやってくれるな！」

我ながら弾《はず》んだ声で刃を振るえば、頭上から落下してきた魔物に刃が命中し──その体を弾《はじ》き飛《と》ばす。現れたのは、緑と黄緑の斑《まだら》模様をした、二メートル半はあろうかという蛇だった。どうやら、枝の上を這《は》いまわって頭上から落下してきたらしい。

■カモフラージュパイソン
種別：魔物
レベル：16
状態：正常
属性：なし
戦闘位置：地上・樹上

迷彩蛇《めいさいへび》、といったところか。確かにあの体色では、樹上を移動されると発見するのは困難だろう。蛇というだけあって、毒を持っている可能性もある。不意打ちで毒を食《く》らったら、かなり厄介《やっかい》なことになるのは間違いない。

「シャアアアッ！」

どうやら、不意打ちが不発に終わったことを腹に据《す》えかねているらしい。

とはいえ、不意打ちに特化した魔物が地面に落ちてしまっている時点で、すでに恐《おそ》れるに足らず。再び噛《か》みつこうと伸《の》ばしてきた首を刃で打《う》ち払《はら》いつつ、逸《そ》れた首へと返す刃を叩《たた》き込んだ。俺の放った一撃《いちげき》は蛇の首を綺麗《きれい》に斬り飛ばし——そのまましばらくのたうった後、その動きを完全に止めていた。

『《死点撃ち》のスキルレベルが上昇《じょうしょう》しました』

ふむ。不意打ちは厄介だが、それさえ凌《しの》いでしまえば大した相手ではないな。

まあ、あれにいきなり対処できる人間もそうはいないだろうし、いきなり蛇に押《お》し潰《つぶ》されたらパニックにもなるだろう。そう考えると、一般《いっぱん》のプレイヤーには中々難易度の高い敵だ。そして何よりも、遠慮なくこちらを殺しにきている殺意の高さには感心した。もっとやるべきだ。

「よし。ルミナ、お前は樹上を注意してくれ。今の奴を見かけたら撃ち込んでいいぞ」

「────！」

俺の指示を聞き、ルミナはやる気を滾《たぎ》らせる。

いかに迷彩になっていると言っても、流石に注視していれば見つけられる程度のものだ。ルミナでも注意して観察していれば、あの蛇を見つけることは可能だろう。わくわくとした表情で頭上を探し始めたルミナの様子に苦笑しつつ、蛇のドロップアイテムを回収して、先へと進む。ちなみに、ドロップ品は肉と蛇革《へびかわ》だった。使い所は無くもないだろうが、俺はほとんど使わない類だ。

まあ、そういったものは全《すべ》てエレノアに押しつけてやればいいだろう。まだ回収した者が少ないアイテムだからと、高値で取引してくれるはずだ。

「よし、先に進むとするか……他には何が出てくるかね」

口《くち》の端《はし》が笑《え》みに歪《ゆが》む。果たして、俺を脅《おびや》かしうる敵が出現するのかどうか。

それを楽しみにしながら、俺は森の奥《おく》へと足を踏み入れていった。

第二十二章 剣聖の小屋

『《強化魔法》のスキルレベルが上昇しました』
『《収奪《しゅうだつ》の剣《つるぎ》》のスキルレベルが上昇しました』
『《MP自動回復》のスキルレベルが上昇しました』
『テイムモンスター《ルミナ》のレベルが上昇しました』

樹上から叩き落《お》とされた迷彩蛇を斬り伏《ふ》せて、そのまま油断なく周囲へと視線を走らせる。どうやらこの森であるが、爬虫類《はちゆうるい》の類がよく出現してくるらしい。それも、こちらの目を欺《あざむ》きながら、不意打ちを狙《ねら》ってくるような連中ばかりがだ。

樹上から奇襲《きしゆう》してくる『カモフラージュパイソン』を始めとし、林立する木々に身を隠《かく》しながら少しずつ二足歩行で接近してくる大型のトカゲ『カバーリザード』、木の表面や葉の中に身を潜《ひそ》めて透明化《とうめいか》して待《ま》ち伏《ぶ》せし、鞭《むち》のような舌で攻撃してくる『ミラージュカメレオン』などなど。とにかく、こちらの不意を衝《つ》いて攻撃してくる連中が多いのだ。気配を察知できなければ、何発か食らってしまっていたことだろう。

まあ俺としては、こういった緊張感《きんちょう》のある戦場は大歓迎であるのだが、それはそれとして──

「ルミナ。お前、それ本気でやってるのか？」

「────♪」

俺の肩《かた》の上に乗るルミナは、地面に落ちていた細い木の枝を手に持って、俺の真似をするように振り回《まわ》していた。どうやら、俺が剣を振っている様に興味を抱《いだ》いたらしい。

まあ、見様見真似《みようみまね》であり、決して上手《うま》いものではなかったが。と言うかそもそも、人間とは重心が異なる妖精《ようせい》では、俺の動きをそのまま真似することは難しいだろう。この大きさでは、真似した所で意味がないというのもあるが。

「お前は魔法使《まほうつか》いタイプだし、そもそもまるで体力がないんだから、剣を振るような真似はしないでほしいんだが……」

「────！」

「……そこまでやる気があるとなると、俺としても禁止はし辛《づら》いんだがな」

ふんすふんすと鼻息荒《あら》く棒を振り回すルミナであるが、その表情は真剣《しんけん》だ。どうやら、かなり本気で剣に取り組みたいと考えているらしい。その様子を見ていると、久遠神通流《くどうじんつうりゅう》の師範《しはん》として、やる気のある者を『適性がないから』と弾《はじ》いてしまうのは気が引ける。己《おのれ》の選んだ道であるならば、納得《なっとく》できるまで打ち込んでみるべきなのだ。その果てに諦《あきら》めるのであれば、それはそれで仕方がないというものだろう。

ルミナが剣を振ろうとするのは、最早《もはや》適性以前の問題ではある。だがそれでも、自ら志した道であるならば、まずはそれに任せておいてやった方がいいと考えてしまうのだ。

「……はぁ。ま、無理しない程度にしろよ」

「――――♪」

俺の了承《りょうしょう》を得られたからか、ルミナは満足げな様子で頷《うなず》いて、再び棒を振り回し始める。

まあ、これでもきちんと頭上を警戒《けいかい》してくれているので、とりあえずはそのまま様子を見るべきだろう。小さく嘆息しながら進行を再開し――――ふと、気付く。

（……そういえば、ここまでどう進んできた？）

ちらりと背後を振り返《かえ》るが、あるのは代《か》わり映《ば》えのしない木々で覆《おお》われた景色だけだ。

また頭上を見上げても、木々の葉が拡《ひろ》げられているばかりで、太陽の位置も確認《かくにん》しづらい。先ほどからずっと、奇襲攻撃《きしゅうこうげき》を察知するために気配を掴《つか》むことに意識を集中させていた。お陰で、敵の位置に関しては正確に把握《はあく》できていたのだが、その他に関することが疎《おろそ》かになっていたのだ。とどのつまりが、迷ったということである。

「チッ……ちょいとはしゃぎ過ぎたか。ここからじゃ、流石に〝広げて〟も森の外までは

届かんだろうしな……」

「────？」

「ああ、いや。何でもない、気にするな」

流石にルミナに迷ったと伝えるのは気が引けるというか何というか。

とりあえず感知範囲は広げて、外に繋《つな》がりそうなものが引《ひ》っ掛《か》かったらそちらへと向かうことにしようとする。

しようとしたのだが──その感知に、森とはまるで異なる要素が引っ掛かっていたのだ。

「これは……？　人間、か？」

正確に言えば、人そのものの気配ではなく、人の手で切り拓《ひら》かれた空間があるということだ。鬱蒼と生《お》い茂《しげ》る森の中に、ぽっかりと空いた穴のような空間。そこだけは木々が無く、何らかの建物のようなものが鎮座《ちんざ》している。明らかに、人の手が入っている空間だった。この性質《たち》の悪い魔物が住まう森の中で、人間が暮らしているというのか。

「ふむ……行ってみるか」

元々、遠回りに港町へ向かおうと考えていただけで、この森に対しては特に目的があるわけではない。精々、悪魔の襲撃に対応するためのレベル上げが目的といった程度だ。

急ぎの用事など全くないわけだし、寄り道をしても問題はないだろう。距離的《きょりてき》にもそれほど遠くはない。少し進めばその姿が見えるはずだ。

「しかし、何だってこんな辺鄙《へんぴ》な所にあるんだか」

ここは街道《かいどう》から離れているし、そもそも通ることを前提としていない森だ。森の奥に何かがあるという話は聞かなかったし、その中継《ちゅうけい》地点という可能性は低いだろう。案外、放棄された小屋である可能性もあるが……まあ、そこは中を見てみれば分かるだろう。

周囲の気配を探《さぐ》りながらその小屋の方面へと近づいていけば――唐突《とうとつ》に、木々の間から光が差し込んできた。

「っ……！」

「――――？」

鬱蒼とした木々に覆われ、光がほとんど差し込んでいなかったはずの森の中。そこに唐突に差し込んできた光に、俺は思わず目を細めた。森の中にぽっかりと空いた穴は、小さな小屋を中心として、眩《まばゆ》い日の光を降り注がせている。やはり、この場所だけ木々が無いのは不自然だ。人の手によって切り拓かれてから、それほど時間が経《た》っていないと見るべきだろう。見れば畑などの姿もあり、どうやら最近まで人が出入りしていた気配が窺《うかが》える。信じがたいことではあるが――この森の奥底《おくそこ》で、住んでいる人間がいるということだろう。

「一体どんな物好きなんだか……」

いくら俺でも、このような危険生物の跋扈《ばっこ》する森の奥で暮らしたいとは思えない。この場で安定した暮らしを維持《いじ》できる者がいるとすれば、それは相当な実力者だけだろう。

自然、口の端が吊《つ》り上がる。この場には、一体どのような人間が暮らしているというのだろうか。とりあえず、今の所小屋の中には気配がない。誰《だれ》かが住んでいる様子ではあるが、現在は留守にしているようだ。

「……ふむ」

小屋の周囲をぐるりと回ってみる。

やはり、人の気配はない。だが、暮らしている痕跡《こんせき》はいくつも残っている。積み上げられた薪《まき》、頻繁《ひんぱん》に手入れされている様子の畑、そして——とんとんと足音が鳴るほどに踏み固《かた》められた地面。これは普通に暮らしていてなるようなものではない。強い踏み込みや体を支えるための踏み締《し》め、それが途方《とほう》もない回数繰《く》り返された痕跡だ。

どうやら、この小屋の住人は、小屋の隣《となり》で自己鍛錬《たんれん》に励《はげ》んでいるらしい。しかも、踏み固められた範囲は中々広い。これは、イメージに描《えが》いた相手との模擬戦《もぎせん》を行っているためだと考えられる。広い範囲を踏み固めるとなると、相当な回数をこなしてきたに違《ちが》いない。

周りにはいくらでも戦える相手がいるというのに、勤勉なことだ。

「辺鄙な所に住んでいるだけはあるか、こいつは中々——」

――刹那《せつな》、空気の動いた感覚に、俺は咄嗟《とっさ》に背後へと振り返った。

距離《きょり》は5メートルほど。これほど接近されるまで気配に気付けなかったことに驚愕《きょうがく》しながら、俺は相手の様子を観察する。白髪《しらが》となった短い髪《かみ》、刃のごとく鋭《するど》い眼光。身長はそれほど高くはないが、鍛え上げられた肉体によって、その姿は大きく見える。腰《こし》に佩《は》かれているのは一振《ひとふ》りの長剣《ちょうけん》。拵《こしら》えは凝《こ》ったものではないが、その握《にぎ》りの使いこまれた痕跡からも、彼《かれ》が長年にわたって愛用している物であると分かる。

狩《か》りでもしてきたのだろう。血抜《ちぬ》きをしたと思われる鹿《しか》を背中にぶら下げた老人は、俺の姿を見てにやりと笑みを浮かべていた。

「ほう？　こんな所に客人とは、珍《めずら》しいことだ。それも、妖精を引き連れた者とはな」

「……失礼。森の中を彷徨《さまよ》っていたら、偶然《ぐうぜん》見つけたものでね。俺はクオン、こっちはルミナだ。貴方《あなた》は？」

「オークスだ。立ち話もなんだ、入れ」

淡々《たんたん》と自己紹介《しょうかい》した老人――オークスは、それだけ言い放つと、さっさと踵《きびす》を返して小屋の入口へと向かった。流石に困惑《こんわく》しつつルミナと顔を見合わせていたが、いつまでもここに突っ立《た》っていても仕方がない。今はとりあえず、その言葉に従っておくべきだろう。

オークスの招きに応じて小屋の中に入れば、そこには簡素な生活空間が広がっていた。

寝床《ねどこ》や竈《かまど》など、ほとんど一人が暮らすことしか考えていないような状態であり、決して上等な住居であるとは言えないだろう。だがそれでも、このストイックな老人には非常に雰《ふん》囲気《いき》に合っている住居だと言えた。

「適当に座《すわ》っておけ」

「……了解《りょうかい》」

特にこちらを気にした様子もなく、台所で鹿を捌《さば》き始めたオークスの背中を眺《なが》めながら、俺は苦笑交じりに近くの椅子《いす》に腰かけていた。ここからはほとんど背中しか見えないが、鹿を捌く手つきは非常に慣れたものだ。どうやら、ああいった狩りや菜園で得た食料を糧《かて》としながら生活しているらしい。生活感溢れる――というより、生活感しかない。何かの目的があってこの森の奥に住んでいるとは思えなかった。

やがて、鹿肉の処理を終えたオークスは、手を洗い流した後にようやくこちらへと振り返っていた。テーブルを挟《はさ》んだ対面へと腰を下ろした老人は、ぐりぐりと首を回しつつ俺に対して声を上げる。

「さて、若いの。改めて問うが……ここには何をしに来た？」

「さっきも言った通り、迷ってたら偶然ここにたどり着いただけだ。修行しつつフィーライアに行こうとは思ってたんだが」

「迷っただぁ？　お前さん、異邦人だろう？　異邦人なら周辺の地図が見られるんじゃなかったのか？」

「……あ」

そういえば、そんな機能があったということをすっかりと忘れていた。

咄嗟にメニューを開いてみれば、確かにメニューの中には周辺マップの表示が存在している。すぐさま開いて確認してみれば、あっさりとこの周囲の地理情報が表示されていた。

現在位置は――

「……『剣聖の小屋』？」

その端的《たんてき》な名称《めいしょう》に、俺は思わず目を見開く。『剣聖の小屋』――そう名が付いているからには、この小屋に住んでいるのは『剣聖』なのだろう。該当《がいとう》する人物は、当然この老人であり……これまでに垣間《かいま》見《み》た実力からも、その名を持つことに納得した。

そんな俺の呟きに、老人は瞑目《めいもく》して口元を歪める。どうやら、苦笑しているらしい。

「そんな風に呼ばれているのか。そこまで大それたもんでも無いんだがな」

「どうかな。少なくとも、あんたが途方もない実力者であることは事実のようだが」

「お前さんこそ、大した実力じゃあないか。ただの剣士じゃあるまい」

「さてね。俺はまだまだ未熟だと思っているんだが」

剣の道に終端《しゅうたん》など無く、剣の答えに完成など無い。人生之修行《これしゅぎょう》也――生きている限り、完成などあり得ないのだ。故《ゆえ》に、俺はまだまだ、己の実力に満足などしていない。

そもそも、クソジジイに勝てたのだってギリギリだった。もっと余裕《よゆう》で勝てるように強くなりたい。そんなことを内心で考えていた俺に対し、オークスはピクリと片眉を上げた。

「変わった若造だな。その若さでそれだけの実力がありゃあ充分《じゅうぶん》だろうに」

「それが充分かどうかは俺が決めるさ」

「……それもそうか。ああ、違いない」

くつくつと笑うオークスに、こちらもにやりと笑みを浮かべる。どうやら、この男とは中々気が合いそうだ。剣の業に己の生きる道を定めた者同士、そこに共感が生まれるのは当然と言えば当然だが。となれば、次にやることは決まっている。こちらは招かれた身であるし、あまりがっつくわけにはいかないが――

「いい機会だ。一手遊んで行くか、若いの」

「くくっ……いいね、是非《ぜひ》とも付き合おう」

――向こうから誘《さそ》われたのならば是非もない。湧《わ》き上がる剣気を滾《たぎ》らせながら、俺はオークスの後に続いて小屋の外へと足を踏み出《だ》した。

第二十三章　剣の境地

小屋の中にあった木剣《ぼっけん》を手に取り、剣聖の老人が向かった先は、やはり外にある地面の踏み固められた一角だった。ひょいひょいと歩いているが、その重心がぶれることは一切《いっさい》ない。まるで、風が流れるかの如《ごと》き淀《よど》みのない動きだ。

俺も同じように歩いている自覚はあるが、オークスのそれは俺よりも完成度が高い。まるで周囲の景色に溶《と》け込むかの如き自然な動きは、彼が剣の道の高みにあることを示していた。この動きを常日頃《つねひごろ》から自然に行っているのであれば、この老人は俺の見込んだ通りの怪物《かいぶつ》であると言えるだろう。

（無念無想――剣の境地が一つ。不動の精神の中に在りて、ただ在るがままに剣を振るう、か）

それはまた、久遠神通流《くどうじんつうりゅう》が求めるものとは異なる思想だ。

久遠の剣は神にも通ず――俺たち久遠神通流の剣は、あらゆるものを取り込みながら拡大する戦場の剣だ。己の認識《にんしき》領域を広げ、その全てを掌握《しょうあく》することにより、無双《むそう》の剣士として戦場に立つ。森羅万象《しんらばんしょう》――それこそが久遠神通流の求める剣の境地であり、己の想念を剣に収束させて一体となる無念無想とはまた理念が異なるものだ。

求めるものが異なれば、当然剣士としての在り方も違う。この自然の中で、己自身の剣を保つこと。彼にとっては、生きることすらも修行になっているのだ。その果ての答えがこれであるならば――ああ、なんと素晴《すば》らしいことだろうか。

「――境地に至った剣士と相見《あいまみ》えるのは、あんたが二人目だ」

「ほう？　それは気になる話だ。その一人目とやらは何者かな？」

「俺のジジイでね。色々な厄介事を俺に押しつけてくれやがったクソジジイであるが……その実力は尊敬している」

俺の中での『最強』とは、間違《まちが》いなくあのクソジジイだ。森羅万象の境地に至った、最強の剣士。久遠神通流の理念を体現するもの。あらゆる術理を修め、時には自ら新たな術理すらも編み出した、歴代最強とも名高い男だ。

俺も一度はあのジジイを下したが、正直な所、完全な勝利であるとは考えていない。俺がジジイに拮抗《きっこう》できたのは戦刀術に限った話であるし、そもそもあの時、ジジイは森羅万象の境地を見せていなかった。それを除けば本気であったことは間違いないのだが、俺としては未だ『勝ちを譲《ゆず》られた』としか思えていない。その後当主の座を押しつけられたこともあるし、あのクソジジイは一体何を考えていたのか。

「その領域にある剣士と手合わせできる機会など、望んでも手に入るものか。この機会、全霊《ぜんれい》を以《も》って臨《のぞ》ませて貰《もら》おう」

「そうか……ワシとしても良い鍛錬《たんれん》になりそうだ」

インベントリから黒鉄の太刀を取りだした俺は、佩緒《はきお》を外し、鍔《つば》をぐるぐる巻きにして固定する。あまりやりたい方法ではないのだが、木刀がない以上は仕方あるまい。今度木工職人に木刀の製作を依頼《いらい》することを決意しながら、俺は鞘《さや》を固定した太刀で素振《すぶ》りを行う。二度、三度と振るい、その重さに腕《うで》を慣らした所で、俺は改めて中段に構えた。

「では、挑《いど》ませて貰おう」

「ああ、存分に来るといい」

その言葉を耳にして――俺は、オークスに肉薄《にくはく》した。

歩法――縮地《しゅくち》。

地を蹴《け》り、摺《す》り足《あし》のまま相手の目前まで移動して、しかしオークスの目に一切の動揺《どうよう》が無いことに感心する。オークスの木剣は、突如《とつじょ》として眼前に現れたであろう俺に対し、的確に振り降ろされていた。これほど完璧《かんぺき》に対応されたのはジジイ以来だと、内心で喝采《かっさい》しながら、俺はその一撃を受け流す。

斬法──柔《じゅう》の型、流水。

袈裟懸《けさが》けに振り降ろされた一撃を、刀身で搦《から》め取《と》りながら流す。だが、非常に重い。とんでもない膂力《りょりょく》で放たれた一撃は、その軌道《きどう》を逸らすことで精一杯《せいいっぱい》だった。

俺《おれ》は口元を笑みに歪めながら、一撃を受け流すと同時に半身となりオークスの一撃を回避《かいひ》する。レベル差によるものだろう。力押しの勝負では絶対に勝てないことは理解できた。

（それでこそ、だ──！）

意識が加速する。赤熱する意識の中、こちらに迫《せま》るオークスの木剣。俺の今の膂力では、その軌道を大きく逸らすことは不可能だ。であれば──

斬法──柔の型、流水・浮羽《うきばね》。

太刀を立て、鍔とハバキにてその一撃を受け止めて──俺は、相手の剣の勢いに乗りながら摺《す》り足《あし》で体を移動させた。相手の攻撃《こうげき》の勢いを利用しながら高速で移動する業。その性質を利用して、俺は僅《わず》かに移動方向をずらすことでオークスの背後に移動した。

「ほう──」

オークスの感心したような声が、耳に届く。視線は通じていないが、感覚で捉《とら》えているのだろう、その声に動揺はない。そのことにますます歓喜《かんき》しながら、俺は太刀を振り降ろした。オークスはそれを目で見ることもなく、半歩前に出ながら半身になるだけで、綺麗《きれい》に攻撃を回避していた。

こちらの動きを正確に読んだわけではない。恐らく、こちらの殺気を読み取って直感で回避していたのだ。それを可能にする戦闘《せんとう》経験に戦慄《せんりつ》しながら、俺はその場から半歩後退する。そしてその一瞬《いっしゅん》後、俺がいた筈《はず》の場所を鋭い剣閃が薙《な》ぎ払っていた。振り返り様の一閃《いっせん》で、俺の胴《どう》を狙ってきたのだ。

(――ッ、こいつは)

余裕を持って回避したつもりだったが、実際には紙一重《かみひとえ》だった。それほどまでにオークスの動きが自然で、それでいて速かったのだ。

無念無想の境地にあるからこそ、その殺気を読み取ることが難しい。その動きすらも、まるで木々が葉を揺《ゆ》らしているかのように自然なのだ。それが当たり前のようであり――それ故に、反応が遅《おく》れる。その戦慄の直後、オークスはまるで冗談《じょうだん》のようにこちらの眼前まで肉薄していた。実に恐ろしい。恐ろしいが――それ故に楽しすぎる相手だ!

「しッ」

「おおッ!」

斬法――柔の型、流水。

打ち降ろされる一閃を受け流しながら、左手へと移動。反撃《はんげき》のための横薙ぎは、オークスの構えた木剣によって受け止められる。

斬法――柔の型、刃霞《はがすみ》。

その瞬間《しゅんかん》、俺の太刀は翻《ひるがえ》ってオークスの肩口《かたぐち》を狙っていた。瞬時《しゅんじ》に軌道を変える一閃。師範代《しはんだい》たちに不可視とまで言わしめたその一撃は、しかし同じように手首を翻したオークスの剣に受け止められる。膂力と握力《あくりょく》、それと手首の柔軟《じゅうなん》さがあればできない業ではないが、こうもあっさり対応されるとは――

「いいな、実にいい！」

「こちらも……久しぶりに血が滾るぞ！」

互《たが》いに笑いながら剣を打ち払い、距離を置いて仕切り直す。尤《もっと》も、この程度の距離では元から存在しないようなものではあるが。だが、それでも一度テンポを整える必要がある。オークスは、知らずこちらのテンポを乱されてしまうほどに難しい相手なのだ。

「……御見逸《おみそ》れした。貴方は想像以上の実力者だったようだ」

「そう手放しに誉《ほ》めて貰うほどのものではないがな。ワシはただ、棒振りが得意だっただけという話だ」

「確かに。俺も、ジジイも……結局は、そういうことなんだろうさ」

現代日本において、剣に命をかける理由などありはしない。それでも尚《なお》、連綿とこの業

を受《う》け継《つ》いできたのは、俺たちがそういった生き方しか知らなかったからこそだ。

愚《おろ》かであると言われれば、決して否定はできまい。だが、それでも——これこそが、俺たちの生き方なのだ。そう告げて苦笑《くしょう》した俺に、オークスは僅かながらに表情を変化させる。視線を細め、眉根《まゆね》を寄せたその表情は、様々な感情が入り混じった複雑なものであるように思えた。

「……若いの。お前さん、弟子《でし》はいるか？」

「おん？　直弟子《じきでし》は一人、後は四人に少し指導する程度だが」

「そうか……ワシには、三人の弟子がいてな。ワシ自ら編み出した三つの剣技《けんぎ》を、それぞれ一人ずつに継承《けいしょう》させた」

オークスの口にした言葉に、眉根を寄せる。それは、どこかで聞いたことのあるような話だったのだ。しかし、そんな俺の様子は気にも留めず、僅かに切っ先を降ろしたオークスは独白を続ける。

「だがどうも、ワシは剣に生き過ぎた『人でなし』のようでな……弟子の心情など、慮《おもんぱか》ってやれんかった」

「……弟子の一人が剣に狂《くる》った、という話か？」

「何だ、知っておったか。異邦人にまで知《し》れ渡《わた》っているとは、何とも無様な話だ」

「いや、貴方の弟子に聞いた話なんだがな。《生命の剣》と《斬魔《ざんま》の剣》は教えて貰ったよ」

その言葉に、オークスは僅かに驚《おどろ》いたような表情を浮《う》かべる。どうやら、それは流石《さすが》に予想外であったらしい。まあ俺としても、件《くだん》の剣士《けんし》がこのような場所で隠居《いんきょ》していたとは露《つゆ》ほども考えていなかったが。

しかし、そうなると一応伝えておいた方がいいか。

「それからもう一つ。俺は、異邦人《いほうじん》としての恩恵《おんけい》で、《収奪の剣》も使うことができる」

「ッ……真か？」

「ああ。と言っても、まだまだ修行中の身だがね」

言いつつ、俺は《収奪の剣》を発動させ、適当に地面を打って霧散《むさん》させる。その様をじっと見つめたオークスはしばし沈黙《ちんもく》し——そして、嘆息《たんそく》を零《こぼ》していた。彼の眼の中には、こちらに対する敵意は見えない。あるのは、既《すで》に風化しかかった後悔《こうかい》だろう。

「……まあ、お前さんなら問題なかろう」

「いいのか？」

「見ていれば分かる。お前さんの剣は、自己制御《せいぎょ》に長《た》けた性質を持っている。お前さんすら狂うようであれば、ワシなど疾《と》うの昔に狂っておるわ」

思わず、苦笑する。これまでの打ち合いの間に、向こうもこちらの性質について読み取っていたようだ。まあ、彼ほどの剣士であれば、それは当然だろう。

そもそも久遠神通流の理念はかなり独特だ。直接打ち合っていれば、その特異性などすぐに気付けてしまうだろう。

「まあ、なんだ――弟子のことは、しっかり見てやることだな。どこで何を思《おも》い詰《つ》めているか、分からんもんだぞ？」

「貴方に言われると、流石に軽くは流せんな……心に留めておこう」

緋真《ひさな》の奴も、まだまだ多感な時期だからな。確かにオークスの言うように、何か思い悩《なや》むことがあるかもしれない。ゲームの中では少々放置気味であるし、多少は面倒《めんどう》を見てやるべきか。

小さく苦笑を零して、気を取り直す。師匠《ししょう》談義はここまでにするとしよう。今はただ、少しでも境地に至った剣を味わいたい。

「話し込んじまったな……そろそろ、終わりにしよう」

「くく……そうだな、ワシもそろそろ決着をつけたいと思っていた。あまり悠長《ゆうちょう》に話しているのも勿体《もったい》ないな」

互いに笑って――同時に、視線を細める。悔《くや》しいが、基本的な身体能力では大きな差があり、また剣の腕のみを見てもオークスには及《およ》んでいないだろう。

彼に剣を届かせるには不意を打つ他あるまいが、彼の驚異的《きょういてき》な直感がそれを阻《はば》んでいる。結局の所、今の俺に勝てる相手ではないが——それでも、まだ試《ため》すべき業《わざ》はある。

彼の弟子には通用したが、さて——

「——どうなるかな」

歩法・奥伝《おくでん》——■■・■■。

斬法、打法、歩法、それぞれに存在する頂点の業。奥義《おうぎ》、絶招——言い方は様々あれど、意味するものは変わらない。それは即《すなわ》ち、それぞれの流派の秘伝にして最奥《さいおう》、相対した敵を必ず打ち倒《たお》すための業——

「——ッ⁉」

オークスの表情に、これまでには無かった驚愕が走る。当然だろう、彼の目には、俺の姿は突然《とつぜん》消えたように映った筈だ。オークスの目が俺の姿を見失ったほんの一瞬。一秒にも満たぬ僅かな時間。その僅かな時間の間に放った抜き胴は——寸前で差し込まれた木剣によって、受け止められていた。

「ッ……恐ろしい技《わざ》を使うもんだな、お前さん」

「否定はしないが……これすらも通じなかったか」

嘆息し——俺は、剣を降ろして距離を離《はな》した。そんな俺の姿に、オークスは意外そうな表情を浮かべる。

「何だ、もういいのか？」

「ああ、あれを受け止められた時点で、俺の負けだ。これ以上は打つ手がない」

嘆息と共に、敗北を認める。悔しいが、現在の俺ではオークスに勝つことは難しい。

勝つ方法が全く無いとは言い難《がた》いが、偶然に頼《たよ》らねばならなくなる以上、俺の地力が足りていないという事実に変わりはない。であれば、更《さら》なる修行を積んだ上で、再戦する方がいいだろう。

『レベルが上昇しました。ステータスポイントを割《わ》り振《ふ》ってください』

『《刀》のスキルレベルが上昇しました』

しかし、負けてもレベルが上がるのか。己の未熟を突《つ》き付《つ》けられているかの如き感覚に、
俺は思わず苦笑を零していた。

第二十四章　剣聖との約束

「く、くく」

「何だ。随分《ずいぶん》と嬉《うれ》しそうだな、若いの」

「無論、嬉しいとも。本気で戦って負けた相手がいる。これほど嬉しいことはあるまい」

「ははは っ！　根っからの剣士だな、お前は」

今の道場の中には、俺が本気で戦わなければならないような相手はいない。あのクソジジイがいない以上、俺を凌駕《りょうが》するほどの剣士と戦う機会は得られなかった。

停滞《ていたい》を感じていたわけではないが――それでも、あのジジイを倒そうと積み重ねてきた年月よりは、遅々《ちち》とした歩みであっただろう。だからこそ、嬉しいのだ。戦って負けるということは、まだ目指すべき頂があるということ。

俺は未熟。その事実を再認識《さいにんしき》するからこそ、より強く前に進むことができるのだ。

「流石に、ステータスの差で負けるというのは少々不本意ではあるが……それも含《ふく》めて、この世界ということだろう。であれば、強くなってもう一度戦えばいいさ」

「成程《なるほど》、強くなってから戻《もど》ってくるつもりか」

「無論。貴方との戦いをこの一度きりにするなど、勿体ないにもほどがある」

境地にある剣をそのまま己に取り込むことは不可能だ。何しろ、それは久遠神通流《くどうじんつうりゅう》の理念とは異なる境地。取り込めば、己の剣を崩《くず》すことになるだろう。

だが、何も参考にならないというわけではない。より己を自然の中へと取り込ませる術理は、久遠神通流の理念にも通じるものだ。容易《たやす》いことではないだろうが、挑戦《ちょうせん》するだけの価値はあるはずだ。

「いい勉強になった。貴方とはまた立ち合いたい」

「ならば、もっと強くなってくることだな。次は三魔剣《まけん》も含めて相手をしてやろう」

「成程、それは恐《おそ》ろしいな」

俺が使っているのは、あくまでも三魔剣の原型となるスキルだ。それを昇華《しょうか》させた《練命剣》などのスキル――三魔剣の開祖こそ、このオークスという老人である。その練度はまず間違いなく高い。原型スキルを使っているだけの俺では太刀《たち》打ちできないだろう。純粋《すい》な剣の腕でも及んでいない以上、スキルで差がつけば敗北は必至だ。

そんな俺の内心を読み取ったのか、オークスはにやりと口元を笑みに歪めていた。

「先へと進みたいならば、《生命力操作》と《魔力《まりょく》操作》を極《きわ》めることだ」

「何？」

「そうすれば、ワシが三魔剣を授《さず》けてやろう」

「……随分とサービスがいいな。そこまで教えて良かったのか？」

「ワシの肝《きも》を冷やしてみせたことへの報酬《ほうしゅう》だ。ここに来る口実にもなろう」

その言葉に、俺は小さく苦笑する。どうやら、彼も俺との再戦を望んでくれているようだ。であれば、俺もその期待に応《こた》えねばなるまい。

次に訪ねる時には、《生命力操作》と《魔力操作》のレベルを上げていくとしよう。その決意を固め、俺はオークスに対して頭を下げる。

「……いい鍛錬になった。必ず、この場所に戻ってこよう」

「この老骨にはまたとない娯楽《ごらく》だ。楽しみにしている」

その言葉に小さく笑い、俺はルミナを呼び寄せて踵《きびす》を返す。地図を開き、目指す先は西の港町――そう考えた所で、俺は足を止めた。脳裏《のうり》に浮かんだのは、一つの懸念事項《けねんじこう》。これから先起こる、悪魔《あくま》の侵攻《しんこう》だ。

彼ならば、ただの悪魔程度に後《おく》れを取ることはないだろう。だが、この国の人間全てが、彼のように強いわけではないのだ。そこまで考え、俺は背を向けたままオークスへと声をかけた。

「一つ、頼《たの》みたいことがある」

「……ほう？　この老骨に、一体何を頼みたいと？」

「近く、悪魔による侵攻が起こる。この国を……いや、この世界全体を攻撃するために」

僅かに、息を呑《の》む音が耳に届く。やはり、この男にとっても、悪魔は不倶戴天《ふぐたいてん》の敵なのだろう。この男は、かつてこの国に仕えていた剣士だ。自らの力不足を嘆《なげ》いて隠居したと雖《いえど》も――国に対する想《おも》いは、変わらず抱いている筈だ。

「……ワシに何をさせようとしている、若造」

「俺が貴方に頼みたいのは、港町を守護して貰うことだ」

「王都ではなくか？」

「ああ。王都は俺たちが死守する。寄ってくる悪魔は、この俺が悉《ことごと》く斬《き》って捨《す》てる」

これは決意であり、宣誓《せんせい》だ。久遠神通流の神髄《しんずい》を以って、相対する悪魔を斬り捨てる。

心の底から殺意を持って戦うのは久しぶりだ。あのクソジジイに放《ほう》り込まれた戦場で、並びながら『敵』をひたすら斬り捨てていた、あの時と同じ感覚。

明確な理由はないが、俺は本能的に、あの悪魔たちに強い敵意を抱いていた。自覚はしたが、それに逆らうつもりもない。俺は俺自身の殺意で、悪魔を殺す。

「故に、後顧《こうこ》の憂《うれ》いを断ってほしい――それが、俺の願いだ」

「……そうか」

小さく、笑う声が耳に届く。それは苦笑するような声音《こわね》で——次の瞬間、オークスの剣《けん》気《き》は爆発的《ばくはつてき》に膨《ふく》れ上《あ》がっていた。背筋が粟立《あわだ》つような感覚の中、鉄の如き響《ひび》きを持って、老いた剣士の決意が発せられる。

「いいだろう。西の悪魔はワシに任せておくがいい——一匹《ぴき》たりとも逃《のが》しはせぬ」

「……感謝する」

「何、ワシにも思惑《おもわく》あってのことだ。お前は存分に、仇敵《きゅうてき》を斬ってくれれば良い」

オークスの声の中には、確かな憎悪《ぞうお》が感じ取れる。それが果たしてどのような由来であるのかは、俺には分からない。けれど、その怒《いか》りが本物である以上、彼が約束を違《たが》えることはないだろう。

「——王都のことを、陛下のことを、任せるぞ」

「必ずや、期待に応えてみせよう」

その言葉に、互いの決意を交《か》わして——俺は、剣聖の住まう小屋を後にした。

＊　＊　＊　＊　＊

『剣聖の小屋』を出て、しばし北西へと進む。マップは常に表示したまま、港町へとまっすぐ進む方向だ。出てくる魔物《まもの》は相も変わらずトカゲばかりであったが、その様相は若干《じやつかん》ながら変化していた。

「《生命の剣》」

「シャアアアッ」

少し湿気《しつけ》を感じる森の中、木々の間を縫《ぬ》うようにして接近してきたのは、二足歩行で駆《か》けよってくるトカゲ。だが、その姿はカバーリザードとは違い、手足も長く、人に近い形をしている。更には簡単な武器や防具を装備しており、それを器用に操《あやつ》っていた。

■リザードマン

種別：魔物

レベル：16

状態：正常

属性：なし

戦闘位置：地上・水中

見た目通りのトカゲ人間《リザードマン》。曲刀を装備し、こちらへと斬りかかってくる二体の魔物に対して、俺は僅かに片方へと踏《ふ》み出すふりを見せながら、もう片方の相手へと肉薄した。

単純なフェイントであるが、その僅かな揺らぎに視線を動かしたことは確認《かくにん》している。相手の予想とは異なる方向へと移動しながら放った剣閃は、こちらに接近してきていた二体の内の一体の首を確実に斬り落としていた。鱗《うろこ》があって少々硬《かた》いが、《生命の剣》があれば十分に斬ることが可能だ。

「――――ッ！」

「シャアッ!?」

もう一体のリザードマンからは、俺の姿が揺らいだかと思ったら、突然相方の目の前にいたように見えたことだろう。そんな動揺に身を硬直《こうちょく》させたリザードマンへ、空中からルミナの魔法《まほう》が降り注ぐ。次々と放たれる光の矢は、リザードマンの持つ緑の鱗も貫《つらぬ》き、確実にダメージを与《あた》えていた。

当然ながらその動きは止まり――そこに、俺の放った刃《やいば》がリザードマンの喉《のど》を貫いていた。《死点撃ち》の効果があるため、弱点部位へのダメージは高い。それでも一撃《いちげき》で殺し切れはしなかったが、刃を捻《ひね》ってやればリザードマンのHPは消滅《しょうめつ》していた。

『《死点撃ち》のスキルレベルが上昇《じょうしょう》しました』

『《生命の剣》のスキルレベルが上昇しました』

『《テイム》のスキルレベルが上昇しました』

『テイムモンスター《ルミナ》のレベルが上昇しました』

「ふむ……中々面白《おもしろ》い相手だったな」

個々の実力はそうでもないのだが、リザードマンたちは息の合った連携《れんけい》でこちらを攻撃してくる。恐らくは集団戦を得意としている魔物なのだろう。この連携力で対応されると、中々難しい戦いを強《し》いられることになる。

何だかんだで、数の力というものは強力だ。今回は二体だったから大したことはなかったが、これが五体になったらそこそこ苦戦することになるかもしれない。まあ、対集団は久遠神通流の得意分野ではあるし、どうとでもなるとは思うが。

と――その時、耳に届いた音声に、俺は思わず目を見開いていた。

『テイムモンスター《ルミナ》がレベル上限に達しました。《フェアリー》の種族進化に、特殊《とくしゅ》条件が発生しています』

『《フェアリー》の種族進化クエスト、《妖精郷《ティル・ナ・ノグ》への誘い》の開始条件を達成しました。特定エリアにおいてクエストの参加が可能です』

「……何だと？」

唐突《とうとつ》に、畳《たた》み掛《か》けるように伝えられた新たな情報に、しばし呆然《ぼうぜん》と硬直する。

今聞いた話を鵜呑《うの》みにするならば――ルミナは今のレベルアップで成長上限に達していて、種族進化とやらが可能になったと。しかしフェアリーを種族進化させる場合、何かしらのクエストをこなす必要がある、ということになるのだろうか。

正直なところ、よく分からんとしか言いようがない。だが、成長上限と言われている以上、今のまま戦ってもルミナは強くなれないのだろう。であれば、このクエストはさっさと達成せねばなるまい。そう判断して、俺はルミナに問いかけた。

「……ルミナ、お前進化できるらしいんだが、どこに行けば進化できるんだ？」

「――――？　……！」

俺の言葉に首を傾《かし》げたルミナは、しばしの間悩んだような表情でその場を飛び回り――ふと気づいたように顔を上げると、ある方向を指さしていた。地図でその方角を確認してみれば、どうやら方角自体は今の目的地、つまり港町の方向と一緒《いっしょ》になるようだ。となれば、とりあえずは今の目標通り、港町を目指せばいいということだろう。

「とりあえず目的地が変わらずに済んだのは運が良かったが……進化って、どうなるんだろうな？」

「――――？」

俺の疑問がよく分かっていないのか、ルミナはあっけらかんとした表情で首を傾げている。まあ、本人が気にしていないのであれば、俺がどうこう言うような話でもないか。

何にせよ、強くなるというのであれば大歓迎《だいかんげい》だ。やれることの幅《はば》が広がれば、その分可能性も広がるだろう。ひょっとしたら刀を振れるようになる可能性もある。その辺は、進化のイベントとやらに期待だろう。

（しかし、妖精郷《テイル・ナ・ノグ》ねぇ……）

名前の通りであれば、妖精たちの住まう領域か何かだろう。フェアリーであるルミナにすれば、ホームグラウンドとも言えるような場所の筈《はず》だ。

だが、基本的に妖精たちは人間には――特に大人には不可視の存在だ。そんな場所を簡単に発見できるのか、という不安はどうしても残る。クエストのこともあるし、今はあまり時間的余裕があるわけではない。手早く発見したいところなのだが。

（そもそも、クエスト名だけじゃ何をするのかもよく分からん。妖精郷《テイル・ナ・ノグ》とやらに辿《たど》り着《つ》いて、それで終わりなのか？　それとも、何かしらの試練でも課せられるのか？）

もしも試練を突破《とっぱ》する必要があるというのなら、中々面倒な話ではある。何しろ、場所が場所だ。妖精たちばかりがいるような場所なのだろう。悪戯《いたずら》好きな妖精たちが、果たして何を仕《し》掛《か》けてくることやら。もしも戦闘があれば、相手はほぼ確実に魔法系。対処できないわけではないが、戦士を相手にするよりも面白みに欠けるのは否定できない。

……まあ、今からあれこれ考えても、判断できる情報もないのだ。油断はしないが、気にし過ぎないようにするとしよう。

「何はともあれ、まずは港町か。成長できないんじゃ経験値も勿体《もったい》ないしな。さっさと向かうとしようか」

「――――！」

俺の言葉を聞いたルミナは、楽しみで仕方がないと言わんばかりに勢いよく飛びまわる。

さて、進化したらこのちびっ子がどう変化することやら。不安と共に期待も抱《いだ》きつつ、俺は港町へと向かって足を進めていったのだった。

第二十五章　妖精郷へ

港町フィーライア。アルファシア王国最大の港町であり、漁港と軍港の両方を兼《か》ね備《そな》えた大規模な港となっている。当然ながら人の出入りも多く、そんじょそこらの漁港にはない規模の人々が行き来していた。

とはいえ、いるのは全《すべ》て現地人だ。まだプレイヤーはこの町までは辿り着いていないらしい。他のプレイヤーたちは現状どのように動いているのか……まあ、緋真《ひさな》やエレノア辺りに聞けば分かるだろうが。俺は到着《とうちゃく》後少し腹が減っていたこともあり、浜焼《はまや》き屋台のテラス席で、購入《こうにゅう》した魚や貝、エビなどを平らげていた。

「流石は本場、新鮮《しんせん》だと違《ちが》うな」

あまり旅行に行ったこともないし、こういったその場で食べるような経験はない。まあ、海外に行った経験そのものはあるのだが、あれは旅行ではなかったしな。

ゲームの中というのは少々残念ではあるが、それでも疑似的《ぎじてき》な旅行を楽しめるのは大きなメリットだと言える。食べ物についても現実世界とまるで遜色《そんしょく》ないからな。しかも、こちらではいくら食べても現実での体作りを気にする必要がない。その点だけでも、このゲームを始めた甲斐《かい》があったというものだろう。

胸中で緋真への感謝を捧《ささ》げつつ、浜焼きを片付けた俺は皿を店員へと渡して街の中を歩きだす。ちなみに、ルミナは海産物にはあまり興味が無いらしい。ルミナの主食はフルーツ類であり、肉や魚は食べようとしないのだ。これは好《す》き嫌《きら》い云々《うんぬん》というより、そういう生態なのだろう。

(勿体ないことだな。進化したら食えるようにならんかね)

食事を楽しめる幅が狭《せま》いというのは、人生の損失だと言っていい。この世界を旅することができるなら、もっと色々な物を食べられるようになった方が楽しいだろう。

まあ、進化の方向がどうなるかなど、俺にはまるで想像もつかないことであるのだが。

「んで、ルミナ。方向はこっちで合ってるのか？」

「────！」

俺の問いかけに対し、自信満々に頷《うなず》いたルミナは、変わらずに方角を指さし続ける。方角だけを見ると、港から少し離れた辺りの位置を示しているようだが……流石に海まで行かれると困る。今の俺には海に出る手段はないし、漁船を借りることができるのかどうかも不明だ。できれば海には出ないでほしいと胸中で祈《いの》りつつ、俺は港へと続く道を進む。

相変わらず人気の多い町並みではある、が――

（……兵士たちの様子が慌《あわ》ただしいな）

町の片隅《かたすみ》では、慌ただしく走り回っている兵士たちの姿が見て取れる。彼《かれ》らの表情は一様に深刻だ。かなり重要な案件で急いでいるのは間違いないだろう。

まあ、心当たりは一つしかないわけだが。

（悪魔共の話が伝わってきているか。さすがに、対処しないわけにはいかんだろうしな）

この町は軍港も兼ねている。当然、それに合わせて国の兵力もそれなりの数が割り振られているようだ。防衛に際する戦力という観点においては、ファウスカッツェやリブルムよりも安心できるだろう。

だが、この町にはそれ以上に、町の規模に比して多くの民間人が住んでいる。兵力が集まっていると言っても、民間人全てを護《まも》り切るには手が足りないだろう。どのようにして民間人を護るのか、その方法を考える必要がある筈だ。

「……まあ、あの爺《じい》さんもいるし、民間人さえ何とかできればどうにかなるだろ」

「――――？」

「いや、何でもない。先を急ぐとするか」

首を傾げるルミナに苦笑を返しつつ、先へと進む。すっかり港も近くなり、潮の香《かお》りと魚の生臭《なまぐさ》い匂《にお》いが混じり合う水揚《みずあ》げ場の近くまで足を進める。と――その時、ルミナがきょろきょろと周りを見回し、しばらく悩んだ後、再びある方向へとその指先を向けた。

ただし、先ほどとは若干異なる方向だ。これは――

「ひょっとして、目的地が近いのか？」

「――――！」

俺の問いに、ルミナは首肯《しゅこう》する。どうやら、妖精郷《テイル・ナ・ノグ》とやらは随分と近づいてきていたらしい。それにこの方向ならば、海に突っ込むこともなく済みそうだ。

ひとまず安心して、ルミナの示す方向へと再び進み始める。どうやら、漁港の横合いにある岬《みさき》の方向を示しているらしい。

「ほう……あれか？」

じっと目を凝《こ》らせば、ルミナの示す岬の先に、石造りの小さな建物が見えた。どうやら、あれが目的地であるらしい。妖精らしさとは結びつかない寂《さび》れた建物であるが……まあ、ルミナが言っているのなら間違いはないだろう。

周囲に人影《ひとかげ》はない。それでも一応は警戒《けいかい》しながらゆっくりと接近していく。ある程度距《きょ》離《り》が近づいてくれば、その建物の全容も把握《はあく》できるようになった。

「これは……祠《ほこら》、か」

それは、白い石造りの小さな祠だ。扉《とびら》は閉じていて、中に何があるのかは分からないが、茶色い岸壁《がんぺき》の上にあるせいか少々場違《ばちが》いなようにも思えてしまう。

だが、まるで人気《ひとけ》のない神社を前にしたかのようなこの感覚。ここが神聖な場所であることは、この気配だけで理解できた。しかし――

「……入っていいのか？」

ルミナが指さしているのは、確かにこの建物だ。扉には鍵穴《かぎあな》らしきものはないし、別段閉まっているわけではないだろう。だが、ここに許可なく入っていいのかどうかが分からなかったのだ。まあ、ここを誰《だれ》かが管理しているのかどうかも分からないわけだが――とりあえず、開いているのかどうかぐらいは確認しておいてもいいだろう。

そう考えて、扉に手をかけた――その、刹那《せつな》。

「――ッ!?」

覚えた違和感《いわかん》に、俺は反射的に後方へと跳躍《ちょうやく》し――着地するよりも先に、扉から漏《も》れ出《で》た光が俺の周囲を白く塗《ぬ》り潰《つぶ》していた。その眩《まばゆ》い光に咄嗟《とっさ》に目を庇《かば》いながら着地して、俺は違和感に気づく。足元が、硬い岩場の地面ではなくなっていたのだ。周囲の匂いも、潮の香りから深い木々の匂いへと変化し、潮騒《しおさい》の音は木々のざわめきへと入《い》れ替《か》わる。

『種族進化クエスト《妖精郷《テイル・ナ・ノグ》への誘《いざな》い》を開始します』

——周囲は、いつの間にか木々の生《お》い茂《しげ》る森へと変化していた。木の種類は分からない。見たこともないような大木ばかりだ。しかも、その周りには色とりどりの淡《あわ》い光が揺れている。空を見上げれば、青空ではあるのだが、薄《うつす》らと虹色《にじいろ》の光に包まれて景色が歪《ゆが》んでいるようにも見えた。見たこともないような、幻想的《げんそうてき》な風景。俺は、アナウンス音声をかけられたことにも気付かず、茫然《ぼうぜん》と周囲の景色を眺《なが》めていた。

と——

「————っ！」

「あ、おい、ルミナ⁉」

歓声《かんせい》を上げるかのように顔を輝《かがや》かせたルミナが、俺の傍《そば》から飛び立って森の奥《おく》へと進んでいく。慌ててその背中を追いかけると、巨木《きょぼく》の森はすぐに途絶《とだ》え——目の前には、澄《す》んだ湖が広がっていた。水底が見えるほどの澄んだ湖。その岸の前で立ち止まったルミナは、俺を手招きするようにしながら湖の中心を指差す。だが、その導きが無くても、俺はとっくの昔にその先を見つめていた。

何故《なぜ》なら——そこには、湖の中央の島に建つ、白亜《はくあ》の城の存在があったからだ。

「……あそこが、目的地なのか？」

「————♪」

幻想的な空間に存在する、御伽話《おとぎばなし》の城。

一体俺はいつ絵本の中に迷い込んだのかと、思わず苦笑を零《こぼ》してしまっていた。そこまできて、ようやっと冷静さが戻り、俺は一度嘆息して呼吸を整える。

あまりにも予想外の事態の連続に、思わず動揺《どうよう》してしまっていたようだ。

「ふぅ……さて、あそこが目的地なら、何とか湖を渡らにゃならんな。しかし、船なんぞ無いだろうし」

この空間の中では、人工物らしい人工物はあの城しか見当たらない。これでは船を探しても見つかる可能性は低いだろう。泳いでいくことは可能だろうが、流石に何が住んでいるかも分からない水の中を進むことは避《さ》けたい。

どうしたものかと眉根を寄せた、その瞬間。

『――案ずることはありません、人の子よ』

「っ⁉」

唐突に声が響くと同時、俺の目の前の湖面に変化が生じる。突如《とつじょ》として、水中から何かがせり上がってきたのだ。水を持ち上げながら姿を現したのは――巨大《きょだい》な、蓮《はす》の葉だった。ただし、直径は5メートル近くあり、それが自然界に存在するものではないことが容易に知れる。

『貴方《あなた》を我《わ》が城に招き入れましょう。おいでなさい』

「……承知した」

声をかけてきたのは、どうやらあの城の主とやらであるらしい。それが何者なのかは知らないが、どうにも人知の及ばぬ怪物《かいぶつ》に近い存在であるようだ。一瞬罠《いっしゅんわな》の可能性も考えたが、警戒したところでできることは何もない。

油断はしないようにしながらも、俺《おれ》はひょいと蓮の葉の上に跳《と》び乗《の》った。

「お？　おお……意外と安定感あるな」

もっと揺《ゆ》れたり足が沈《しず》んだりするかと思ったのだが、蓮の葉は足に柔《やわ》らかい感触《かんしょく》を伝えるだけで、意外としっかりした足場となっていた。俺が蓮の葉の中心に立ち、ルミナが俺の肩《かた》の上に座《すわ》ると、蓮の葉は独りでに移動を開始する。これはまた、随分とメルヘンチックな移動方法だ。俺には似合わないだろうと苦笑していると、ふと周囲から視線を感じた。

もしや声の主かとその視線の方を確認して――俺は、思わず笑《え》みを零す。

「ほらルミナ、お仲間だぞ？」

「――――！」

俺の示した方向を見上げて、ルミナが楽しそうに腕《うで》を振り上げる。その先には、何匹《なんびき》もの妖精が空を飛んでいる姿があったのだ。

妖精たちは、蓮の葉に乗っている俺たちの姿を見つめ、何やら遠巻きに話し合っているらしい。しばしそうして話し合っていたかと思えば、妖精たちは意を決したようにこちらへと飛んできて、俺たちの周りを回転し始める。どうやら、俺たちのことを観察しているようだ。

「――」

「――？」

「――！」

「――っ」

「――⁉」

まあ、相変わらず妖精たちの声は聞こえないのだが、特に敵意らしいものは感じられない。それどころか、だんだんと楽しそうな笑《え》みを浮かべ始め、俺のことをぺたぺたと触《さわ》っては逃《に》げるように距離を置くという遊びを繰《く》り返《かえ》していた。どちらかというと俺で遊んでいるような様子ではあったが、まあ別に攻撃《こうげき》を受けているわけでもないし、構わないが。

そんな妖精たちの様子を眺めているうちに、白亜の城は徐々《じょじょ》に近づき――俺たちが島に到着すると同時に、妖精たちは飛び去っていった。空中で振り返って手を振っている様子に苦笑し、ルミナ共々手を振《ふ》り返しながら、俺たちは城のある島へと上陸する。

「到着だな。妖精たちの城、ってわけか」

「────？」

「ああ、さっきの声の主の顔を拝みに行くとしよう」

首を傾げるルミナに頷き、俺は門の開け放たれた城の中へと足を踏み入れる。

城の中はあまり豪奢《ごうしゃ》というわけではないのだが、所々が蔦《つた》に覆《おお》われており、不思議な雰《ふん》囲気《いき》を醸《かも》し出《だ》していた。生き物の姿は見かけないのだが、気配だけはそこらじゅうに存在している。どうやら、妖精たちが姿を隠《かく》しているようだ。

だがまあ、敵対的な気配は感じないし、放っておいても問題はないだろう。そう判断して、俺は城の中をまっすぐ直進する。あの声の主が俺の想像した通りの存在であれば、真正面で堂々と待ち構えていることだろう。

「……この先か」

一際《ひときわ》大きな気配が、徐々に近づいてきている。予想通り、門から入って真正面。迷うことなく辿り着ける、玉座の間。ステンドグラスから入り込む色とりどりの光に照らされた空間は、中央の道以外が植物に覆われ、色とりどりの花が咲《さ》き誇《ほこ》っていた。

そして、その最奥にある石段の上、巨大な蓮の花の上に座るのは、黄金の髪《かみ》を流した一人の少女。透《す》き通《とお》る湖のような蒼《あお》い瞳《ひとみ》を細め、形のいい唇《くちびる》に笑みを浮かべた彼女《かのじょ》は、楽しそうに声をあげていた。

「ようこそ、我ら妖精の友よ。わたくしは妖精女王《フェアリークイーン》タイタニア。この妖精郷《テイル・ナ・ノグ》を統《す》べる者です」

妖精たちの女王、タイタニア。そう名乗った少女ほどの大きさの妖精は、驚《おどろ》き目を見開く俺の姿を見つめて、楽しそうに顔を綻《ほころ》ばせていた。

第二十六章　進化の試練

妖精女王《フェアリークイーン》タイタニア――他の妖精たちとは一線を画する、人間に近い姿をした妖精。背中には他の妖精たちと同じように羽が生えているのだが、それ以外の要素についてはほぼ人間と変わらない。僅《わず》かに、森人族《エルフ》と同じように耳が尖《とが》っている、といった程度か。

羽と耳さえ除いてしまえば、見た目は十代半ばほどの少女のような見た目をしている。他の妖精たちが人形のような大きさであることを考えれば、それがどれほど特異なことであるかは想像がつく。その大層な肩書《かたがき》は、決して伊達《だて》であるとは思えなかった。

「お招きいただき感謝する――と言った方がいいかな?」

「ふふ。確かに貴方をこの城に招き入れたのはわたくしですが……この妖精郷《テイル・ナ・ノグ》に招き入れたのは、他でもないその子ですよ」

そう言ってタイタニアが示したのは、俺の傍《かたわ》らで飛んでいるルミナだった。元気印のこのちびっ子も、流石《さすが》に女王を前にしてまで遊んでいられないのか、神妙《しんみょう》な表情で大人しくしている。

「ルミナが俺をここに？　まあ確かに、あの祠まで案内してくれたのはこいつだったが」

「ええ。随分と気に入られたようですね、人の子よ。わたくしとしても、その子を大切にしていただけるのは嬉しいことです」

「……監視《かんし》でもしていたのか？」

妖精たちの女王、となれば配下もそれなりにいるだろう。気配が希薄《きはく》な妖精たちの監視となると、流石に俺でも気付けるかどうか難しい所だ。しかし、そんな俺の疑念に対し、タイタニアはくすくすと笑いながら首を横に振っていた。

「いいえ、その子が貴方を招き入れた、それだけで分かりますとも」

「何故だ？　妖精が進化するには、この領域に足を踏み入れる必要があるんだろう？」

「それは正解でもあるし、間違《まちが》いでもあります。フェアリーの進化には、必ずしもここに来る必要はないのですよ」

その言葉に、俺は眉根《まゆね》を寄せた。

システムメッセージでは、確かに進化にはこのクエストをこなす必要があると記載《きさい》されていたのだ。この場所以外でも進化ができるのであれば、あの表示は何だったというのか。

そんな俺の疑問を読み取ったのだろう。薄《うす》く笑みを浮《う》かべたタイタニアは話を続けていた。

「フェアリーの順当な進化は、おおよそハイフェアリーとなります。そういった進化であれば、この場所に来る必要はないのです。しかし、その子は――ルミナは、異なる進化を望んだ」

「異なる、進化だと？」

「ええ。通常の進化と比べて、優劣《ゆうれつ》があるというわけではありません。しかし、通常とは異なる可能性を提示することができる。貴方の役に立ちたいからこそ、ルミナはその可能性を望んだのです」

　タイタニアの話を聞き、俺はちらりとルミナの方へ視線を向ける。この小さな妖精は、女王の言葉を聞きながら、真《ま》っ直《す》ぐと視線を逸《そ》らさずに彼女のことを見つめ続けていた。普段《ふだん》の幼さを感じ取れない、覚悟《かくご》の込められた視線。それを理解して、俺は口元に小さく笑みを浮かべる。成程、女王陛下のお言葉は、確かに事実であったようだ。

「……承知した。ルミナが望むのであれば、それでいいだろう。だが、どのような進化があるんだ？」

「一つは、妖精種としての異なる成長です。フェアリーは攻撃魔法《こうげきまほう》に特化していますが、他に補助や生産活動に特化した妖精もいます」

　成程、と小さく頷く。より補助系に特化した方向へと進化するということか。恐らく、家事の手伝いをすると言われるような妖精たちのことを言っているのだろう。確か、シルキーとか、ブラウニーとか、そんな感じの名前だったか。

だが、ルミナがこれを望むとは思えない。並々ならぬ熱意で剣を振《ふ》ろうとしていたルミナが、後ろに下がるような選択肢《せんたくし》を選ぶとは思えなかった。当のルミナ本人も首を横に振っているし、これは望む方向性とは異なるのだろう。タイタニアもそれを理解しているのか、苦笑《くしょう》と共にもう一つの選択肢を提示してきた。

「そしてもう一つですが……精霊種《せいれいしゅ》へと進化することです」

「精霊？　妖精ではなく、か？」

「ええ。我々妖精種は、広義的には精霊種の一種族です。ですから、精霊への進化も一応は可能なのですよ」

「一応というと？」

「精霊種になるということは、妖精種の己《おのれ》と立場を捨てるということです。当然、わたくしの庇護《ひご》下からも外れることになります。これまでの全てを捨てて精霊になる者は、殆《ほとん》どおりません」

確かに、ルミナには《妖精女王の眷族《けんぞく》》という称号《しょうごう》があった。今までは、この妖精女王に護られる立場だったということだろう。だが、精霊種になれば、その立場を失う。妖精ではなくなるのだから、それは仕方のないことかもしれないが——今までの全てを捨て去ることは、紛《まぎ》れもない恐怖《きょうふ》があるはずだ。しかし――

「……ルミナ」

「やはり貴方は、それを望むのですね」

進化しようとする当の本人は、タイタニアの言葉に対し、真っ直ぐと彼女を見上げながら頷いていた。ステンドグラスから差し込む光に照らされ、ちらちらと舞《ま》う燐光《りんこう》を身に纏《まと》う妖精は、己をこれまで守護してきた女王の瞳を、視線を逸らすことなく見つめていたのだ。その視線に込められているのは、揺らぐことのない感謝と敬愛――そして、一人立ちしようとする決意と覚悟であった。

タイタニアはその視線を受けて、寂しげに――同時に、嬉《うれ》しそうに笑う。

「貴方の決意を祝福しましょう、ルミナ。しかし、精霊への進化は容易《たやす》いことではありません」

「何か条件があるのか？」

「精霊となるためには、精霊王様に眷族として認められる必要があります。そのためには、精霊王様の試練を受ける必要があるのです」

「試練、ね」

まあ、そういったパターンがあることは想定していたし、驚くことではない。問題は、それがどのような試練であるかということだ。ルミナはレベル上限であるし、クリアできない難易度ということはないだろう。だが、ルミナだけに試練を受けさせることには不安がある。

「その試練とやらは、俺も一緒に受けることは可能なのか？」

「ええ。試《ため》されるのはルミナ自身の答えです。ルミナが貴方と共に在ることを願った以上、その答えは貴方の傍にありましょう」

「承知した。ルミナ、そういうことだ……構わないな？」

「────！」

俺の言葉に、ルミナは力強く頷いて答える。相変わらず、元気なようで何よりだ。特に気負いすぎている様子もないし、いつも通りに動けるだろう。そんな俺たちの姿に、タイタニアはくすくすと小さく笑い、前方へと向けてその腕を振るった。瞬間《しゅんかん》、彼女の手より放たれた光が俺たちの前で収束し──そこに、古めかしい扉が出現する。

「そこに入れば、試練が開始されます。どうか、ご武運を」

その言葉を聞いて目礼し、俺たちは扉の方へと視線を戻《もど》す。ルミナの方は──どうやら、とっくの昔に覚悟はできているらしい。その思い切りの良さは誰譲《だれゆず》りなのか、と苦笑を零《こぼ》しつつも、俺は扉の取っ手に手をかけた。逡巡《しゅんじゅん》はなく、俺たちは勢い良く扉を押《お》し開《あ》けて、その内部へと足を踏み入れる。その先は――遥《はる》か彼方《かなた》まで、黒く染まった謎《なぞ》の空間だった。

「これは……っ⁉」

「――⁉」

光源など見えないのに、何故か周囲の状況《じょうきょう》を把握できる黒い空間。その不可思議な光景に目を取られた瞬間、背後でバタンと大きな音が響いていた。どうやら、入ってきた扉が独りでに閉まったようだ。振り返った時にはすでに扉の姿はなく、黒い空間に溶《と》けてしまったかのように消《き》え失《う》せている。どうやら、後戻《あともど》りはできないようだ――尤《もっと》も、そんなことをするつもりもないが。

再び視線を前方へと戻し、太刀《たち》の鯉口《こいぐち》を切りながらも思案する。果たして、ここで何が起こるのか――そう考えた、刹那。

『――幼子よ、望む姿を示せ』

唐突に響いた声に、俺は背筋が粟立つ感覚を覚えた。発生源の分からない、男性の声。低く響くその声は、思わず頭《こうべ》を垂れそうになるほどの重圧が込められていた。

それは正しく王の言葉。それが精霊王とやらの声であると、俺は直感的に確信した。そしてその直後、黒い空間に変化が現れる。俺たちの前方に、白く揺らめく人影が出現したのだ。

■スプライト
種別：精霊
レベル：20
状態：正常
属性：なし
戦闘《せんとう》位置：空中

見た目は、白いワンピースを纏った女性のようにも見受けられる。だが、その手足の先は半透明《はんとうめい》で、揺れるスカートの裾《すそ》も空気に溶けるように薄らいでいる。その幻想的な姿は、確かに精霊と呼ぶに相応《ふさわ》しいものだろう。

それを前にして、俺とルミナは確かに笑みを浮かべていた。

「さあ、行くぞルミナ！」

「────っ！」

太刀を抜《ぬ》き放ち、地を蹴《け》る。それと同時に、スプライトはその半透明な腕を上げ、こちらへと向けてきた。彼女の掌《てのひら》に現れるのは、ルミナのものよりも眩く輝く光の球──

「《斬魔《ざんま》の剣《つるぎ》》！」

放たれた光の球を、《斬魔の剣》で斬《き》り裂《さ》いて消滅させる。

結構な速度だ。魔法の腕に関しては、ルミナよりも上なのだろう。スプライトは床《ゆか》の上を滑《すべ》るように後方へと移動しながら、こちらへ向けて次々と魔法を放っていた。

《斬魔の剣》があるし、相手の魔法も反応しきれないようなレベルではない。おかげで致《ち》命的《めいてき》なダメージは負っていないが、中々距離も詰《つ》められない。そんな俺の横から回り込むようにしてスプライトへと接近していったのは、全身に光を纏って突撃《とつげき》するルミナだった。

（あいつ、いつもとは動きが違う――いや、それがあいつの示したい姿か）

であれば、あいつのやりたいようにやらせてやるべきだ。スプライトは左手を持ち上げ、俺にやっているのと同じようにルミナへと向けて光弾《こうだん》を放つ。的が小さいためかひょいひょいと回避《かいひ》できてはいるが、それでも俺と同じように距離を詰め切《き》れないでいるようだ。

これはルミナのための試練――であるならば、ルミナのやりたいようにやらせてやるべきだろう。小さく笑みを浮かべ、俺は意識を集中させる。その先鋭化《せんえいか》した感覚の中、俺は一歩前へと踏み出した。

「《斬魔の剣》……《斬魔の剣》ッ！」

「――――っ⁉」

スプライトは驚いた様子で、こちらの方へと意識を向けてくる。それでもルミナに対する攻撃を完全に止《と》めたわけではないのは大したものだが、それでも幾分《いくぶん》か注意力は散漫《さんまん》になっている。今ならば、ルミナは接近できるだろう、そんな俺の期待通り、纏った光を盾《たて》に変えたルミナは、そのままスプライトへと向かって突撃していた。

スプライトは散発的に魔法を放つが、ルミナは光の盾で攻撃を逸らしながら肉薄《にくはく》し――爆発《ばくはつ》する強烈《きょうれつ》な光を放つ。その光に押されてスプライトは体勢を崩《くず》し、こちらに対する攻撃魔法が途切《とぎ》れる。

歩法――縮地《しゅくち》。

その刹那、俺はスプライトに肉薄した。脇構《わきがま》えから放つ一閃《いっせん》は抜《ぬ》き胴《どう》。その半透明の体を斬り裂けば、水でも斬りつけたような不思議な感触を手に伝えていた。独特な感触であったが、とりあえずダメージは与《あた》えられているらしい。

ダメージを受けたことで完全にこちらへ注意が向いたのか、スプライトはその手をこちらへと向ける。あまり痛痒《つうよう》を受けた様子は見られないが、斬った脇腹《わきばら》からは光の粒子《りゅうし》が散っている。一応、ダメージは受けているらしい。

スプライトは、こちらへと両手を広げ、その間に眩い光芒《こうぼう》を発現させる。そこから放たれるのは、太い光の砲撃《ほうげき》だ。

「――《斬魔の剣》」

黒い空間を斬り裂くように迫《せま》る光の砲撃。直撃《ちょくげき》すれば、為《な》す術《すべ》なく吹《ふ》き飛《と》ばされることだろう。とはいえ、来ると分かっている攻撃の対処などさして難しくもない。迫る砲撃は、《斬魔の剣》を使って真っ二つに斬り裂いた。

そんな俺の視界に、スプライトのものとは異なる、眩い光が目に入る。その姿に、俺はにやりと笑みを浮かべた。

「やっちまえ、ルミナ」

スプライトの後方上空、宙に浮かんだルミナは、その手に光を束ねて構えていた。普段の球状とは異なり、細く長く、真っ直ぐと伸《の》びる白い光。ルミナの身長を遥かに超《こ》えるその長さは――紛れもなく、俺が普段使っている太刀と同じ長さだった。

束ねた光を構えたルミナは、まるで飛び降りるかのようにスプライトの頭上へと向けて突撃する。それに合わせて、魔法を斬り裂いた俺はスプライトの前へと踏《ふ》み出した。切っ先を揺らし、視線を集めるようにしながら構え――

「――――ッ!!」

――こちらに意識を向けていたスプライトの頭に、ルミナの作った光の太刀が、狙《ねら》い違《たが》わず突《つ》き刺《さ》さっていた。

第二十七章　精霊の旅立ち

ルミナが振り下《お》ろした光の太刀。迷いなく振り降ろされたそれは、狙い違わずスプライトの脳天へと突き刺さり——その胸の半ばにまで、刃《やいば》を食いこませていた。

普通《ふつう》はルミナの膂力《りよりよく》で兜《かぶと》割りなど無理だろうが、相手は人間とは身体構造の異なるスプライト。そして、ルミナが使ったのはそもそも刃物《はもの》ですらない光の魔法だ。叩《たた》きつけられた光の太刀も、相手を斬り裂くような効果はなく、その刃が通り抜けた場所を焼くようにしてダメージを与えている。普段の魔法とは異なるし、それほど大きなダメージにはなるまい。そう考えて刃を構える。が——その直後、スプライトの姿は霧散《むさん》して消え去った。

『レベルが上昇《じようしよう》しました。ステータスポイントを割《わ》り振ってください』

『《刀》のスキルレベルが上昇しました』

『《斬魔の剣》のスキルレベルが上昇しました』

『《テイム》のスキルレベルが上昇しました』

どうやら、戦闘は終了《しゆうりよう》らしい。小さく嘆息《たんそく》して刃を降ろして——再び、前方にスプライトが出現した。ルミナ共々、咄嗟《とっさ》に刃を構えるが、直後に違和感に気づく。先ほどと容姿の変わらぬスプライトからは、しかし先ほどのような戦意を感じ取ることができなかったのだ。どうやら、これ以上は戦闘の意思がないらしい。先ほどインフォもあったことだし、試練は終了ということだろうか。

その疑問は、響《ひび》き渡《わた》った男の声によって解消されていた。

『――その望み、しかと見届けた。道筋を示そう、新たなる精霊よ』

先ほども聞こえた、精霊王と思わしき声。それと同時に、この黒い空間を照らすように、青白い光の球が空から舞い降《お》りてきた。ふわふわと舞うその光は、ルミナの目の前まで到達《とうたつ》した所でその動きを停止する。その正体はよく分からなかったが、どうやらこれが試練の結果であるようだ。

目の前に来た光の球へ、ルミナは恐《おそ》る恐るといった様子で手を伸ばし――触《ふ》れた瞬間、光はルミナの手の中へと吸い込まれるように消えていた。そしてその直後、吸い込んだ光が溢《あふ》れだすかのように、ルミナの姿が青白い光に包まれる。

「っ……これが進化か」

光に包まれたルミナは、徐々にその大きさを巨大化《きょだいか》させていく。その大きさは、俺の身長の半分程度になるまで膨《ふく》れ上《あ》がると動きを止め、その後ゆっくりと凋《しぼ》んでゆく。

収まった光の中から現れたのは——輝く白金の髪を持つ、五歳《さい》程度の少女だった。容姿は以前と変わらず、しかしその服装はドレスのようなものから、先ほどのスプライトと同じ白いワンピースへと変化している。やはり手足は半透明で、空気に溶けるように揺らめいている。どうやら……ルミナは、スプライトへと進化したらしい。

『種族進化クエスト《妖精郷への誘い》《テイル・ナ・ノグ》《いざな》を達成しました』

進化が完了《かんりょう》したことでクエストも完了した扱いになったのか、クエスト達成のインフォが流れる。それと同時に、まるで時間が動き出したかのように、スプライトへと進化したルミナが動き出した。以前と同じような、天真爛漫《てんしんらんまん》な笑顔。見慣れた笑みを浮かべたルミナは、以前と同じように俺の周囲を飛び回り——

「おとーさま！」

「……は？」

見た目相応の幼い声を上げたことで、俺は思わず目を丸くした。いや、進化して妖精ではなくなったのだから、喋《しゃべ》れるようになったことは不思議ではない。たとえ妖精でもタイタニアのような上位種は喋っていたし、精霊が喋れても別段おかしくはないだろう。そういうものなのかと納得《なっとく》もできる。けれど——

「……何でお父様なんだ？」

「……？」

俺の質問に対し、何を言っているのか分からない、といった表情で首を傾《かし》げるルミナ。

いやまあ、確かにルミナを育成していたことは間違いないのだが、それは父親というよりは師としてのことだ。俺は父親なんて柄《がら》じゃないだろう。

「あー……ルミナ、俺は別に父親じゃないだろう？」

「……？　おとーさまは、おとーさま、です！」

「し、師匠《ししょう》とかじゃなくてか？」

「おとーさまですっ！」

「……ほら、先生とか」

「……だめ、ですか？」

「ぐぬ……っ」

ルミナは悲しげな表情で、上目遣《うわめづか》いに見つめてくる。その様子を見ていると、まるで幼い子供を苛《いじ》めているかのような錯覚《さっかく》に襲《おそ》われてしまう。

正直、父親呼ばわりは勘弁《かんべん》してほしい所ではあったのだが――まあ、仕方ないか。

「はぁ……仕方ない、それでいいぞ」

「っ！　はい、おとーさま！」

ルミナは嬉しそうに頷《うなず》き――その直後、この黒い空間全体が、眩い光に包まれていた。

咄嗟にルミナを引き寄せて目を庇《かば》い、周囲の気配を探《さぐ》っていると、辺りの様相が変化したことに気づく。目を開けば、そこに広がっていたのは先ほどまで俺たちがいた妖精女王の間の光景だった。どうやら、クエストをクリアしたことでここに戻されたようだ。

変わらずに蓮花《れんげ》の玉座に座るタイタニアは、俺たちの姿を確認《かくにん》して嬉しそうに顔を綻《ほころ》ばせた。

「おめでとうございます。無事、試練を乗り越《こ》えることができたようですね」

「どうも。思ったよりもあっさりと済んでしまって、少し拍子抜《ひょうしぬ》けではあるが」

「それだけ、ルミナが己の在り方を明確に定めていたからでしょう。どうか、今後もこの子の願いを忘れずに進むようにお願いします」

ルミナの望んだ在り方、か。あれだけ明確に示されたのだから、ルミナが何を望んでいるのかぐらいは想像がつく。前から棒きれを振り回《まわ》していたが、やはりルミナは俺と同じように剣を握《にぎ》りたいのだろう。だからこそルミナは妖精であることを捨て、精霊としての道を歩み始めたのだ。

であれば、その願いを汲《く》んでやらねばなるまい。

「ああ、肝《きも》に銘《めい》じておこう。やるからには本気でやる主義だ」

「ふふ、お願いしますね。そして、ルミナ」

「っ、はい！」

タイタニアは俺から視線を外してルミナへと向ける。その瞳の中にあるのは、澄んだ湖の如《ごと》き静《せい》謐《ひつ》さと——以前と変わらぬ慈《じ》愛《あい》の情だ。

淡く笑みを浮かべているタイタニアは、ルミナへと柔らかい声音《こわね》で告げる。

「人と共に歩み、新たなる道を進み始めた精霊の子。貴方には最《も》早《はや》、この妖精女王の加護はありません」

「……はい」

「けれど……貴方の故郷が、この妖精郷《ティル・ナ・ノグ》であることは変わりません」

ルミナは、伏《ふ》せかけた目を見開いて、タイタニアの姿を見上げる。

ステンドグラスの光を浴び、透き通った虹色の羽を広げる妖精たちの女王は、母親の如き優《やさ》しき表情で、一人立ちした子供へと祝福の言葉を告げていた。

「さあ、行きなさい、ルミナ。志高き精霊の子よ。己の信ずる道を迷いなく進めば——その先に、貴方の望む未来がある筈《はず》です」

そしてそれと共に、周囲の景色がゆっくりと白み始める。それが別れの合図であると理解し、ルミナは強く祈《いの》るように声を上げていた。

「いってきます、タイタニアさま！」

タイタニアは、最後に嬉しそうな笑みを浮かべて――俺達《おれたち》の視界は、白い光に埋《う》め尽《つ》くされていた。その光量に耐《た》えきれずに目を閉じ、ほんの一瞬《いっしゅん》。たったそれだけで、周囲には潮の香《かお》りが漂《ただよ》い始めた。

目を開けば、目の前にあるのは白い祠《ほこら》。相変わらず閉ざされたままの扉《とびら》の前で、俺とルミナは茫然と立《た》ち尽くしていた。

「戻ってきた、か」

どうやら、これで種族進化クエストは完全に終了のようだ。とりあえず、これでルミナの育成を再開することができるだろう。

ルミナはしばしの間、呆《ほう》けた様子で白い祠を見つめ続けていたが、やがて整理がついたのか、一度決意を固めたように頷く。そしてそのままふわりと浮かび上がり、俺の顔の高さを飛び始めた。

「とりあえずの目的は達成したが、どうするかね」

「おとーさま？　帰らないの？」

「……ふむ。そうだな、用事は果たしたわけだし、次は王都に戻るか」

とはいえ、そろそろいい時間だ。王都から森を突っ切り、オークスの小屋を経て更《さら》には種族進化イベントだ。今日は中々盛りだくさんな内容だった。

とりあえず、今日は港町の中に戻ってログアウトしておくとしよう。

＊　＊　＊　＊　＊

翌日、やたら現状を聞いてくる明日香《あすか》や、俺の調子がいいことを怪《あや》しんでいる師範代《しはんだい》たちを適当にあしらいつつログインする。

相も変わらず人の多いフィーライアだったたが、今日は昨日とは少々様子が異なっているように感じられた。何やら、昨日よりもさらに慌《あわ》ただしい様子だ。まあ、ゲームの中では時間が三倍の速さで進んでいるわけだから、ゲームの中では二日ぐらいは経《た》っているのだろうが。町の中では兵士たちが慌ただしく駆《か》け回り、彼《かれ》らに促《うなが》されるように多くの住民が移動している。この雰囲気は――

「……疎開《そかい》、か？」

「おとーさま？　どうしたの？」

「いや……そうだな。町の入口の辺りに行ってみるぞ」

「ん？　うん！」

ふわりと浮かび上がったルミナは、俺《おれ》の背中にへばりついておんぶのような体勢を取る。

まあ、ルミナは浮いているため、俺に重さがかかっているわけではないのだが。正直見た目がシュールだから止《や》めてほしいのだが、妖精だったころに好き勝手させていたことを考えると、今になって止めさせるというのも不義理な話だ。

とりあえずそのまま町の入口まで歩いていくと、外壁《がいへき》の外に無数の馬車が並んでいるのが見て取れた。どうやら、想像通りの状況のようだ。

「おとーさま、あれなに？」

「あいつらは、この町から王都に避難《ひなん》しようとしている一般人《いっぱんじん》だ。悪魔《あくま》の襲撃《しゅうげき》のことは覚えてるな？」

「うん！　おとーさまが全部やっつけるんでしょ？」

「そうできれば幸いだが、どれぐらいの数がいるかが分からんからな。まあそれはともかく……ああいった一般人からすれば、悪魔は脅威《きょうい》だ。だから、安全な所へ避難するんだよ」

「おうとは安全なの？」

「俺たちが護《まも》るんだ、安全に決まってるだろ？」

「あ、そっか！」

納得したように頷くルミナに苦笑しつつ、俺は並んでいる人々の方へと進んでゆく。と
――その時、疎開する住人たちを整理していた兵士の一人が、こちらの姿に気が付いた。

彼は一度ぎょっとしたような視線をルミナに向けたが、気を取り直したのか、改めて俺の方へと視線を向けてこちらへと駆けよってくる。何か厄介《やっかい》事の気配がするが、兵士から逃げるというのも外面が悪い。俺は嘆息して、彼が接近してくるのを待ち構えた。

「なあ、そこのあんた！　異邦人《いほうじん》だろう⁉」

「ああ、その通りだが……何か用か？」

「依頼《いらい》をしたい！　護送隊の護衛任務だ！」

兵士の言葉を聞き、俺は並んでいる馬車へと視線を向ける。規格の統一されていない、とにかくかき集めてきたと思われる馬車たちだ。どうやら、形振《なりふ》り構《かま》わなくなるほど急いでいるらしい。

まあ、悪魔の襲撃まであまり時間があるとは言えないし、判断は間違ってはいないだろう。だが、どうやら手が足りていないようだ。

「ふむ……報酬《ほうしゅう》は？」

「え？」

「だから、報酬だ。流石に、依頼という体《てい》を取るならそれは無いと困るぞ？」

どの道王都には戻るわけだから、協力するのはやぶさかではない。だが、それだけ多くの護送を行うのであれば、多くのプレイヤーを釣《つ》るための餌《えさ》が必要だ。割のいい仕事であるならば、プレイヤーもどんどん集まって、護送は効率よく進むことだろう。

その辺りを簡単に説明してやれば、兵士は驚いた様子でしばし言葉を失い、その俊再起動を果たすと相談すると言い残して仲間たちの方へと走っていった。その様子をしばし眺《なが》めていると、兵士たちの中から上役らしい立派な鎧《よろい》を纏《まと》った男が進み出てきた。

どうやら、その辺りの裁量権を持っている人間らしい。

「私はカインズという。先ほどの話、聞かせて貰《もら》った」

「俺はクオン、こっちは――」

「ルミナです！　せいれーです！」

「……まあ、そういうことなんだが、話はどうなった？」

「あ、ああ……とりあえず、報酬は成功報酬としたい。護衛状況にもよるが、最大で十万を出そう。それと、道中で出てきた魔物《まもの》の素材は全《すべ》てそちらで回収して貰って構わない」

その言葉に、俺は僅《わず》かに視線を細める。値段そのものは申し分ない。だが、減点方式というのは中々難しい話だ。だがまあ、上手《うま》い手ではあるとは思う。報酬が欲《ほ》しいなら護衛は頑張《がんば》らざるを得ないし、兵士たちの方は多少なりとも報酬金を節約できるのだから。

「ふむ……まあ、いいだろう。その条件で引き受けよう」

「そうか、助かる。後、できれば――」

「他の異邦人に呼びかけてほしいんだろう？　そのぐらいなら構わんさ」

「よろしく頼《たの》む。時間との勝負なんだ」

どうやら、中々に切羽詰《せっぱつ》まっているようだ。

悪魔の襲撃までは、そう時間の余裕《よゆう》があるわけではない。連中の思い通りにさせないためにも、この依頼はしっかりとこなすこととしよう。

「それじゃあ、詳《くわ》しい配置について詰めていこう。よろしく頼む」

「ああ、任せてくれ」

『クエスト《馬車隊の護衛》を開始します』

カインズの言葉に頷き、兵士たちと合流する。

ちょいと予想外ではあったが、このクエストついでに王都に戻ることとしよう。

■アバター名：クオン

■性別：男

■種族：人間族《ヒューマン》

■レベル：16

■ステータス（残りステータスポイント：0）

STR：19

VIT：14

INT：19

MND：14

AGI：12

DEX：12

■スキル

ウェポンスキル：《刀：Lv.16》

マジックスキル：《強化魔法：Lv.12》

セットスキル：《死点撃《う》ち：Lv.13》

《MP自動回復：Lv.7》

《収奪《しゅうだつ》の剣：Lv.9》

《識別：Lv.12》

《生命の剣：Lv.10》

《斬魔の剣：Lv.5》

《テイム：Lv.5》

《HP自動回復：Lv.6》

サブスキル：《採掘《さいくつ》：Lv.1》

称号スキル：《妖精の祝福》

■現在SP：14

■モンスター名：ルミナ
■性別：メス
■種族：スプライト
■レベル：1
■ステータス（残りステータスポイント：0）
STR：10
VIT：10
INT：26
MND：19
AGI：14
DEX：12
■スキル
ウェポンスキル：なし
マジックスキル：《光魔法》
スキル：《光属性強化》
《飛翔《ひしょう》》
《魔《ま》法《ほう》抵抗《ていこう》：大》
《物理抵抗《ていこう》：小》
《ＭＰ自動大回復》
《風魔法》
称号スキル：《精霊王の眷属《けんぞく》》

第二十八章　一方その頃　その四

「助けて貰っている私が言うのもなんだけど、本当に色々と滅茶苦茶《めちゃくちゃ》よね。貴方《あなた》の師匠も、貴方も」

「いや、流石《さすが》に先生と一緒《いっしょ》にされるのは心外なんですけど」

「素人《しろうと》からしたらどっちも同じよ、同じ」

　嘆息するエレノアに対し、緋真《ひさな》は不満げな様子で眉根《まゆね》を寄せる。

　ここは、アルファシア王国の王都ベルクサーディ、その一角にある建物の内部。王都にあるクランハウスの一つであり、新たに立ち上げられたクランである『エレノア商会』が保有する建物であった。生産施設《しせつ》及《およ》び店舗《てんぽ》としての性質を有するその建物は、『エレノア商会』にとっては一号店となる場所だ。

「っていうか、それを言うならエレノアさんだって無茶苦茶《むちゃくちゃ》じゃないですか。到着《とうちゃく》早々こんな立派な店を作っちゃって」

「準備期間ならいくらでもあったもの。店舗なんて、お金さえあれば用意できるんだから、そう難しい話じゃないでしょう？」

「これだけの規模のクランハウスを、改造まで含《ふく》めて完了させるなんて、そう簡単にできることじゃないですよ」

緋真もトッププレイヤーの一人であり、プレイヤー個人としての資産はかなり多い方である。しかし、その資産をもってしても、これほどのクランハウスを購入《こうにゅう》することは不可能だ。それほどまでに、エレノアの資金力は圧倒的《あっとうてき》なのである。

呆《あき》れつつも、エレノアの作り上げたクランの力が増すことは事実であり、その恩恵《おんけい》に与《あずか》る緋真にとってもメリットは大きい。エレノアが天才的な商人であったことに内心で感謝しつつ、緋真はエレノアに対して声を上げた。

「それで、ワールドクエストですけど……」

「ええ、頭の痛いことだけど……ウチとしても、見逃《みのが》すわけにはいかないわね。流石に、戦闘系のクランのようにはいかないけど」

「あの、アルトリウスさんが纏《まと》め上げてるんですよね？」

「ええ、悔《くや》しいけれど、人を纏め上げることにおいて彼の右に出る者はいないわ。他のクランにもきちんとメリットを提示しているし……まあ、任せておけば問題ないでしょう」

「相変わらずですね、あの人も」

「正直、私としては胡散臭《うさんくさ》いんだけどね。けど、実力は間違《まちが》いないし、そこは頼《たよ》りにしているわ。『キャメロット』の人たちもね」

《聖剣騎士《せいけんきし》》の二つ名称号《しょうごう》を持つ青年、アルトリウス。そして、彼が立ち上げたクランである『キャメロット』。彼らこそ、今回のワールドクエストにおいて、最も高い戦果を挙げるであろうと目されている者たちだ。

「それで、緋真さん。さっきの話、受けて貰えるかしら？」

「はい、エレノアさんにはお世話になってますから。今回のイベントは、エレノアさんのクランに協力しますよ」

「助かるわ。正直、うちのクランって戦闘能力は大したことないから。緋真さんには負担をかけてしまうかもしれないし、ちょっと申し訳ないけれど」

「大丈夫《だいじょうぶ》ですよ、どこで戦ったって一緒ですし」

「そう言えるのは貴方ぐらいよ……いえ、貴方の師匠もかしら？」

緋真の言葉に対し、エレノアは苦笑《くしょう》しながらそう返す。付き合いは短いものの、彼女《かのじょ》もまたクオンの人となりをある程度把握《はあく》しつつあった。

「それで……できれば、彼も引き入れたいのだけど」

「それについては、多分大丈夫だと思いますよ。先生も私と同じで、戦う場所は選ばないと思いますし」

クオンが求めるものは強敵と戦場だ。己《おのれ》を高められる戦いこそが目的であり、それを得られるのであればどこで戦っても同じだと考えている。だからこそ、クオンがエレノアの協力を拒《こば》む理由は無いはずなのだ。

「それに、ここまで私を放置した埋《う》め合《あ》わせもして貰いますから。ここまで辿《たど》り着《つ》いたのに、また行方《ゆくえ》不明ですし」

「何と言うか、まあ……貴方も大変ね。フレンドリストから連絡《れんらく》を取らないの？」

「いえ、普通にリアルで話はしていたんですけどね……普通に目先の戦いに気を取られて移動しましたね先生」

据《す》わった眼《め》で呟《つぶや》く緋真の様子に、エレノアは苦笑を零《こぼ》す。

「まあ、彼も戦いを前に装備を改める必要はあるでしょうし、近い内にここに来るでしょう。その時に色々と言ってあげたら？」

「そうします。というか、いい加減動きが無軌道《むきどう》すぎてわけの分からないことになってるので、色々と教えておきたいですし」

「それに関してはお願いするわ。何するか全く分からないしね、彼」

エレノアの言葉を聞き、緋真は苦笑を零す。クオンはゲームの初心者であるため、経験者からすれば不可思議な動きをしてしまっていることは事実だ。誰《だれ》にも迷惑《めいわく》をかけていないのであればそれでも問題はないが、多人数が参加するゲームである以上、ある程度のマナーは存在する。それに関してはきちんと説明せねばならないと、緋真は小さな使命感に燃えていた。

（先生に何かを教えるのって、新鮮《しんせん》で楽しかったし）

パソコンについて教えたこと、ゲーム開始直後に色々とレクチャーしたこと、それらは緋真にとっては新鮮な経験として記憶《きおく》に残っている。もっと彼の傍《そば》で、様々なことを話しながら冒険《ぼうけん》を繰《く》り広《ひろ》げたい――緋真は決して、その願望を否定することはできなかった。

だからこそ、彼女は笑《え》みと共に師の帰還《きかん》を待ち構える。

――二人の合流は、もう目の前にまで迫っていた。

あとがき

ども、Allenです。久方ぶりにゲームを始めてめっちゃハマっている今日この頃。
『マギカテクニカ』第二巻を手に取って頂き、そしてここまで読んでいただき、まことにありがとうございます。先にあとがきから読んでいるという方がいらっしゃいましたら、是非本編もお楽しみください。

第一巻はどうやらご好評頂けたようで、すんなりと第二巻を出すことができました。これもひとえに、皆さまの応援のお陰です。本当にありがとうございました。

なお、この第二巻のストーリーは、ちょうどクオンと緋真が別れて行動していた部分であるため、加筆にはちょっとばかり苦慮しました。Ｗｅｂ版読者の方々には、当時の裏側にはこんなことがあったんだな、という風にお楽しみいただけたかと思います。次回はようやく二人の合流となりますので、二人並んでの活躍をご期待ください。

物語が序盤ということもあり、様々なキャラクターが増える中、ひたき先生には大変お世話になりました。美麗なイラストの数々、皆さまにもお楽しみいただけたかと思います。

個人的にとても楽しみにしていたルミナの進化や、迫力ある悪魔たちのデザインなど、大変興奮いたしました。本当にありがとうございました。

それでは、また次巻にてお会いできることを楽しみにしております。

ではでは。

Allen

Ｗｅｂ版：https://ncode.syosetu.com/n4559ff/

Twitter：https://twitter.com/AllenSeaze

HJ NOVELS
HJN48-02

マギカテクニカ
～現代最強剣士が征くVRMMO戦刀録～ 2

2020年9月19日　初版発行

著者――Allen

発行者―松下大介
発行所―株式会社ホビージャパン
〒151-0053
東京都渋谷区代々木2-15-8
電話　03(5304)7604（編集）
　　　03(5304)9112（営業）

印刷所――大日本印刷株式会社

装丁――AFTERGLOW／株式会社エストール

ISBN978-4-7986-2294-1　C0076